HEYNE <

Das Buch

Ein neuer Auftrag für James Bond: Der Geheimagent Ihrer Majestät soll in Istanbul Tatjana Romanova, einer äußerst attraktiven Angestellten des russischen Geheimdienstes, zur Flucht verhelfen. Angeblich hat sich Tatjana aufgrund der sowjetischen Geheimakte über 007 in ihn verliebt und möchte deshalb in den Westen kommen. Als Gegenleistung bietet sie den Briten eine Dechiffrier-Maschine an. Doch in Wirklichkeit ist dies eine Falle. Die sowjetische Geheimorganisation Smersh will den berühmtesten Agenten des britischen Geheimdienstes eliminieren und seinen legendären Ruf zerstören, um die Briten dem Hohn der Öffentlichkeit auszusetzen. Bonds Tod ist bis ins letzte Detail geplant …

Liebesgrüße aus Moskau war 1963 der zweite Bond-Film nach Dr. No und gilt unter den Fans als der erste richtige Bond-Film mit einer großen internationalen Besetzung, viele halten ihn überhaupt für den besten Bond-Film aller Zeiten. Ohne spektakuläre Spezialeffekte trifft *Liebesgrüße aus Moskau* von allen Bond-Filmen am ehesten den realistischen Erzählstil der Bücher von Ian Fleming.

Der Autor

Ian Fleming, geboren am 28. Mai 1908 in London als Sohn eines Bankiers, studierte in München und Genf Psychologie. 1933 ging er als Korrespondent für die Nachrichtenagentur Reuter nach Moskau, bevor er während des Zweiten Weltkrieges als hochrangiger Verbindungsoffizier beim britischen Geheimdienst war. 1952 erschuf er die legendäre Heldenfigur des Geheimagenten James Bond, am 13. April 1953 erschien mit *Casino Royale* der erste Roman der Erfolgsserie, die bis heute ein Millionenpublikum begeistert. Bis zu seinem Tod am 11. August 1964 verfasste Fleming 14 Bond-Romane.

Ian Fleming

James Bond 007
Liebesgrüße aus Moskau

Roman

Aus dem Englischen
von Mechtild Sandberg

Vollständig überarbeitete Ausgabe

WILHELM HEYNE VERLAG
MÜNCHEN

HEYNE ALLGEMEINE REIHE
Band-Nr. 01/13853

Titel der Originalausgabe
FROM RUSSIA WITH LOVE

Umwelthinweis:
Dieses Buch wurde auf
chlor- und säurefreiem Papier gedruckt.

Taschenbuchausgabe 12/2003

Der Wilhelm Heyne Verlag ist ein Verlag
der Ullstein Heyne List GmbH & Co. KG
Printed in Denmark 2003
Umschlagillustration und Umschlaggestaltung:
Hauptmann und Kamp Werbeagentur, München, Zürich
Satz: Buch-Werkstatt GmbH, Bad Aibling
Druck und Bindung: Nørhaven Paperback A/S, Viborg
http://www.heyne.de

ISBN: 3-453-87039-5

1

Der nackte Mann, der mit dem Gesicht nach unten neben dem Schwimmbecken lag, hätte tot sein können. Er hätte ertrunken, aus dem Bassin gezogen, auf den Rasen gebettet worden sein können, während jemand die Polizei oder die nächsten Verwandten benachrichtigte. Selbst das Häufchen Gegenstände, das neben seinem Kopf im Gras lag, hätte man für seine persönlichen Besitztümer halten können, die gewissenhaft und für jedermann deutlich sichtbar deponiert worden waren, um jeden Verdacht, die Helfer könnten etwas gestohlen haben, auszuschließen.

Bei näherer Betrachtung des blitzenden Häufchens hätte man festgestellt, dass es einem reichen Mann gehört haben oder gehören musste. Es setzte sich aus den typischen Mitgliedsabzeichen exklusiver Klubs zusammen – einem beträchtlichen Bündel Banknoten, das von einer aus einem mexikanischen Fünfzigdollarstück gefertigten Klammer zusammengehalten wurde, einem abgenutzten goldenen Dunhill-Feuerzeug, einem ovalen goldenen Zigarettenetui mit den Ziselierungen und dem diskreten Türkisknopf, die das Kennzeichen der Juwelierfirma Fabergé sind, und einer dicken goldenen Uhr mit braunem Krokodillederarmband. Es war eine Girard-Perregaux-Uhr, für Leute gedacht, die eine Schwäche für technische Raffinessen haben.

Eine blaugrün schillernde Fliege schoss unter den Rosenbüschen am Ende des Gartens hervor und kreiste über dem Rücken des Mannes. Vom Meer her kam ein plötzlicher Luftzug. Die Fliege schwirrte nervös zur Seite und schwebte über der linken Schulter des Mannes. Das feine Gras unter dem offenen Mund zitterte. Ein dicker Schweißtropfen rollte die Nase entlang und fiel ins Gras. Das war genug. Die Fleischfliege brummte davon, über Rosenbüsche und die Glassplitter auf der hohen Gartenmauer hinweg.

Der Garten, in dem der Mann lag, umfasste etwa einen Morgen wohlgepflegten Rasens, auf drei Seiten von dichten Rosensträuchern eingeschlossen, von denen das eintönige Summen der Bienen zu hören war. Daneben erklang nur noch das sanfte Plätschern der Wellen, die sich am Fuß des Felsens brachen, der am Ende des Gartens lag.

Vom Garten aus hatte man keinen Blick aufs Meer – man sah nichts als den Himmel und die Wolken über der vier Meter hohen Mauer. Ja, man konnte eigentlich nur von den beiden Zimmern im Obergeschoss der Villa, die die Begrenzung der vierten Seite des Anwesens bildete, ins freie Land hinausschauen. Von dort aus erblickte man vor sich das blaue Wasser, das sich bis zum Horizont erstreckte, und auf den Seiten die Giebelfenster der benachbarten Häuser, die Wipfel der Bäume, die in den Gärten standen – immergrüne Eichen, wie sie am Mittelmeer gedeihen, Pinien und ab und zu eine Palme.

Die Villa war modern – ein viereckiger länglicher Kasten ohne Schnörkel. Auf der Gartenseite befanden sich vier Fenster in der glatten, rosa gestrichenen Wand und eine Glastür, die auf eine kleine, blassgrün geflieste Terrasse hinausführte. Die Fliesen gingen ohne Begrenzung in den Rasen über. Die andere Seite des Hauses, das sich wenige Meter von einer staubigen Straße entfernt erhob, sah beinahe genauso aus. Doch hier waren die vier Fenster vergittert, und die Tür bestand aus Eichenholz.

Die einschläfernde Stille des Frühnachmittags wurde vom Geräusch eines Autos durchbrochen, das sich auf der Straße näherte. Vor der Villa hielt es an. Der blecherne Ton einer zufallenden Tür ertönte, dann fuhr der Wagen weiter. Es klingelte zweimal.

Der nackte Mann neben dem Schwimmbecken rührte sich nicht, doch beim Geräusch der Klingel und des abfahrenden Wagens hatten sich seine Augen einen Moment geöffnet. Es war, als würde ein Tier erwachen. Sofort wurde sich der Mann bewusst, wo er war, welches Datum man schrieb, wie viel Uhr es war. Die Geräusche waren erklärt und erkannt. Die Lider mit den kurzen, hellen Wimpern senkten sich wieder über die auffallend blassblauen verschleierten Augen, deren Blick nach innen gerichtet zu sein schien. Der schmallippige, von einem Zug der Grausamkeit gezeichnete Mund öffnete sich zu einem tiefen Gähnen.

Eine junge Frau, in der Hand ein kleines Netz, trat durch die Glastür und schritt über die glänzenden Fliesen und den Rasen auf den Mann zu. Sie trug eine weiße Baumwollbluse und einen kurzen blauen Rock. In einiger Entfernung von dem Mann warf sie ihr Netz ins Gras und ließ sich nieder, um ihre billigen staubigen Schuhe auszuziehen. Dann stand sie wieder auf, knöpfte ihre Bluse auf, zog sie aus und legte sie säuberlich gefaltet neben das Netz.

Das Mädchen war nackt unter der Bluse. Ihre Haut war sonnengebräunt, ihre Schultern und hübschen Brüste strahlten Kraft und Gesundheit aus. Als sie die Arme ausstreckte, um die Knöpfe ihres Rockes zu öffnen, schimmerten kleine schwarze Haarbüschel in ihren Achselhöhlen. Unter dem Rock trug sie einen blauen Badeslip. Sie wirkte wie ein gesundes, vitales Bauernmädchen mit runden, festen Hüften und kräftigen Schenkeln und Beinen.

Das Mädchen legte den Rock neben die Bluse, öffnete das Netz, entnahm ihm eine alte Sodaflasche, die eine farblose Flüssigkeit enthielt, und trat zu dem Mann im Gras. Sie kniete neben ihm nieder und goss etwas von der Flüssigkeit, die, wie alles in diesem Teil der Welt, mit Rosenöl gemischt war, zwischen seine Schulterblätter und begann, nachdem sie wie eine Pianistin ein paar Fingerübungen gemacht hatte, die Rücken- und Schultermuskeln des Mannes zu massieren.

Es war schwere Arbeit. Der Mann war sehr kräftig, und die Muskelpakete gaben dem Fingerdruck des Mädchens kaum nach, selbst wenn es sein ganzes Gewicht einsetzte. Bei Beendigung der Massage würde sie am ganzen Körper schweißnass und so erschöpft sein, dass sie sich ins Schwimmbad fallen lassen würde, um sich dann im Schatten auszustrecken und zu schlafen, bis der Wagen sie wieder abholte. Doch das war es nicht, dessen sie sich mit Widerwillen bewusst wurde, während ihre Hände automatisch den Rücken des Mannes bearbeiteten. Es war das instinktive Grauen vor dem kraftvollsten Körper, den sie je gesehen hatte.

Nichts von diesem Grauen zeigte sich in dem ausdruckslosen, unbewegten Gesicht der Masseuse. Die schrägen schwarzen Augen unter dem vollen dunklen Haar blickten leer, doch in ihrem Inneren zuckte es, und wenn ihr der Gedanke gekommen wäre, ihren Puls zu messen, hätte sie festgestellt, dass er viel rascher schlug als gewöhnlich.

Wie schon so oft in den vergangenen zwei Jahren fragte sie sich, warum dieser wunderschöne Körper sie so abstieß, wie schon so oft versuchte sie unbestimmt, das Gefühl des Abscheus zu analysieren.

Zunächst das unwesentlichste: sein Haar. Sie blickte hinunter auf den runden, verhältnismäßig kleinen Kopf, der auf einem sehnigen Hals saß. Er war mit rotblonden Locken bedeckt, die in ihr eine erfreuliche Erinnerung an das in Stein gehauene Haar klassischer Statuen hätte wachrufen müssen, deren Bilder sie gesehen hatte. Doch irgendwie war das Geringel zu dicht, die Löckchen zu eng aufeinander, zu eng an den Schädel gepresst. Und außerdem reichten die Locken im Genick so weit hinunter, beinahe bis zum fünften Halswirbel. Und dort endeten sie plötzlich in einer geraden Linie kurzer, borstiger blonder Härchen.

Das Mädchen hielt in der Arbeit inne, um sich eine Pause zu gönnen, und kauerte sich auf die Fersen. Ihr Oberkörper glänzte bereits vor Schweiß. Sie fuhr sich mit dem Arm über die Stirn und griff nach der Flasche mit dem Öl. Sie goss etwa einen Teelöffel voll auf die untere Rückenpartie des Mannes und beugte sich wieder vor.

In den zwei Jahren hatte er nicht einmal das Wort an sie gerichtet. Wenn sie mit seinem Rücken fertig war und er sich umdrehte, hatten weder seine Augen noch sein Körper jemals das geringste Interesse für sie verraten. Sobald sie ihm auf die Schulter klopfte, pflegte er sich einfach auf den Rücken zu rollen, aus halbgeschlossenen Augen in den Himmel zu starren und ab und zu tief und herzhaft zu gähnen, das einzige Zeichen dafür, dass er überhaupt menschlicher Reaktionen fähig war.

Das Mädchen veränderte seine Lage und begann mit der Massage des rechten Beins. Als sie bis zur Achillessehne hinuntergekommen war, blickte sie an dem kraftvollen Körper hinauf. War ihr Ekel nur physischer Art? War es die rötliche

Tönung der sonnenverbrannten Haut, die von Natur aus milchig weiß war, dieser Eindruck gerösteten Fleisches? Lag es an der Beschaffenheit der Haut an sich, den tiefen, weit auseinanderliegenden Poren in der glatten, weichen Oberfläche? Den dicht verstreuten Sommersprossen auf den Schultern? Oder war ihr Ekel geistig bedingt? Ging er von einem Instinkt aus, der ihr sagte, dass dieser schöne Körper einem schlechten Menschen gehörte?

Die Masseuse stand auf. Langsam neigte sie den Kopf von einer Seite auf die andere und bewegte kreisend ihre Schultern. Sie streckte die Arme seitwärts aus und dann aufwärts und hielt sie einen Moment so, um das Blut nach unten strömen zu lassen. Dann trat sie zu ihrem Netz, nahm ein Handtuch heraus und wischte sich den Schweiß von Gesicht und Körper.

Als sie zurückkehrte, hatte sich der Mann schon umgedreht und lag jetzt, den einen Arm unter dem Kopf, auf dem Rücken und starrte zum Himmel hinauf. Der andere Arm war seitwärts ausgestreckt. Sie ging dorthin und kniete sich hinter seinem Kopf ins Gras, verrieb etwas Öl in ihren Händen, nahm die schlaffe, halbgeöffnete Hand und begann die kurzen, dicken Finger zu kneten.

Das Mädchen streifte das rotbraune Gesicht unter den blonden Locken mit einem hastigen Seitenblick. Auf den ersten Blick wirkte es nicht übel – gutaussehend auf eine etwas grobschlächtige, jungenhafte Art mit vollen rosigen Wangen, einer Himmelfahrtsnase und einem runden Kinn. Doch wenn man es näher betrachtete, sah man den grausamen Zug um den dünnlippigen, kleinen Mund; und die Ausdruckslosigkeit, die die wässrigen blauen Augen so undurchsichtig machte, breitete sich über das ganze Gesicht, sodass es aussah wie das eines Ertrunkenen, leblos. Es war, fand sie, als hätte jemand den Kopf einer Porzellanpuppe bemalt, um Menschen damit zu erschrecken.

Die Masseuse bearbeitete den Arm bis hinauf zu dem mächtigen Bizeps. Woher hatte der Mann diese unheimlichen Muskeln? War er Boxer? Wozu brauchte er diesen kraftstrotzenden Körper? Wenn man den Gerüchten glaubte, gehörte die Villa der Polizei. Die beiden männlichen Angestellten waren offenbar Wächter, auch wenn sie die Hausarbeiten und das Kochen erledigten. Der Mann verließ die Villa regelmäßig einige Tage im Monat, und dann teilte man ihr mit, dass sie nicht zu erscheinen brauche. Ab und zu wurde sie eine ganze Woche lang oder zwei Wochen oder gar einen Monat nicht gerufen. Einmal, nach einer jener Abwesenheiten, waren Hals und Oberkörper des Mannes von Blutergüssen bedeckt gewesen. Ein andermal hatte der rote Rand einer halbverheilten Wunde unter dem Pflaster hervorgesehen, das die Rippen in der Herzgegend bedeckt hatte. Sie war niemals so kühn gewesen, sich im Krankenhaus oder in der Stadt über ihn zu erkundigen. Als sie das Haus zum ersten Mal betreten hatte, war sie von einem männlichen Angestellten gewarnt worden: Wenn sie etwas von dem, was sie sah, weitererzählte, würde sie ins Gefängnis wandern. Im Krankenhaus hatte der Chef, für den sie immer Luft gewesen war, sie zu sich rufen lassen und eine ähnliche Bemerkung gemacht. Sie würde ins Gefängnis wandern. Die Finger des Mädchens bohrten sich nervös in den mächtigen Muskel am Oberarm. Sie hatte immer gewusst, dass es mit dem Staatssicherheitsdienst zu tun hatte. Vielleicht lag darin die Ursache für ihren Abscheu vor dem vollendeten Körper? Vielleicht war es einfach Furcht vor der Organisation, der dieser Körper diente? Sie kniff die Augen zusammen, als sie darüber nachdachte, wer er sein könnte, wie er ihr schaden könnte. Hastig öffnete sie sie wieder. War ihm etwas aufgefallen? Doch die Augen blickten leer zum Himmel hinauf.

Jetzt war das Gesicht an der Reihe, und sie griff zum Öl. Die Daumen des Mädchens hatten kaum die Wangen berührt, als im Haus das Telefon zu läuten begann. Das Geräusch drang fordernd hinaus in die Stille des Gartens.

Sofort hatte sich der Mann aufgerichtet, kniete wie ein Sprinter, der auf den Startschuss wartet, auf einem Bein. Doch er bewegte sich nicht vorwärts.

Das Läuten hörte auf. Stimmengemurmel erklang. Das Mädchen konnte nicht verstehen, was die Stimme sagte, doch der Tonfall war unterwürfig. Dann verstummte die Stimme, und einer der männlichen Angestellten tauchte kurz an der Tür auf, winkte und trat wieder ins Haus. Der nackte Mann lief schon. Sie sah den braunen Rücken jenseits der geöffneten Glastür verschwinden. Es war besser, wenn er sie bei seiner Rückkehr nicht untätig hier vorfand und womöglich argwöhnte, sie hätte gelauscht.

Sie sprang auf die Füße, lief zwei Schritte zum Schwimmbecken und tauchte anmutig hinein.

Wenn es auch ihre dunkle Ahnung über den Mann, den sie massierte, bestätigt hätte, so war es besser für den Seelenfrieden der jungen Frau, dass sie nicht wusste, wer er war.

Sein richtiger Name lautete Donovan Grant oder ›Red‹ Grant. Doch in den letzten zehn Jahren hatte man ihn Krassno Granitzki genannt, Codename ›Granit‹.

Er war der oberste Exekutionsbeauftragte von SMERSH.

2

Grant legte behutsam den Hörer auf die Gabel und blieb nachdenklich sitzen.

Der Wächter mit dem kugelrunden Kopf, der neben ihm stand, sagte: »Sie müssen sich beeilen.«

»Haben Sie Ihnen gegenüber etwas von der Art des Auftrags durchblicken lassen?«

Grant sprach ausgezeichnet Russisch, doch mit einem starken Akzent. Er hätte aus einer der sowjetischen baltischen Provinzen stammen können. Seine Stimme war hoch und eintönig, als rezitiere er etwas aus einem langweiligen Buch.

»Nein. Nur, dass Sie in Moskau gebraucht werden. Das Flugzeug ist unterwegs. Es wird in etwa einer Stunde hier sein. Eine halbe Stunde zum Auftanken und dann drei oder vier Stunden Flug. Das hängt davon ab, ob Sie in Charkow landen. Spätestens gegen Mitternacht werden Sie in Moskau ankommen. Fangen Sie lieber an zu packen. Ich bestelle den Wagen.«

Grant sprang nervös auf.

»Ja. Sie haben Recht. Und sie haben nicht verlauten lassen, ob es sich um einen Auftrag handelt? Das interessiert einen schließlich. Die Verbindung war geheim. Man hätte doch etwas andeuten können. Das ist im allgemeinen üblich.«

»Diesmal nicht.«

Grant trat langsam durch die Glastür in den Garten. Wenn er das Mädchen, das am Rand des Bassins saß, bemerkte, so zeigte er es nicht. Er bückte sich, um sein Buch und die goldenen Trophäen seines Standes aufzuheben, ging dann zurück ins Haus und stieg die wenigen Stufen zu seinem Schlafzimmer hinauf.

Das Zimmer war kahl. Nur ein eisernes Bettgestell stand darin, auf dessen einer Seite zerknitterte Leintücher herunterhingen. Die übrige Einrichtung bestand aus einem Rohrstuhl, einem ungestrichenen Kleiderschrank und einem schäbigen Waschtisch mit einer Blechschüssel. Auf dem Boden lagen englische und amerikanische Zeitschriften verstreut, und unter dem Fenster türmte sich ein Stapel Taschenbücher und gebundener Kriminalromane.

Grant beugte sich nieder und zog einen abgewetzten Kunststoffkoffer unter dem Bett hervor. Da hinein packte er eine Auswahl billiger Kleidungsstücke. Dann wusch er seinen ganzen Körper eilig mit kaltem Wasser und der unvermeidlich nach Rosen duftenden Seife und trocknete sich an einem der Leintücher ab, die vom Bett herabhingen.

Von draußen erklang das Geräusch eines vorfahrenden Wagens. Hastig schlüpfte Grant in seinen Anzug, legte seine Armbanduhr an, steckte seine übrigen Habseligkeiten ein und stieg dann mit dem Koffer in der Hand die Treppe hinunter.

Die Vordertür stand offen. Er sah die beiden Wächter, die mit dem Fahrer einer ZIS-Limousine sprachen. Idioten, dachte er. Sie legen ihm wohl ans Herz, mich ja rechtzeitig zum Flugplatz zu bringen. Er nahm seine ›Uniform‹ von der

Garderobe, den unauffälligen Regenmantel und die schwarze Stoffmütze, zog die Sachen über und hob seinen Koffer auf. Dann ging er hinaus und stieg in den Wagen, neben den Fahrer in Zivil. Einen Wächter, der ihm im Weg stand, drängte er mit einem groben Stoß seiner Schulter zur Seite.

Die beiden Männer traten zurück. Sie sagten nichts, doch sie maßen ihn mit bösen Blicken. Der Fahrer nahm den Fuß von der Kupplung, und der Wagen fuhr mit rasch zunehmender Geschwindigkeit die staubige Straße hinunter.

Die Villa lag an der Südostküste der Krim, etwa auf halbem Weg zwischen Feodosia und Jalta. Sie zählte zu den vielen staatlichen *Datschas* in dieser beliebten Gegend der hügeligen Küstenlandschaft, die zur russischen Riviera gehört.

Red Grant wusste, dass er in den Genuss eines außerordentlichen Vorrechts gelangt war, als man ihm diese Villa zur Verfügung gestellt hatte, statt ihn in irgendeinem düsteren Haus außerhalb Moskaus unterzubringen. Während der Wagen den Weg ins Gebirge nahm, dachte er, dass er sich über die Behandlung, die man ihm zuteil werden ließ, gewiss nicht beklagen konnte, selbst wenn man berücksichtigte, dass ihre Sorge um sein Wohlergehen zwei Seiten hatte.

Die sechzig Kilometer lange Fahrt bis zum Flugplatz in Simferopol dauerte eine Stunde. Es befanden sich keine anderen Autos auf der Straße, und die vereinzelten Karren aus den Weinbergen drängten sich hastig an den Straßenrand, wenn sie den Klang der Hupe hörten.

Den ganzen Weg wurden sie von Rosen begleitet; Rosenfelder wechselten sich mit Weinfeldern ab; Rosenhecken säumten die Straße, und als sie in die Nähe des Flugplatzes gelangten, breitete sich ein großes rundes Beet vor ihnen aus, das mit weißen und roten Rosen so bepflanzt war, dass es das Bild eines roten Sterns bildete, der sich gegen einen weißen

Hintergrund abhob. Grant konnte Rosen nicht mehr ausstehen. Er konnte es kaum erwarten, Moskau zu erreichen und ihrem süßen Duft zu entfliehen.

Sie fuhren am Eingang des Zivilflugplatzes vorbei und folgten etwa einen Kilometer einer hohen Mauer bis zu dem Teil des Flughafens, der für militärische Zwecke genutzt wurde. Vor einem großen vergitterten Tor zeigte der Fahrer zwei bewaffneten Posten seinen Pass und fuhr dann weiter. Auf dem Flugfeld standen mehrere Maschinen, große getarnte Transportflugzeuge, kleine zweimotorige Übungsmaschinen und zwei Hubschrauber der Marine. Der Fahrer hielt den Wagen an, um einen Mann im Overall zu fragen, wo Grants Maschine warte. Sofort ertönte ein metallisches Knacken vom Kontrollturm her, und ein Lautsprecher bellte: »Links! Fahren Sie weiter nach links! Nummer V-BO!«

Der Chauffeur steuerte den Wagen gehorsam über das Flugfeld, als dieselbe Stimme plötzlich befahl: »Halt!«

Noch während der Fahrer auf die Bremse trat, ertönte ohrenbetäubendes schrilles Heulen. Die beiden Männer zogen unwillkürlich die Köpfe ein, als eine Staffel von vier MIG 17 vom Abendhimmel herunterschoss und mit zur Landung ausgefahrenen Ladeklappen knapp über sie hinwegbrauste. Der Reihe nach setzten die Maschinen auf der Piste auf, rollten mit brüllenden Motoren bis zum fernen Ende der Bahn und wendeten dort, um den Weg zum Kontrollturm und den Hangars einzuschlagen.

»Fahren Sie weiter!«

Nach hundert Metern gelangten sie zu einem Flugzeug mit dem Erkennungszeichen V-BO. Es war eine zweimotorige Iljuschin 12. Eine schmale Aluminiumleiter hing vor der Kabinentür zu Boden. Neben ihr hielt der Wagen an. Eines der Besatzungsmitglieder erschien an der Tür. Der Mann stieg die Leiter hinunter und besah sich eingehend den Pass des Fahrers und die Ausweispapiere Grants. Dann bedeutete er dem Fahrer mit einer Handbewegung, sich zu entfernen und forderte Grant auf, ihm zu folgen. Er erbot sich nicht, den Koffer zu tragen, doch Grant schwang ihn mit solcher Leichtigkeit, als handle es sich um ein Buch. Hinter ihm zog der Mann die Leiter hoch, schlug die Tür zu und ging nach vorn zum Cockpit.

Zwanzig leere Plätze standen Grant zur Verfügung. Er ließ sich auf dem Sitz nieder, der sich unmittelbar neben der Tür befand, und schnallte sich an. Durch die offene Tür zum Cockpit drang ein kurzer Wortwechsel, den der Pilot mit dem Kontrollturm führte, die beiden Motoren begannen zu pfeifen, husteten und dröhnten, und dann rollte das Flugzeug hinaus zur Startbahn. Ohne weitere Vorbereitungen raste es die Bahn entlang, um sich gleich darauf in die Lüfte zu erheben.

Grant öffnete den Sicherheitsgurt, steckte sich eine Troika mit Goldfilter an und lehnte sich zurück, um in Ruhe über seine bisherige Karriere und das, was ihm die Zukunft bringen mochte, nachzudenken.

Donovan Grant war das Produkt der mitternächtlichen Vereinigung zwischen einem deutschen Gewichtheber und einer südirischen Kellnerin. Die Vereinigung dauerte eine Viertelstunde und wurde im feuchten Gras hinter einem Zirkuszelt außerhalb Belfasts vollzogen. Danach drückte der Vater der Mutter drei Shilling in die Hand, und die Mutter ging beseligt nach Hause zu ihrem Bett, das in der Küche eines Cafés in der Nähe des Bahnhofs stand. Als sie merkte, dass sie ein Kind erwartete, zog sie zu ihrer Tante in das kleine Dorf Aughmacloy, das unmittelbar an der Grenze liegt, und dort starb sie sechs Monate später am Kindbettfieber, nachdem sie einem zehnpfündigen Jungen das Leben geschenkt hatte. Vor ihrem Tod bat sie, den Jungen Donovan zu nennen – der Gewichtheber war unter dem Namen ›Der mächtige O'Donovan‹ aufgetreten – und ihm den Nachnamen Grant zu geben, ihren eigenen.

Widerstrebend übernahm die Tante die Sorge für das Kind, und es wuchs zu einem gesunden und außerordentlich kräftigen Jungen heran, der jedoch sehr still und in sich gekehrt war. Er hatte keine Freunde. Die Gesellschaft anderer Kinder lehnte er ab, und wenn er etwas von ihnen wollte, nahm er es sich mit Gewalt. In der Schule war er gefürchtet und verhasst, doch bei örtlichen Veranstaltungen und Jahrmärkten tat er sich als Boxer und Ringer hervor. Die ungezügelte Wut seines Angriffs, verbunden mit List und Schlauheit, führte ihn zum Sieg über wesentlich ältere und größere Jungen.

Durch seine erfolgreichen Kämpfe zog er die Aufmerksamkeit der irischen Freiheitsbewegung auf sich, die Aughmacloy als Knotenpunkt ihrer Verbindungen zum Norden benutzten, und ebenso die der Schmuggler, die die günstige Lage des Dorfes ausnutzten. Als er aus der Schule entlassen wurde, stellte er beiden Gruppen seine Dienste als gefürchteter und gewalttätiger Kämpfer zur Verfügung. Man bezahlte ihn gut, wollte jedoch so wenig wie möglich mit ihm zu tun haben.

Etwa zu dieser Zeit regten sich in seinem Körper seltsame und heftige Triebe, die ihn stets dann bedrängten, wenn der Mond voll war. Als ihn im Oktober seines sechzehnten Lebensjahres ›das Gefühl‹, wie er es bei sich selbst nannte, überkam, erwürgte er eine Katze. Danach fühlte er sich einen ganzen Monat erleichtert. Im November musste ein großer Schäferhund dran glauben, und zu Weihnachten durchschnitt er um Mitternacht einer Kuh in einem benachbarten

Stall den Hals. Nach diesen Taten fühlte er sich wohl. Er hatte genug Verstand, sich zu sagen, dass man sich im Dorf bald über die mysteriösen Todesfälle wundern würde, deshalb kaufte er sich ein Fahrrad und fuhr jeden Monat einmal in der Nacht hinaus in die Umgebung. Häufig musste er weit radeln, um das zu finden, was er suchte, und nachdem er sich zwei Monate mit Gänsen und Hühnern hatte zufrieden geben müssen, nahm er das Risiko auf sich, einen Landstreicher umzubringen.

Nachts waren so wenige Menschen unterwegs, dass er bald begann, das Dorf schon bei Einbruch der Dämmerung zu verlassen. So erreichte er einsame Dörfer, wo Menschen von den Feldern heimkehrten und Mädchen aufbrachen, um ihren Liebsten zu treffen.

Wenn er ein Mädchen tötete, so verging er sich niemals an ihr. Dieser Aspekt, von dem er zwar reden gehört hatte, blieb ihm völlig unbegreiflich. Nur der Akt des Tötens verschaffte ihm Befriedigung, sonst nichts.

Als er fast das achtzehnte Lebensjahr erreicht hatte, hallte es in der ganzen Gegend um Fermanagh, Tyrone und Armagh von grässlichen Gerüchten wider. Als am hellen Tag eine Frau umgebracht und in einem Heuhaufen gefunden wurde, steigerten sich die geflüsterten Befürchtungen zu offener Panik. Die Dörfer stellten Wachtrupps ab, polizeiliche Verstärkungen und Suchhunde wurden angefordert, und die Geschichten vom ›Mondmörder‹ brachten auch die Journalisten ins Land. Mehrere Male wurde Grant auf seinem Fahrrad angehalten und ausgefragt, doch ganz Aughmacloy stand schützend hinter ihm, und seine Behauptung, er radle, um für seine Boxkämpfe in Form zu bleiben, wurde stets unterstützt, denn er war jetzt der Stolz des Dorfes, Titelanwärter bei der nordirischen Meisterschaft im Halbschwergewicht.

Und wieder rettete ihn sein Instinkt vor der Entdeckung. Er verließ Aughmacloy, ging nach Belfast und vertraute sich der Führung eines heruntergekommenen Promoters an, der einen Berufsboxer aus ihm machen wollte. In der Sporthalle herrschte strenge Disziplin. Es war beinahe wie im Gefängnis, und als das erste Mal Grants Triebe wieder erwachten, konnte er nichts zu ihrer Befriedigung tun, als einen seiner Sparringpartner halb zu Tode prügeln. Nachdem er zweimal mit Gewalt daran hatte gehindert werden müssen, einen Mann im Ring umzubringen, bewahrte ihn nur sein Sieg bei der Meisterschaft davor, von dem Promoter hinausgeworfen zu werden.

Grant errang den Meistertitel 1945, an seinem achtzehnten Geburtstag. Danach holte man ihn zum Militärdienst, und er wurde Fahrer beim Royal Corps of Signals. Die Ausbildung in England ernüchterte ihn, oder ließ ihn zumindest vorsichtiger werden, wenn ihn ›das Gefühl‹ überkam. Jetzt verlegte er sich bei Vollmond aufs Trinken. Er pflegte eine Flasche Whisky mit sich in die Wälder bei Aldershot zu nehmen, zu leeren und zu warten, bis er das Bewusstsein verlor. In den frühen Morgenstunden taumelte er dann zurück zum Lager, nur halb befriedigt, aber nicht mehr gefährlich. Wenn ein Wachposten ihn erwischte, blühte ihm höchstens ein Tag Stubenarrest, da ihn der kommandierende Offizier mit Rücksicht auf die bevorstehenden Militärmeisterschaften bei guter Laune halten wollte. Doch Grants Einheit wurde nach Berlin versetzt, als die Russen dort mit dem Korridor Schwierigkeiten machten, und er konnte an den Meisterschaften nicht teilnehmen. Die Atmosphäre ständig lauernder Gefahr in Berlin schlug ihn in ihren Bann. Er wurde noch vorsichtiger, noch listiger. Bei Vollmond pflegte er sich noch immer sinnlos zu betrinken, doch die übrige Zeit hielt er Augen und Ohren offen und schmiedete geheime Pläne. Was er über die Russen hörte, gefiel ihm, und er beschloss, zu ihnen überzulaufen. Aber wie? Was konnte er ihnen als Morgengabe bringen? Was würde sie interessieren?

Die Entscheidung brachte schließlich die Meisterschaft der in Berlin stationierten Truppen. Zufällig fand sie an einem Abend statt, an dem Vollmond war. Grant, der für das Royal Corps boxte, wurde wiederholt verwarnt und schließlich in der dritten Runde wegen unfairer Kampfweise disqualifiziert. Das Publikum zischte und pfiff, als er den Ring verließ. Die lautesten Missfallenskundgebungen vernahm er vom eigenen Regiment. Am nächsten Morgen wurde er zum kommandierenden Offizier beordert, der ihm mit eiskalter Stimme erklärte, er habe der ganzen Einheit Schande gebracht, und man werde ihn mit dem nächsten Truppentransport nach Hause verfrachten. Die Offiziere des Royal Corps weigerten sich, weiterhin in seiner Begleitung zu fahren, und man versetzte ihn kurzerhand zur Motorrad-Melde-Staffel.

Nichts hätte Grant besser passen können. Er wartete einige Tage, und dann, eines Abends, als er die Post vom Hauptquartier des Geheimdienstes abgeholt hatte, schlug er die Richtung zum russischen Sektor ein. Mit laufendem Motor wartete er, bis sich die Schranke des britischen Sektors öffnete, um einem Taxi die Durchfahrt zu gestatten, raste dann mit sechzig Kilometer Stundengeschwindigkeit unter der sich senkenden Barriere hindurch und gelangte schleudernd vor dem Betonbunker des russischen Postens zum Stehen.

Man stieß ihn grob ins Wachzimmer. Ein Offizier mit unbewegtem Gesicht, der hinter einem Schreibtisch saß, fragte ihn, was er wolle.

»Ich will zum russischen Geheimdienst«, erklärte Grant ohne Umschweife. »Zum Leiter.«

Der Offizier starrte ihn kalt an. Er sagte etwas auf russisch. Die Soldaten, die Grant hereingeführt hatten, wollten ihn wieder hinausziehen. Grant schüttelte sie ab. Einer von ihnen hob seine Maschinenpistole.

»Ich habe geheime Schriftstücke bei mir«, begann Grant geduldig. »Draußen. In den Ledertaschen am Motorrad.« Seine Schlauheit half ihm. »Sie werden die größten Scherereien kriegen, wenn die Papiere nicht zu Ihrem Geheimdienst gelangen.«

Der Offizier gab den Soldaten einen kurzen Befehl, und sie traten zurück.

»Wir haben keinen Geheimdienst«, erklärte er in mühsamem Englisch. »Setzen Sie sich und füllen Sie dieses Formular aus.« Grant ließ sich an dem Schreibtisch nieder und füllte ein Formular aus. Der Offizier telefonierte inzwischen.

Als Grant fertig war, standen zwei weitere Soldaten, Unteroffiziere mit grünen Mützen und grünen Rangabzeichen auf ihren Khaki-Uniformen, im Raum. Der Grenzoffizier überreichte einem vom ihnen das Formular. Sie nahmen Grant mit hinaus, verfrachteten ihn und sein Motorrad in den Laderaum eines geschlossenen Lieferwagens und sperrten die Tür ab.

Nach einer schnellen Fahrt von etwa einer Viertelstunde hielt der Lieferwagen an. Als Grant ausstieg, stellte er fest, dass er sich im Hinterhof eines großen, neuen Gebäudes befand. Man führte ihn ins Innere, fuhr mit einem Aufzug nach oben und ließ ihn allein in einer Zelle ohne Fenster. Das einzige Möbelstück war eine eiserne Pritsche.

Nach einstündiger Wartezeit, in deren Verlauf man, so vermutete er, die geheimen Dokumente durchgesehen hatte, wurde er in ein komfortabel ausgestattetes Büro gebracht. Hinter einem breiten Schreibtisch saß ein Offizier mit ordengeschmückter Brust und den goldenen Kragenecken eines Oberst. Auf dem Schreibtisch befand sich nichts außer einer Vase mit Rosen.

Zehn Jahre später grinste Grant ohne Fröhlichkeit seinem Spiegelbild in dem kleinen Flugzeugfenster zu, während sich sechstausend Meter unter ihm die Lichter der Stadt Charkow ausbreiteten.

Rosen. Von diesem Augenblick an war er auf Rosen gebettet gewesen.

3

»Sie möchten also in der Sowjetunion arbeiten, Mr. Grant?« Eine halbe Stunde war vergangen, und den Oberst vom MGB langweilte die Unterhaltung. Seiner Meinung nach hatte er aus diesem recht unsympathischen britischen Soldaten jede militärische Einzelheit herausgeholt, die in irgendeiner Hinsicht von Interesse sein konnte. Jetzt noch ein paar höfliche Phrasen, um den Mann für die Überbringung des umfassenden Materials zu entschädigen, das man den Ledertaschen entnommen hatte, dann konnte er in eine der Zellen wandern, um bei nächster Gelegenheit nach Workuta oder in ein anderes Arbeitslager abgeschoben zu werden.

»Ja, ich möchte für Sie arbeiten.«

»Und welche Arbeiten können Sie erledigen, Mr. Grant? Ungelernte Arbeiter haben wir mehr als genug. Wir brauchen keine Lastwagenfahrer und«, der Oberst lächelte flüchtig, »wenn wir Boxer brauchen, können wir auf unsere eigenen Leute zurückgreifen. Unter ihnen befinden sich übrigens zwei, die alle Chancen haben, bei der nächsten Olympiade die Goldmedaille zu gewinnen.«

»Ich bin ein Experte in der Kunst, Menschen zu töten. Ich kann das sehr gut. Es macht mir Spaß.«

Der Oberst sah einen rötlichen Schimmer, der blitzartig in den blassblauen, von den hellen Wimpern halb verborgenen Augen aufblitzte. Der Mann meint es ernst, dachte er. Er ist nicht nur unsympathisch, er ist verrückt. Kalt musterte er Grant, während er überlegte, ob es der Mühe wert sei, für diesen Menschen Nahrung und Unterkunft in Workuta zu verschwenden. Vielleicht war es klüger, ihn erschießen zu lassen. Vielleicht sollte man ihn einfach wieder im britischen Sektor absetzen. Sollten sich seine Landsleute mit ihm herumschlagen.

»Sie glauben mir nicht«, stellte Grant ungeduldig fest. Dies hier war der falsche Mann, die falsche Abteilung. »Wer erledigt bei Ihnen denn die gröberen Arbeiten?« Er war überzeugt, dass die Russen über eine Art Morddivision verfügten. Das wurde überall behauptet. »Lassen Sie mich mit den zuständigen Leuten sprechen. Ich werde jemanden für sie töten. Wen sie wollen. Jetzt gleich.«

Der Oberst blickte ihn mit saurer Miene an. Vielleicht war es besser, die Sache zu melden.

»Warten Sie hier!«

Er stand auf und verließ das Zimmer. Die Tür ließ er offen. Ein Wachposten pflanzte sich auf der Schwelle auf, die Hand an der Pistole. Er ließ Grants Rücken nicht aus den Augen.

Der Oberst betrat das Nachbarzimmer. Es war leer. Auf dem Schreibtisch standen drei Telefone. Er hob den Hörer des Apparats ab, über den sich die Direktverbindung mit dem MGB in Moskau herstellen ließ. Als der Telefonist sich meldete, sagte er : »Smersh.« Sobald SMERSH am Apparat war, verlangte er den Leiter der zuständigen Abteilung.

Zehn Minuten später legte er den Hörer auf. Welch ein Glück! Eine einfache, konstruktive Lösung! Gleichgültig, wie die Sache laufen würde, der Ausgang konnte nur zufriedenstellend sein. Wenn der Engländer Erfolg hatte, so war das ausgezeichnet. Versagte er, würde die Sache in den Westsektoren auf jeden Fall eine Menge Staub aufwirbeln – den Engländern würde man zusetzen, weil Grant einer ihrer Leute war, den Deutschen würde das Unternehmen Kopfzerbrechen machen, weil viele ihrer Spione davon abgeschreckt würden, und auch den Amerikanern würde die Sache ganz und gar nicht in den Kram passen, denn sie stellten den größten Teil der Gelder für den von Baumgarten geleiteten Spionagering zur Verfügung und würden jetzt zu dem Schluss gelangen, dass alles verraten sei.

Hochbefriedigt schritt der Oberst zurück in sein Büro und ließ sich Grant gegenüber wieder nieder.

»War es Ihnen ernst mit dem, was Sie sagten?«

»Selbstverständlich.«

»Haben Sie ein gutes Gedächtnis?«

»Ja.«

»Im britischen Sektor lebt ein Deutscher namens Dr. Baumgarten. Er wohnt Kurfürstendamm 22 im fünften Stock. Wissen Sie, wo das ist?«

»Ja.«

»Heute Abend werden Sie mit Ihrem Motorrad in den britischen Sektor zurückgebracht. Ihre Nummernschilder werden ausgetauscht. Ihre Leute suchen bestimmt nach Ihnen. Sie werden Dr. Baumgarten einen Brief überbringen. Auf dem Umschlag steht ›Durch Boten‹. In Ihrer Uniform und mit diesem Brief brauchen Sie keine Schwierigkeiten zu befürchten. Sie werden erklären, die Botschaft sei so vertraulicher Natur, dass Sie Dr. Baumgarten allein sprechen müssten. Dann werden Sie ihn töten.«

»Ja«, erwiderte Grant ungerührt. »Und wenn es mir

gelingt, werden Sie mir dann weitere derartige Aufträge geben?«

»Möglicherweise«, versetzte der Oberst gleichgültig. »Zunächst müssen Sie zeigen, was Sie können. Wenn Sie sich Ihrer Aufgabe entledigt haben, kehren Sie in den sowjetischen Sektor zurück und fragen nach Oberst Boris.« Er drückte auf einen Klingelknopf, und ein Mann in Zivil trat ein. Der Oberst wies auf ihn. »Dieser Mann wird Ihnen etwas zu essen geben. Später wird er Ihnen den Brief anvertrauen und dazu ein scharfes Messer amerikanischen Ursprungs. Es ist eine ausgezeichnete Waffe. Viel Glück.«

Der Oberst streckte die Hand aus, nahm eine Rose aus der Vase und sog ihren Duft ein.

Grant stand auf.

»Ich danke Ihnen«, sagte er herzlich.

Der Oberst antwortete nicht, blickte nicht einmal von der Rose auf. Grant folgte dem Mann in Zivil aus dem Büro.

Das Flugzeug brauste weiter über russisches Land. Sie hatten die flammenden Hochöfen weit im Osten, in der Gegend von Stalino hinter sich gelassen, und auch das silberne Band des Dnjepr, der sich im Westen nach Dnjepropetrowsk schlängelte. Das Lichtermeer von Charkow hatte die ukrainische Grenze gekennzeichnet, und die kleinere Stadt Kursk war aufgetaucht und ihren Blicken wieder entschwunden.

Grant wusste, dass die undurchdringliche, von keinem Lichtstrahl durchbrochene Schwärze unter ihm die riesigen Steppen verhüllte, wo endlose Getreidefelder leise in der Dunkelheit wisperten. Jetzt waren keine Lichtoasen mehr zu erwarten, ehe sie nicht die letzten vierhundertfünfzig Kilometer bis Moskau zurückgelegt hatten.

Grant hatte eine Menge über Russland gelernt. Unmittelbar nach dem raschen, sauberen, sensationellen Mord an einem wichtigen westdeutschen Spion hatte sich Grant wieder über die Grenze geschlichen und zu Oberst Boris durchgeschlagen. Man nahm ihm seine Uniform ab, kleidete ihn in Zivil, setzte ihm eine Pilotenmütze auf, um sein Haar zu verdecken, und schob ihn in ein leeres Flugzeug des MGB, das ihn direkt nach Moskau brachte.

Dann begann ein Jahr der Gefangenschaft, das Grant damit zubrachte, sich in Form zu halten und Russisch zu lernen, während ständig Menschen um ihn herum kamen und gingen – Leute, die ihn verhörten, Spitzel, Ärzte. Inzwischen hatten sowjetische Spione in England und Nordirland mit peinlicher Genauigkeit seine ganze Vergangenheit durchforscht.

Am Ende des Jahres wurde Grant ein Zeugnis absoluter politischer Sauberkeit ausgestellt. Die englischen und amerikanischen Spitzel meldeten, dass ihn die politischen und sozialen Verhältnisse, gleichgültig welchen Landes der Welt, nicht im geringsten interessierten, und die Ärzte und Psychiater gelangten übereinstimmend zu dem Urteil, dass er manisch depressiv sei und seine Zwangsperioden stets zur Zeit des Vollmonds aufträten. Sie fügten hinzu, Grant sei außerdem ein Narziss ohne geschlechtliche Triebe, seine Fähigkeit, Schmerzen zu ertragen, sei groß. Abgesehen von diesen Besonderheiten war seine körperliche Gesundheit ausgezeichnet, und wenn auch der Grad seiner Intelligenz und seiner Bildung hoffnungslos niedrig war, so war er mit der angeborenen Schlauheit und Gerissenheit eines Fuchses ausgestattet. Übereinstimmend wurde festgestellt, Grant sei ein außerordentlich gefährliches Mitglied der Gesellschaft und müsse beseitigt werden.

Als seine Akte dem Personalchef des MGB vorgelegt wurde, war dieser drauf und dran, ›Umbringen‹ an den Rand zu schreiben, als er sich plötzlich anders besann.

Der Personalchef schrieb eine kurze Notiz auf Grants Papiere, schrieb *SMERSH Otdiel II* auf die Akte und warf sie in den Ausgangs-Kasten.

Die Abteilung 2 von SMERSH, für Plandurchführung und Exekutionen verantwortlich, übernahm Donovan Grant, änderte seinen Namen in Granitzki und legte eine neue Akte an. 1949 und 1950 durfte Grant an kleineren Operationen teilnehmen, die in den Satellitenländern stattfanden. Es handelte sich darum, russische Spione und Geheimagenten, die des Verrats oder anderer Vergehen verdächtigt wurden, zusammenzuschlagen oder zu ermorden. Grant erledigte diese Aufträge sauber, genau und unauffällig, und obwohl er ständig aufs sorgfältigste überwacht wurde, konnte man ihn niemals ungenauer Befolgung seines Auftrags überführen, und er zeigte keinerlei Schwächen, weder im Hinblick auf seine Einstellung noch im Hinblick auf sein technisches Können.

1951 und 1952 wurde man sich Grants Brauchbarkeit klarer bewusst und erkannte sie offiziell an. Als Folge seiner ausgezeichneten Arbeit, insbesondere im Ostsektor von Berlin, wurden ihm die sowjetische Staatsbürgerschaft sowie mehrere Gehaltserhöhungen gewährt, sodass sich sein Einkommen 1953 auf runde fünftausend Rubel im Monat belief. 1953 wurde er in den Rang eines Majors erhoben, mit Pensionsanspruch von jenem Tag an, da er zum ersten Mal mit Oberst Boris in Verbindung getreten war. Außerdem stellte man ihm die Villa auf der Krim zur Verfügung. Zwei Leibwächter wurden ihm zugeteilt, zum Teil, um ihn zu beschützen, zum Teil, um darüber zu wachen, dass er nicht absprang.

Grant hatte natürlich keine Freunde. Er wurde gehasst oder gefürchtet oder beneidet. Er pflegte nicht einmal eine lose berufliche Bekanntschaft. Die einzigen Individuen, für die er sich interessierte, waren seine Opfer. Sein übriges Leben lag in ihm selbst beschlossen. Und es war ein reiches, aufregendes Leben, von seinen Gedanken bevölkert.

Das Flugzeug begann an Höhe zu verlieren, orientierte sich am Radarstrahl vom Flughafen Tushino südlich des rötlichen Scheins, den Moskau ausstrahlte.

Grant hatte die Spitze erreicht. Er war der oberste Exekutionsbeauftragte von SMERSH. Welches neue Ziel sollte er sich setzen? Weitere Beförderung? Mehr Geld? Mehr goldene Kinkerlitzchen? Größere Aufgaben?

4

SMERSH Tätigkeit erstreckte sich auf das In- und Ausland. 1955 waren insgesamt 40 000 Männer und Frauen in seinem Dienst. SMERSH ist eine Abkürzung für ›Smiert Schpionam‹, zu deutsch etwa ›Tod den Spionen‹. Der Name wird jedoch nur von den Mitgliedern dieser Organisation und von sowjetischen Funktionären gebraucht. Kein gewöhnlicher Sterblicher würde das Wort über seine Lippen bringen.

Der Hauptsitz von SMERSH befindet sich in einem sehr weitläufigen und hässlichen modernen Gebäude in der Sretenka Uliza. Es ist das Haus Nummer 13 in der breiten, ruhigen Straße, und die Fußgänger blicken starr zu Boden, wenn sie an den beiden Wachposten vorbeigehen, die mit Maschinenpistolen neben der Treppe stehen, die zu der großen, zweiflügeligen eisernen Tür hinaufführt. Wenn sie rechtzeitig daran denken und ihr Benehmen nicht auffällt, überqueren die Vorbeigehenden die Straße und setzen ihren Weg auf der anderen Seite fort.

Die Leitung von SMERSH hat ihre Büros im zweiten Stock. Das wichtigste Zimmer im zweiten Stock ist ein sehr großer, heller Raum, blass olivgrün gestrichen. Gegenüber der schalldichten Tür blicken zwei breiten Fenster über den Hof hinweg auf die Rückseite des Gebäudes. Über den Boden breitet sich ein farbenfroher kaukasischer Teppich bester Qualität aus. In der linken hinteren Ecke des Zimmers steht schräg ein massiver Eichenschreibtisch. Die Platte ist mit rotem Samt belegt, darüber dickes Glas.

Auf der linken Seite des Schreibtisches befinden sich die Ablagekästen, rechts vier Telefonapparate.

Von der Mitte des Schreibtisches aus ragt ein Konferenztisch diagonal ins Zimmer. Acht rote Lederstühle mit steifen Lehnen umgeben ihn. Auch über diesen Tisch zieht sich roter Samt, doch ohne das schützende Glas. Auf dem roten Samt stehen Aschenbecher und zwei schwere Wasserkaraffen mit Gläsern.

An den Wänden hängen vier große goldgerahmte Bilder. 1955 zeigte das Bild über der Tür Stalins Porträt, zwischen den Fenstern hing Lenins Konterfei, und von den beiden Seitenwänden blickten die Gesichter Bulganins und, seit am 13. Januar 1954 das Bild Berijas abgenommen worden war, das des Generals Iwan Alexandrowitsch Serow, des Leiters des Büros für Staatssicherheit.

An der linken Seitenwand, unter Bulganins Porträt, steht ein großer Fernsehapparat in einem Eichenschränkchen. Darin verborgen befindet sich ein Tonbandgerät, das vom Schreibtisch aus eingeschaltet werden kann. Das Mikrophon für das Gerät zieht sich unter der ganzen Länge des Tisches hin, seine Drähte sind in den Tischbeinen versteckt. Neben dem Fernsehapparat befindet sich eine kleine Tür, die in eine Privattoilette führt und in einen kleinen Raum, in dem Geheimfilme gezeigt werden.

Unter dem Porträt General Serows steht ein Bücherregal, auf dessen oberstem Bord sich die Werke von Marx, Engel,

Lenin und Stalin befinden; darunter Bücher in allen Sprachen über Spionage, Spionageabwehr, Polizeimethoden und Kriminologie. Neben dem Bücherregal, an die Wand geschoben, ein langer schmaler Tisch, auf dem ein Dutzend ledergebundener Alben liegen.

Ungefähr zur selben Zeit, als Grant in Tushino landete, kurz vor 23 Uhr 30, stand an diesem Tisch ein hart aussehender, untersetzter Mann von etwa fünfzig Jahren.

Der Leiter von SMERSH, General Grubozaboischikow, von seinen Leuten G. genannt, trug eine saubere Khakibluse mit hohem Kragen und dunkelblaue Kavalleriehosen mit zwei dünnen roten Streifen an den Seiten. Die Hose steckte in Reitstiefeln aus weichem, glanzpoliertem schwarzem Leder. Auf der Brust der Bluse prangten drei Reihen von Orden – zwei Lenin-Orden, der Suworow-Orden, der Alexander-Newski-Orden, der Orden der Roten Fahne, zwei Orden des Roten Sterns, die Verdienstmedaille für zwanzigjährige Dienste, sowie Medaillen für die Verteidigung Moskaus und die Einnahme von Berlin. Den Schluss bildeten das rosagraue Band des britischen CBE und das rot-weiße Band des amerikanischen Ordens für besondere Verdienste. Über den Bändern hing der goldene Stern eines Helden der Sowjetunion.

Das Gesicht über dem hohen Kragen der Uniformbluse war schmal und scharf geschnitten. Unter den runden braunen Augen, die wie gläserne Murmeln hervortraten, hingen wulstige Tränensäcke. Die Brauen waren buschig und schwarz. Der Kopf war kahlgeschoren, und die gespannte weiße Haut glitzerte im Schein des Deckenleuchters. Der Mund lag breit und grimmig über einem gespaltenen Kinn. Es war das harte, unnachgiebige Gesicht der Autorität.

Eines der Telefone auf dem Schreibtisch summte leise.

Mit abgezirkelten Schritten trat der Mann zu seinem hohen Stuhl. Er setzte sich und hob den Hörer des Telefons ab, das mit den weißen Buchstaben WTsch gekennzeichnet war. Das ist die Abkürzung für *wisokotschastoti* oder Hochfrequenz. Nur fünfzig oberste Beamte etwa sind dem Hochfrequenznetz angeschlossen. Alle von ihnen sind entweder Minister oder Leiter besonderer Abteilungen. Die Zentrale befindet sich im Kreml und wird von Sicherheitsbeamten bedient. Doch selbst diese können keine Gespräche abhören. Allerdings wird jedes Wort automatisch auf Band aufgenommen.

»Ja?«

»Hier spricht Serow. Welche Schritte wurden seit der Präsidialsitzung heute Morgen unternommen?«

»Ich habe eine Konferenz anberaumt, die in wenigen Minuten beginnen wird, Genosse General – RUMID, GRU und natürlich MGB. Wenn danach Übereinstimmung über die zu ergreifenden Maßnahmen erreicht worden ist, werde ich mich mit den Leitern der Abteilungen Durchführung und Planung besprechen. Falls die Liquidation beschlossen werden sollte, habe ich bereits das Erforderliche getan und den betreffenden Mann nach Moskau holen lassen. Diesmal werde ich persönlich die Vorbereitungen überwachen. Es soll nicht noch einmal zu einer Affäre Koklow kommen.«

»Gewiss nicht. Rufen Sie mich nach der ersten Zusammenkunft an. Ich möchte dem Präsidium morgen früh Bericht erstatten.«

»Jawohl, Genosse General.«

General G. legte auf und drückte auf einen Klingelknopf unter seinem Schreibtisch. Gleichzeitig schaltete er das Tonbandgerät ein. Sein Adjutant, ein Hauptmann vom MGB, trat ein.

»Sind sie da?«

»Ja, Genosse General.«

»Führen Sie sie herein.«

Gleich darauf traten sechs Männer, fünf von ihnen in Uniform, durch die Tür und nahmen ihre Plätze an dem Konferenztisch ein, ohne den Mann am Schreibtisch anzusehen. Es waren drei Offiziere, Leiter ihrer Abteilungen, und jeder von ihnen wurde von einem Adjutanten begleitet. In der Sowjetunion begibt sich niemand allein zu einer Konferenz. Zum eigenen Schutz und zur Rückversicherung der Abteilung nimmt man stets einen Zeugen mit, sodass die Abteilung von zwei Seiten erfahren kann, was sich auf der Konferenz abgespielt hat und, vor allem, was über sie gesagt wurde. Das ist wichtig, falls spätere Nachforschungen stattfinden sollten. Notizen werden nicht angefertigt, Entscheidungen werden den Abteilungen mündlich überbracht.

An der einen Seite des Tisches hatte Generalleutnant Slavin Platz genommen, Leiter des GRU, der Geheimabteilung des Generalstabs der Armee, neben sich einen Oberst. Am Ende des Tisches saß Generalleutnant Wosdwischenski vom RUMID, der Geheimabteilung des Außenministeriums, zusammen mit einem Mann mittleren Alters in Zivil. Mit dem Rücken zur Tür saß Oberst Nikitin, Leiter der Spionageabteilung des MGB des Sowjetischen Geheimdiensts, und an seiner Seite ein Major.

»Guten Abend, Genossen.«

Ein höfliches, zurückhaltendes Murmeln kam von den drei hohen Offizieren. Jeder von ihnen wusste und glaubte, er sei der einzige, der wisse, dass sich ein Tonbandgerät im Raum befand, und jeder von ihnen hatte, ohne seinen Adjutanten ins Vertrauen zu ziehen, beschlossen, sich in seinen Äußerungen weitgehende Beschränkung aufzuerlegen, den

Mund nur zu öffnen, wenn die Disziplin und das Wohl des Staates es verlangten.

»Rauchen wir erst eine Zigarette.«

General G. zog ein Päckchen Moskwa-Wolga-Zigaretten aus der Tasche und steckte sich eine mit einem amerikanischen Zippo-Feuerzeug an. Rund um den Tisch ertönte nun das metallische Schnappen von Feuerzeugen. General G. presste den hohlen Pappfilter seiner Zigarette zwischen den Fingern zusammen, bis er fast flach war, und steckte ihn zwischen die Zähne. Mit der Zigarette im rechten Mundwinkel begann er zu sprechen, in kurzen, abgehackten Sätzen, die zischend über seine Lippen kamen.

»Genossen, wir treffen uns auf Anweisung des Genossen Serow. Im Namen des Präsidiums hat General Serow mir aufgetragen, Ihnen einige sich auf die Staatspolitik beziehende Fakten bekanntzugeben. Danach sollen wir uns besprechen und die Ergreifung gewisser Maßnahmen vorschlagen. Wir müssen schnell zu einer Entscheidung gelangen.«

General G. legte eine Pause ein, um die Tragweite seiner Worte nachwirken zu lassen. Langsam wanderte sein forschender Blick von einem Offizier zum anderen. Ihre Augen begegneten unbewegt seinem Blick. Im Innern aber waren diese drei außerordentlich wichtigen Männer aufgestört.

Die letzte Asche fiel von der Zigarette des Generals auf seine Uniformbluse. Er wischte sie weg und warf den Stummel in den Papierkorb neben seinem Schreibtisch. Dann zündete er sich eine neue Zigarette an und begann wieder zu sprechen.

»Die Entscheidung, die wir fällen müssen, befasst sich mit einer noch näher zu bestimmenden Aktion, die innerhalb von drei Monaten im Ausland durchgeführt werden soll.«

Sechs ausdruckslose Augenpaare richteten sich abwartend auf den Leiter von SMERSH.

General G. beugte sich vor. Er stützte seinen rechten Ellbogen auf den Schreibtisch und hob die Faust.

»Genossen«, seine Stimme war sanft, »wer hat Niederlagen erlitten, als alle anderen Abteilungen des Staates Siege feierten? Wer hat infolge dummer Fehler die Sowjetunion in der ganzen Welt lächerlich gemacht? Wer?«

Seine Stimme hatte sich rasch fast zu einem Schreien gesteigert.

Er richtete zornig funkelnde Blicke auf die bleichen, erwartungsvollen Gesichter am Tisch. Seine Faust krachte auf die Schreibtischplatte.

»Das gesamte Spionage- und Spionage-Abwehr-System der Sowjetunion, Genossen!« Die Stimme war jetzt ein wütendes Dröhnen. »Wir sind die Trägen, die Saboteure, die Verräter! Wir!« Seine Handbewegung umschloss den ganzen Raum. »Genossen, vergegenwärtigen Sie sich die Ereignisse. Zuerst verlieren wir Guzenko und das gesamte kanadische Netz sowie den Wissenschaftler Fuchs. Dann wird die amerikanische Organisation gesprengt, dann verlieren wir Männer wie Tokajew, dann folgt die skandalöse Affäre Koklow, die unserem Land schwer geschadet hat, dann Petrow und seine Frau in Australien. Die Liste nimmt kein Ende – Niederlage auf Niederlage, und ich habe noch nicht einmal die Hälfte erwähnt.«

General G. hielt inne. Dann fuhr er mit samtweicher Stimme fort: »Genossen, wenn wir heute Abend nicht den Vorschlag zu einem großen Sieg unseres Spionageapparats unterbreiten können, wenn es uns nicht gelingt, diesen Vorschlag, falls er genehmigt wird, korrekt zur Durchführung zu bringen, wird es Schwierigkeiten geben.«

General G. suchte nach einem letzten Satz, um die Drohung zu unterstreichen, ohne sie näher zu bestimmen. Er fand ihn.

»Es wird sich«, er unterbrach sich und blickte mit vorgetäuschter Milde von einem zum anderen, »Unerfreuliches ereignen.«

5

Die Männer hatten den Wink verstanden. General G. ließ ihnen ein paar Minuten Zeit, um sich von den Nachwirkungen des Schlags zu erholen, der sie getroffen hatte.

Niemand äußerte ein Wort der Verteidigung. Niemand sprang für seine Abteilung in die Bresche, niemand tat der zahllosen Siege des sowjetischen Geheimdiensts Erwähnung, die gegen diese vereinzelten Fehler in die Waagschale geworfen werden konnten. Und niemand stellte das Recht des Leiters von SMERSH in Frage, der die Schuld mit ihnen teilte, diese fürchterliche Anklage auszusprechen.

»Genossen!« Gold blitzte an beiden Mundwinkeln auf, als er seine Lippen zu einem Lächeln verzog. »Seien wir nicht zu niedergeschlagen. Wir haben nie geglaubt, unsere Abteilungen wären so perfekt, jeder Kritik standhalten zu können. Was ich Ihnen zu sagen beauftragt war, wird keinem von uns eine Überraschung gewesen sein. Nehmen wir also die Herausforderung guten Mutes an und kommen wir zur Sache.«

Allgemeines Lächeln als Reaktion auf die Gemeinplätze. General G. hatte das nicht anders erwartet. Er steckte sich eine Zigarette an und fuhr fort.

»Ich erwähnte, dass wir unverzüglich einen Vorschlag zu

einer Aktion unterbreiten müssen, die die feindlichen Geheimdienste erschüttert, und dass eine unserer Abteilungen – zweifellos meine eigene – berufen werden sollte, diesen Vorschlag zur Durchführung zu bringen.«

Ein unhörbarer Seufzer der Erleichterung bewegte die Männer am Tisch. Also würde wenigstens SMERSH die Verantwortung tragen. Das war immerhin etwas.

»Doch die Wahl des Ziels wird nicht einfach sein, und unsere gemeinsame Verantwortung für die richtige Wahl wird schwer auf uns lasten.«

Weich-hart, hart-weich.

»Es geht nicht einfach darum, ein Gebäude in die Luft zu sprengen oder ein Staatsoberhaupt zu erschießen. Unsere Operation muss gezielt durchdacht sein und den Spionage-Apparat des Westens mitten ins Herz treffen. Ein versteckter Schlag, von dem die Öffentlichkeit vielleicht nichts erfahren wird, der hingegen in Regierungskreisen Aufsehen erregen soll. Gleichzeitig jedoch muss das Unternehmen einen öffentlichen Skandal heraufbeschwören, der so verheerend ist, dass die ganze Welt über die Schande und die Dummheit unserer Feinde ein Hohngelächter anstimmen wird. Die Regierungen werden selbstverständlich wissen, dass es sich um eine sowjetische *konspiratsia* handelt. Und auch die Agenten und Spione des Westens werden sich darüber klar sein, und sie werden unsere Schlauheit bewundern und zittern. Verräter und mögliche Überläufer werden sich anders besinnen. Unsere eigenen Leute werden neue Anregung empfangen. Sie werden durch diese Zurschaustellung von Stärke und Genie zu größeren Anstrengungen angespornt. Doch selbstverständlich werden wir jede Kenntnis von diesem Unternehmen leugnen, gleichgültig, um was es sich im Endeffekt handelt. Es ist außerdem wünschenswert, dass die Bürger der

Sowjetunion keine Ahnung davon haben, dass wir dabei die Hand im Spiel hatten. Und jetzt ist der Augenblick gekommen, die Organisation zu wählen, gegen die wir unseren Schlag führen wollen, und festzulegen, welches besondere Ziel innerhalb dieser Organisation für das Unternehmen geeignet ist.«

Oberst Nikitin vom MGB fand, es könnte nicht allzu sehr schaden, wenn man einen mit aller Bescheidenheit geäußerten Vorschlag unterbreiten würde, der wahrscheinlich den Vorstellungen der Anwesenden entsprach und sicherlich General G. selbst bereits auf der Zunge lag.

»Ich schlage den englischen Geheimdienst als Ziel der Aktion vor«, erklärte er entschieden. »Meine Abteilung hält ihn zwar kaum für einen nennenswerten Gegner, doch er ist noch der beste aus dem bedeutungslosen Haufen.«

General G. war über den gebieterischen Ton des Mannes verärgert. Er hatte ihm die Schau gestohlen, denn auch er hatte vorgehabt, nach einer kurzen Zusammenfassung den englischen Geheimdienst als Ziel der Unternehmung vorzuschlagen. Er klopfte leise mit dem Feuerzeug auf den Schreibtisch, um daran zu erinnern, dass er den Vorsitz führte.

»Dann ist es also klar, Genossen? Eine Aktion gegen den britischen Geheimdienst?«

Langsam und vorsichtig nickten die Männer am Tisch.

»Ich bin einverstanden. Und jetzt zu dem besonderen Ziel innerhalb der Organisation. Wie können wir dazu beitragen, die Triebfeder dieser Organisation zu treffen? Wir können nicht das gesamte Personal mit einem Schlag vernichten. Ist es der Leiter der Organisation, auf den sich der legendäre Mythos konzentriert? Wer ist überhaupt der Leiter des britischen Geheimdienstes?«

Oberst Nikitins Adjutant flüsterte seinem Vorgesetzten

etwas zu. Oberst Nikitin gelangte zu dem Schluss, dass er diese Frage beantworten konnte und vielleicht beantworten sollte.

»Es ist ein Admiral. Bekannt als M. Wir haben eine Akte über ihn, doch sie enthält nur wenig. Er trinkt nicht viel. Für Frauen ist er zu alt. Die Öffentlichkeit weiß nichts von seiner Existenz. Es wäre schwierig, seinen Tod zu einem Skandal aufzubauschen. Und es wäre nicht einfach, ihn zu töten. Er verlässt London nur selten. Ihn in einer Londoner Straße niederzuschießen, wäre kaum sehr geschickt.«

»Was Sie sagen, ist interessant, Genosse«, äußerte General G. »Doch wir sind hier, um ein Opfer zu finden, das unseren Anforderungen entspricht. Haben Sie denn niemanden, der der Held der Organisation ist? Jemand, der bewundert wird, dessen Vernichtung Schrecken und Bestürzung auslösen würde? Mythen gründen sich auf heldenhafte Taten, weben sich um heldenhafte Menschen. Verfügen die Engländer nicht über solche Männer?«

Schweigen herrschte am Tisch, während jeder in seinem Gedächtnis kramte. So viele Namen, auf die man sich besinnen musste, so viele Aktionen, die jeden Tag in der ganzen Welt durchgeführt wurden, so viele Akten. Wer war für den britischen Geheimdienst tätig? Wer war der Mann, der …

Oberst Nikitin vom MGB brach schließlich das verlegene Schweigen.

»Da wäre ein gewisser Bond«, sagte er zögernd.

6

General G.s Hand schlug krachend auf den Schreibtisch. »Genosse, Sie haben Recht, da wäre ein gewisser Bond, wie Sie es formulieren.« Seine Stimme klang sarkastisch. »James Bond. Und niemand, ich selber eingeschlossen, konnte sich an den Namen dieses Agenten erinnern. Wir sind in der Tat vergesslich. Kein Wunder, dass man uns kritisiert.«

General Wosdwischenski wollte sich und seine Abteilung verteidigen.

»Die Feinde der Sowjetunion sind ohne Zahl, Genosse General«, protestierte er. »Wenn ich ihre Namen brauche, lasse ich sie mir von der Zentralregistratur mitteilen. Gewiss ist mir der Name dieses Bond bekannt. Er hat uns verschiedentlich in große Schwierigkeiten gebracht. Doch heute beschäftigt sich mein Geist mit tausend anderen Namen – den Namen von Leuten, die zur Zeit Scherereien verursachen, diese Woche. Ich interessiere mich für Fußball, doch ich kann nicht den Namen jedes ausländischen Spielers im Gedächtnis behalten, der gegen Dynamo ein Tor erzielt hat.«

»Sie belieben zu scherzen, Genosse«, versetzte General G., um zu betonen, wie unangebracht er diese Entgegnung fand.

»Diese Angelegenheit ist ernst. Ich jedenfalls gestehe meinen Fehler ein, den Namen dieses berüchtigten Agenten vergessen zu haben. Genosse Oberst Nikitin wird zweifellos unser Gedächtnis auffrischen können, doch wenn ich mich recht erinnere, hat dieser Bond zumindest zwei Aktionen von SMERSH hintertrieben. Allerdings«, fügte er hinzu, »bevor ich die Leitung dieser Abteilung übernommen habe.«

Oberst Nikitin flüsterte mit seinem Adjutanten. Dann wandte er sich an die Anwesenden.

»Wir haben nur wenige zusätzliche Informationen über ihn, Genosse General«, verkündete er. »Wir glauben, dass er in einen Fall von Diamantenschmuggel verwickelt war. Das war letztes Jahr. Zwischen Afrika und Amerika. Die Sache berührte uns nicht. Seitdem haben wir nichts mehr von ihm gehört. Vielleicht enthält seine Akte Wissenswertes neueren Datums.«

General G. nickte. Er nahm den Hörer des Telefons ab, das ihm an nächsten stand. Die Verbindung war direkt und lief nicht über eine Zentrale. Er wählte die Nummer.

»Zentralregistratur? Hier General Grubozaboischikow. Die Akte ›Bond‹ – englischer Spion. Dringend.« Er lauschte dem prompten »Sofort, Genosse General« und legte auf. Dann blickte er gebieterisch in die Runde. »Genossen, in vieler Hinsicht erscheint dieser Spion als geeignetes Ziel. Er ist ein gefährlicher Feind unseres Staates. Seine Liquidation wird für alle Abteilungen unseres Spionage- und Spionage-Abwehr-Systems von Nutzen sein. Ist das richtig?«

Die Männer brummten zustimmend.

»Außerdem wird sich sein Verlust beim englischen Geheimdienst schmerzlich bemerkbar machen. Aber wird er mehr bewirken? Wird er dem englischen Geheimdienst eine tiefe Wunde schlagen? Wird er dazu beitragen, den Mythos zu zerstören? Wird dieser Mann von seiner Organisation und seinem Land als Held betrachtet?«

Der Hausapparat summte leise. General G. hob den Hörer, lauschte kurz und sagte: »Bringen Sie sie herein.«

An der Tür klopfte es. Der Adjutant, in der Hand eine umfangreiche Akte, trat ein. Er durchquerte den Raum und legte die Akte vor dem General auf den Schreibtisch. Dann vollführte er eine Kehrwendung und verließ das Zimmer.

Die Akte hatte einen glänzenden schwarzen Umschlag. Ein breiter weißer Streifen zog sich quer darüber, von der rechten oberen Ecke bis nach links unten. In dem schwarzen Dreieck links oben standen in weiß die Buchstaben S.S. und darunter *sowerschenoe sekretno*, streng geheim. In der Mitte prangte in sauberen Druckbuchstaben: JAMES BOND – *Angliski Schpion.*

General G. schlug die Akte auf und entnahm ihr einen großen Umschlag mit Fotografien, die er auf der Glasplatte seines Schreibtisches ausbreitete. Eine nach der anderen hob er sie hoch. Er sah sie sich genau an, einige von ihnen durch ein Vergrößerungsglas, das er aus einer Schublade genommen hatte, und reichte sie dann über den Schreibtisch hinweg an Nikitin weiter, der sie ebenfalls musterte und weitergab.

General G. studierte das Gesicht auf dem vierten und letzten Foto eingehend unter seiner Lupe.

Es war ein dunkles, scharfgeschnittenes Gesicht. Durch die sonnengebräunte Haut der rechten Wange zog sich leuchtend weiß eine anderthalb Zentimeter lange Narbe. Die ruhigen Augen unter den geraden, ziemlich langen schwarzen Brauen lagen weit auseinander. Das Haar war schwarz, links gescheitelt und nachlässig gebürstet, sodass eine dicke schwarze Strähne über die rechte Augenbraue fiel. Die ziemlich lange, gerade Nase endete über einer kurzen Oberlippe.

Der Mund war groß und fein gezeichnet, doch er wirkte grausam. Die Kinnpartie war fest und kantig.

General G. hielt das Bild auf Armeslänge von sich ab. Entschlusskraft, Autorität, Erbarmungslosigkeit – diese Eigenschaften konnte er erkennen. Ihm war es gleichgültig, was sonst noch den Mann auszeichnete. Er reichte das Foto weiter und wandte sich wieder der Akte zu. Rasch überflog er jede Seite und blätterte dann um.

Die Fotografien wanderten zu ihm zurück. Er legte den Finger zwischen die Seiten der Akte und blickte kurz auf.

»Sieht aus wie ein Mensch, mit dem nicht gut Kirschen essen ist«, stellte er grimmig fest. »Die Berichte über ihn bestätigen das. Ich werde Ihnen einige Auszüge vorlesen. Dann müssen wir eine Entscheidung fällen. Es wird spät.«

Er blätterte zur ersten Seite zurück und begann die Passagen herunterzuleiern, die ihm aufgefallen waren.

»Vorname: James. Größe: 183 Zentimeter, Gewicht: 76 Kilogramm; schlank; Augen: blau; Haar: schwarz; Narben auf der rechten Wange und der linken Schulter; Spuren einer Hautverpflanzung auf dem rechten Handrücken (siehe Anhang A); guter Sportler; ausgezeichneter Pistolenschütze, Boxer, Messerwerfer; tritt nie unter falschem Namen auf; Sprachen: Französisch und Deutsch; starker Raucher (Spezialmarke mit drei goldenen Ringen); Schwächen: Alkohol, doch nicht im Übermaß, und Frauen. Für Bestechungsgelder angeblich nicht empfänglich.«

General G. überblätterte eine Seite und fuhr fort:

»Dieser Mann ist mit einer .25er-Beretta-Automatic bewaffnet, die er in einem Halfter unter dem linken Arm trägt. Magazin fasst acht Schuss. Trug auch schon ein an seinen linken Unterarm geschnalltes Messer bei sich; Schuhe mit Stahlkappen; versteht sich auf die Grundbegriffe des Judo.

Kämpft im allgemeinen mit Hartnäckigkeit und Ausdauer und kann große Schmerzen ertragen (siehe Anhang B).«

General G. blätterte weiter und las hier und da Auszüge aus Agentenberichten vor, denen diese Daten entnommen waren. Er kam zur letzten Seite vor den Anhängen, die im einzelnen auf Fälle eingingen, bei denen man auf Bond gestoßen war. Er richtete seinen Blick auf den unteren Teil der Seite und las laut vor: »Zusammenfassung. Dieser Mann ist ein gefährlicher berufsmäßiger Terrorist und Spion. Er arbeitet sei vielen Jahren beim britischen Geheimdienst und trägt jetzt die Geheimnummer 007. Die beiden vorangegangenen Nullen bedeuten, dass der betreffende Agent getötet hat und das Sonderrecht besitzt, töten zu dürfen, wenn er im Dienst ist. Man glaubt, dass außer ihm nur noch zwei andere britische Agenten mit dieser Sondergenehmigung ausgestattet sind. Die Tatsache, dass dieser Spion 1953 mit dem CMG ausgezeichnet wurde, einem Verdienstorden, den Agenten normalerweise erst bei ihrer Versetzung in den Ruhesand erhalten, lässt Rückschlüsse auf seinen Wert zu. Bei Begegnungen mit ihm im Außendienst sind die Tatsachen sowie die näheren Umstände mit allen Einzelheiten dem Hauptquartier mitzuteilen (siehe dauernde Anordnung seit 1951 von SMERSH, MGB und GRU).«

General G. klappte die Akte zu und schlug mit der flachen Hand auf den Deckel.

»Also, Genossen, stimmen wir überein?«

»Ja», erwiderte Oberst Nikitin laut.

»Ja«, bestätigte General Slawin gelangweilt.

General Wosdwischenski starrte angelegentlich auf seine Fingernägel. Er war des Mordens müde. Ihm hatte es in England gefallen.

»Ja«, meinte er. »Ich glaube schon.«

Als die Männer den Raum verlassen hatten, stand General G. auf und streckte sich. Er gähnte laut. Dann setzte er sich wieder an seinen Schreibtisch, stellte das Tonbandgerät ab und klingelte seinem Adjutanten. Der Mann trat ein und stellte sich neben den Schreibtisch.

»Stellen Sie fest, wo Kronsteen ist, und lassen Sie ihn mit dem Wagen holen. Auch wenn er schon im Bett liegt. Er muss kommen. In der Abteilung zwei wird man wissen, wo er zu finden ist. Und dann möchte ich in zehn Minuten Oberst Klebb sprechen.«

»Jawohl, Genosse General.« Der Mann verließ das Zimmer.

General G. hob den Hörer des mit den Buchstaben WTsch gekennzeichneten Telefons ab und verlangte General Serow. Ruhig berichtete er ihm. Dann meinte er abschließend: »Ich werde jetzt den Auftrag an Oberst Klebb und den Planer Kronsteen weitergeben. Wir werden die groben Züge einer möglichen *konspiratsia* erörtern, und morgen werde ich dann die präzisen der beiden Vorschläge erhalten. Geht das in Ordnung, Genosse General?«

»Gewiss«, bestätigte die ruhige Stimme General Serows vom Hohen Präsidium. »Aber es muss ein bis in alle Einzelheiten ausgefeilter, raffinierter Plan sein.«

Das Gespräch war beendet. Einen Augenblick später klingelte der Hausapparat.

»Ja«, sagte General G. und legte den Hörer auf.

Einen Moment später zog der Adjutant die schwere Tür auf und blieb auf der Schwelle stehen.

»Oberst Klebb«, meldete er.

Eine gedrungene, krötenähnliche Gestalt in grüner Uniform, die mit dem roten Band des Lenin-Ordens geschmückt war, trat ins Zimmer und tippelte mit schnellen kleinen Schritten zum Schreibtisch.

General G. blickte auf und deutete auf den nächstbesten Stuhl am Konferenztisch.

»Guten Abend, Genossin Oberst.«

Das platte, viereckige Gesicht verzog sich zu einem zuckersüßen Lächeln. »Guten Abend, Genosse General.«

Der Leiter der Otdiel II, der Abteilung von SMERSH, die für Plandurchführung und Exekutionen verantwortlich war, zog den Rock hoch und setzte sich.

7

Die beiden nebeneinanderliegenden Zifferblätter der Schachuhr in dem glänzenden, gewölbten Gehäuse starrten wie die Augen eines riesenhaften Seeungeheuers über das Schachbrett hinweg. Sie zeigten verschiedene Zeiten an. Die Zeiger von Kronsteens Zifferblatt standen auf zwanzig Minuten vor eins. Das lange rote Pendel schwang im rhythmischen Gleichmaß hin und her, während Sekunde um Sekunde verstrich. Die Uhr des Gegners stand still, das Pendel hing unbeweglich. Doch Makarows Uhr zeigte fünf Minuten vor eins an. Er hatte im Mittelspiel zuviel Zeit verschwendet. Jetzt setzte ihm der Zeitmangel schwer zu, und wenn sich Kronsteen nicht zu einem idiotischen Fehler hinreißen ließ, was undenkbar schien, dann war er geschlagen.

Kronsteen saß aufrecht und reglos, undurchschaubar. Seine Ellbogen waren auf den Tisch gestützt, und sein großer Kopf ruhte auf den geballten Fäusten, die sich in seine Wangen pressten und seine Lippen zusammendrückten, sodass es aussah, als schmolle er voller Verachtung. Unter der breiten, gewölbten Stirn blickten die schrägstehenden dunklen Augen mit tödlicher Ruhe auf sein Brett hinunter. Doch hinter der Maske arbeitete sein Gehirn fieberhaft, und das Blut pulste wie rasend in der angeschwollenen Ader an seiner rechten Schläfe. In den letzten zwei Stunden hatte er zwei Pfund verloren, und noch immer hing drohend die Gefahr über ihm, einen falschen Zug zu tun. Doch Makarow und den Zuschauern erschien er ungerührt. Für sie war er noch immer der ›eiskalte Zauberer‹. Kronsteen war zwei Jahre hintereinander Moskauer Meister gewesen, war jetzt zum drittenmal im Finale und konnte an dem Kampf um die Landesmeisterschaft teilnehmen, wenn er dieses Spiel gewann.

In der Stille rings um den durch Seile abgesperrten Tisch war kein Laut zu vernehmen, außer dem lauten Ticken von Kronsteens Uhr. Die beiden Schiedsrichter saßen bewegungslos auf ihren erhöhten Stühlen. Sie wussten genau wie Makarow, dass das Ende bevorstand.

Makarow hatte bis zum 28. Zug mit ihm Schritt gehalten. Bei jenem Zug hatte er die Zeit verloren. Vielleicht war ihm an der Stelle ein Fehler unterlaufen und wieder vielleicht beim 31. und 33. Zug. Wer konnte das sagen? Über dieses Spiel würde in ganz Russland wochenlang diskutiert werden.

Durch die Reihen der Zuschauer ging ein Seufzen. Kronsteen hatte langsam eine rechte Hand von der Wange entfernt und sie über das Brett gestreckt. Wie die Zangen einer Krabbe hatten sich sein Daumen und sein Zeigefinger geöffnet und dann gesenkt. Die Hand, die eine Figur hielt, bewegte sich aufwärts, seitwärts und abwärts. Dann hob sie sich langsam wieder zum Gesicht.

Die Zuschauer flüsterten und tuschelten, als sie auf der großen Wandkarte den 41. Zug wiederholt sahen. R-Kt8. Das musste das Ende sein.

Kronsteen streckte mit einer wohlüberlegten Bewegung den Arm aus und drückte den Hebel am Fuß seiner Uhr nach unten. Das rote Pendel stand still. Seine Uhr zeigte fünfzehn

Minuten vor eins. Im selben Augenblick erwachte Makarows Pendel zum Leben, begann laut und unerbittlich zu ticken.

Kronsteen lehnte sich zurück. Er legte seine Hände flach auf den Tisch und starrte kalt auf das schweißglänzende, gesenkte Gesicht des Mannes, dessen Innerstes – das wusste er, denn auch er hatte Niederlagen erlitten – sich qualvoll wand wie ein Aal, den man mit einem Speer durchstochen hat. Makarow, Meister von Georgien. Nun, morgen würde Genosse Makarow nach Georgien zurückkehren und dort bleiben. Dieses Jahr jedenfalls würde er mit seiner Familie nicht nach Moskau ziehen.

Ein Mann in Zivil schlüpfte unter den Seilen hindurch, flüsterte einem der Schiedsrichter etwas zu und reichte ihm einen weißen Briefumschlag. Der Schiedsrichter schüttelte den Kopf und wies auf Makarows Uhr, die jetzt auf drei Minuten vor eins stand. Der Mann in Zivil flüsterte wieder ein paar Worte, die den Schiedsrichter veranlassten, unwillig den Kopf zu neigen. Er schlug an eine Glocke.

»Wir haben hier eine dringende persönliche Nachricht für Genosse Kronsteen«, verkündete er über das Mikrophon. »Deshalb gibt es drei Minuten Pause.«

Stimmengemurmel erfüllte den Saal. Kronsteens Gesicht war ohne Ausdruck, als sich der Schiedsrichter von seinem Stuhl erhob und ihm einen neutralen, unbeschrifteten Briefumschlag aushändigte. Kronsteen riss ihn mit dem Daumen auf und entnahm ihm ein Blatt Papier. Nur ein Satz, mit der Maschine geschrieben, in großen Lettern, die ihm wohlbekannt waren:

›Ihr Erscheinen ist unverzüglich erforderlich.‹ Keine Unterschrift, keine Adresse.

Kronsteen faltete das Blatt zusammen und steckte es in seine Brieftasche. Später würde man es ihm wieder abverlangen und vernichten. Er blickte zu dem Gesicht des Mannes in Zivil auf, der neben dem Schiedsrichter stand. Die Augen waren voll Ungeduld auf ihn gerichtet, ein stummer Befehl drückte sich darin aus.

Zum Teufel mit ihnen, dachte Kronsteen. Er war nicht gewillt, das Spiel jetzt, da es nur noch drei Minuten dauern würde, aufzugeben. Das war undenkbar. Eine Beleidigung für den Sport des Volkes. Doch als er dem Schiedsrichter mit einer Geste andeutete, dass das Spiel fortgesetzt werden konnte, zitterte er innerlich und wich den Blicken des Mannes in Zivil aus, der innerhalb der Seile reglos stehen blieb.

Die Glocke schlug an. »Das Spiel geht weiter.«

Makarow senkte langsam den Kopf. Der Zeiger seiner Uhr überschritt die volle Stunde, und er war noch nicht geschlagen.

Kronsteen bebte innerlich noch immer. Was er getan hatte, war unerhört. Kein Mitarbeiter von SMERSH oder irgendeiner anderen amtlichen Stelle hatte sich so etwas jemals geleistet. Man würde ihn sicherlich melden. Grober Ungehorsam. Vernachlässigung der Pflichten. Wie würden die Folgen aussehen? Bestenfalls eine scharfe Zurechtweisung von General G. und ein schwarzes Kreuz in seiner Akte. Und schlimmstenfalls? Kronsteen konnte es sich nicht vorstellen. Er wollte nicht daran denken. Gleichgültig, was geschehen mochte, die süßen Früchte des Sieges schmeckten plötzlich bitter.

Doch jetzt war das Ende gekommen. Fünf Sekunden blieben Makarow noch. Er hob den Blick nicht höher als bis zu den zusammengepressten Lippen seines Gegners und neigte dann den Kopf in der kurzen, förmlichen Bewegung der Kapitulation. Beim Läuten der Glocke in der Hand des Schiedsrichters sprangen die Zuschauer unter dröhnendem Applaus auf die Füße.

Kronsteen stand auf, verbeugte sich vor seinem Gegner, den Schiedsrichtern und zuletzt vor den Zuschauern. Dann schlüpfte er unter den Seilen hindurch und bahnte sich ungerührt und rücksichtslos einen Weg durch die Menge seiner Bewunderer. Der Mann in Zivil folgte ihm zum Hauptausgang.

Vor der Turnierhalle, in der Mitte der breiten Puschkin Uliza, stand der übliche schwarze ZIS mit laufendem Motor. Kronsteen stieg in den Fond und schlug die Tür zu. Als der Mann in Zivil aufs Trittbrett gesprungen war und sich auf den vorderen Sitz gezwängt hatte, legte der Fahrer den Gang ein, und der Wagen fuhr ab.

Kronsteen wusste, dass es keinen Sinn hatte, sich bei dem Wächter in Zivil zu entschuldigen. Außerdem hätte es den Regeln widersprochen. Schließlich war er der Leiter der Planungsabteilung von SMERSH mit dem ehrenvollen Rang eines Obersten. Und sein Gehirn war für die Organisation von unschätzbarem Wert. Vielleicht konnte er sich irgendwie aus dieser misslichen Lage herausreden. Er starrte aus dem Wagenfenster auf die dunkle Straße hinaus und konzentrierte sich auf seine Verteidigungsrede. Dann waren sie in der geraden Straße, an deren Ende der Mond zwischen den Zwiebeltürmen des Kreml hing, und hatten ihr Ziel erreicht.

Als der Wächter Kronsteen zum Adjutanten gebracht hatte, händigte er diesem gleichzeitig ein Stück Papier aus. Der Adjutant warf einen Blick darauf und sah Kronsteen mit hochgezogenen Brauen kalt an. Kronsteen erwiderte gelassen seinen Blick, ohne etwas zu sagen. Der Adjutant zuckte mit den Schultern, nahm den Hörer des Hausapparats ab und meldete ihn an.

Als sie das große Zimmer betreten hatten und Kronsteen das dünne Lächeln Oberst Klebbs mit einem kurzen Nicken erwidert hatte, trat der Adjutant zu General G. und reichte ihm das Stück Papier. Der General las es und richtete einen harten Blick auf Kronsteen. Auch als der Adjutant sich umdrehte und wieder zur Tür schritt, wandte der General seinen Blick nicht von Kronsteen. Erst als die Tür sich geschlossen hatte, öffnete General G. den Mund und sagte milde: »Nun Genosse?«

Kronsteen blieb ruhig. Er wusste, welche Geschichte die beste Wirkung haben würde und sprach gelassen und voller Autorität.

»Für die Öffentlichkeit, Genosse General, bin ich ein Berufsschachspieler. Heute Abend bin ich zum dritten Mal Moskauer Meister geworden. Meine Zuschauer sind von dem Spiel ebenso begeistert wie ich selbst. Wenn ich heute Abend aufgegeben hätte und Ihrer Nachricht unverzüglich gefolgt wäre, hätten fünftausend Menschen erraten, dass dergleichen nur auf Befehl einer Abteilung wie dieser geschehen konnte. Es hätte eine Flut wilder Gerüchte ausgelöst. Fortan hätte man mich nicht mehr aus den Augen gelassen, um Näheres über mich zu erfahren. Meine Tarnung wäre sinnlos geworden. Im Interesse der Staatssicherheit wartete ich drei Minuten, bevor ich dem Befehl Folge leistete. Selbst jetzt noch wird mein eiliges Verlassen des Saales zu Vermutungen Anlass geben. Ich werde vorgeben müssen, eines meiner Kinder sei ernsthaft erkrankt und werde eines meiner Kinder für eine Woche ins Krankenhaus bringen müssen, um diese Geschichte zu untermauern. Ich möchte mich in aller Form dafür entschuldigen, dass in der Ausführung Ihres Befehls eine Verzögerung eintrat. Doch die Entscheidung war schwer. Ich tat das, was ich im Interesse der Abteilung für das Beste hielt.«

General G. blickte nachdenklich in die dunklen, schrägstehenden Augen. Der Mann war schuldig, aber seine Verteidigung war gut. Noch einmal überflog er die Worte auf dem

Papier, als wäge er die Schwere des Vorgehens ab, dann zog er sein Feuerzeug heraus und verbrannte es. Die letzte brennende Ecke ließ er auf die Glasplatte seines Schreibtisches fallen und blies die Asche auf den Boden. Er enthielt sich jeder Äußerung, die seine Gedanken enthüllt hätte, doch das Verbrennen des Papiers war das Einzige, was für Kronsteen von Bedeutung war. Jetzt würde nichts in seiner Akte vermerkt werden. Er war zutiefst erleichtert und dankbar und war entschlossen, dem bevorstehenden Auftrag seinen ganzen Scharfsinn zu widmen.

Der General hatte größte Milde walten lassen. Kronsteen würde sich dafür unter allen Umständen revanchieren.

»Reichen Sie die Fotografien weiter, Genossin Oberst«, sagte General G., als habe das kurze Zwischenspiel nicht stattgefunden. »Die Sache liegt folgendermaßen …«

Ein Tötungsbefehl also, dachte Kronsteen, während der General sprach und er das dunkle, unbarmherzige Gesicht musterte, das ihm von dem vergrößerten Passfoto entgegenblickte. Während Kronsteen mit halbem Ohr dem lauschte, was der General zu sagen hatte, prägte sich sein Verstand die wesentlichen Punkte ein – englischer Spion. Großer Skandal erwünscht. Keine Verwicklung der Sowjets. Schwäche für Frauen. Alkohol – aber von Rauschgift ist nicht die Rede. Unbestechlich – wer weiß? Jeder Mensch hat seinen Preis. An Kosten soll nicht gespart werden. Wenn nötig, Einsatz des gesamten Personals der Spionage- und Spionage-Abwehr-Abteilungen. Erfolgsplan in groben Zügen unterbreiten. Einzelheiten können später ausgearbeitet werden.

General G. heftete seinen scharfen Blick auf Oberst Klebb. »Ihre Reaktion, Genossin Oberst?«

Die viereckigen Gläser der randlosen Brille blitzten im

Licht des Deckenleuchters, als sich die Frau aus der gebeugten Haltung angespannter Konzentration aufrichtete und über den Schreibtisch hinweg den General anstarrte. Die farblosen feuchten Lippen öffneten sich und bewegten sich auf und ab, während die Frau ihre Ansichten kundtat. Kronsteen, der das Gesicht über den Tisch hinweg beobachtete, das rasche, ausdruckslose Auf und Nieder der Lippen sah, fühlte sich an das sinnlose Geplapper einer Puppe erinnert.

Die Stimme war heiser und tonlos, ohne Schwingungen:

»... gleicht in einigen Punkten dem Fall Stolzenberg. Sie werden sich erinnern, Genosse General, dass es sich ebenfalls darum handelte, einen Ruf und ein Leben zu zerstören. Damals lagen die Dinge einfach. Sie entsinnen sich bestimmt ...«

Kronsteen hörte nicht mehr zu. Er kannte all diese Fälle. Bei den meisten hatte die Planung in seiner Hand gelegen, und sie waren in seinem Gehirn geordnet und klassifiziert wie so viele Eröffnungsmöglichkeiten beim Schach. Stattdessen musterte er das Gesicht dieser grässlichen Frau und fragte sich, wie lange sie noch ihre Stellung innehaben würde, wie lange er noch mit ihr würde zusammenarbeiten müssen.

Grässlich? Kronsteen interessierten Menschen nicht. Auch die Begriffe ›gut‹ und ›böse‹ hatten keinen Platz in seinem Vokabular. Für ihn waren alle Menschen Schachfiguren. Um ihre Reaktionen vorhersagen zu können – und das bildete den Hauptbestandteil seiner Arbeit –, musste man ihre individuellen Charakterzüge verstehen. Ihre Grundinstinkte waren unveränderlich. Selbsterhaltung, Geschlechtstrieb und Herdentrieb – in dieser Reihenfolge. Die Temperamente ließen sich in sanguinisch, phlegmatisch, cholerisch oder melancholisch aufteilen. Das Temperament des Einzelnen bestimmte im wesentlichen die Tiefe seiner Gemütsbewegungen und Gefühle. Der Charakter hing zum großen Teil von der Erziehung ab und – gleichgültig, was Pawlow und seine Anhänger dazu sagen mochten – vom Charakter der Eltern. Und dann natürlich wurden Leben und Verhalten des Menschen zum Teil auch noch von physischen Stärken und Schwächen beeinflusst.

Unter diesen kühlen Gesichtspunkten betrachtete Kronsteen die Frau auf der anderen Seite des Tisches. Zum hundertsten Male schon zeichnete er im Geist ihr Bild, doch jetzt lagen Wochen gemeinsamer Arbeit vor ihnen, und da war es ratsam, sich ihren Charakter noch einmal zu vergegenwärtigen, um keine Überraschungen erleben zu müssen.

Rosa Klebb musste etwa Ende Vierzig sein, vermutete er. Sie war klein, etwa einsachtundfünfzig, und gedrungen. Ihre plumpen Arme, der kurze Hals und die Waden der dicken Beine in den dunklen Strümpfen waren für eine Frau stark und kräftig.

Die *tricoteuses* der Französischen Revolution mussten ähnliche Gesichter gehabt haben wie sie, fand Kronsteen, als er sich in seinem Stuhl zurücklehnte und den Kopf leicht zur Seite neigte. Das spärliche orangefarbene Haar straff zurückgekämmt und zu einem dünnen kleinen Knoten geschlungen; die glänzenden gelbbraunen Augen, die so kalt hinter den eckigen Gläsern blickten; der Keil der dick gepuderten, großporigen Nase; die feuchte Öffnung des Mundes, der sich öffnete und schloss, als werde er von Drähten geführt, die unter dem Kinn befestigt waren. Jene französischen Frauen, die strickten und schwatzten, während die Guillotine herunterfiel, mussten die gleiche gelbliche, zähe Hühnerhaut gezeigt haben, die sich unter den Augen, unter dem Kinn und an den Mundwinkeln zu schlaffen Falten rollte, die gleichen großen Ohren, die gleichen knochigen Fäuste, und ihre Gesichter mussten den gleichen Eindruck von Kälte, Grausamkeit und

Willenskraft vermittelt haben, der Kronsteen veranlasst hatte, das unsachliche, vom Gefühl eingegebene Wort ›grässlich‹ auf diese Russin anzuwenden.

»Ich danke Ihnen, Genossin Oberst. Ihre Ansichten waren mir interessant. Und jetzt, Genosse Kronsteen, haben Sie dem etwas hinzuzufügen? Bitte, fassen Sie sich kurz. Es ist zwei Uhr, und wir haben alle einen harten Tag vor uns.«

Die Augen General G.s waren blutunterlaufen vor Anstrengung und Müdigkeit. Sie starrten unverwandt in die unergründlichen braunen Augen unter der gewölbten Stirn. Es war gar nicht nötig gewesen, diesen Mann aufzufordern, sich kurz zu fassen. Kronsteen hatte nie viel zu sagen, doch jedes seiner Worte war so viel wert wie eine ganze Rede von den anderen Mitgliedern der Abteilung.

Kronsteen hatte bereits einen Entschluss gefasst, sonst hätte er es sich nicht gestattet, sich so eingehend mit der Frau zu beschäftigen.

Er neigte langsam den Kopf zurück und starrte ins Leere. Seine Stimme klang sanft, doch sie enthielt jenen gebieterischen Unterton, der absolute Aufmerksamkeit verlangte.

»Genosse General, es war ein Franzose, in gewisser Hinsicht ein Vorgänger von Ihnen, Fouché, der feststellte, es hätte keinen Sinn, einen Menschen zu töten, wenn man nicht gleichzeitig seinen Ruf vernichtet. Es wird selbstverständlich einfach sein, diesen Bond zu beseitigen. Jeder bulgarische Henkersknecht könnte es fertig bringen, wenn man ihm die entsprechenden Anweisungen gibt. Der zweite Teil des Unternehmens, die Vernichtung des Rufes dieses Mannes, ist wichtiger und schwieriger. In diesem Stadium ist mir nur eines klar, dass nämlich die Tat außerhalb Englands durchgeführt werden muss, in einem Land, auf dessen Presse und Rundfunk wir Einfluss haben. Wenn Sie mich fragen, wie der

Mann dorthin gebracht werden soll, kann ich nur antworten: Wenn der Köder verlockend genug ist und wenn allein diesem Mann die Möglichkeit offen steht, sich seiner zu bemächtigen, so wird man ihn an Ort und Stelle schicken, gleichgültig, wo er sich zum betreffenden Zeitpunkt aufhält. Um zu vermeiden, dass man Verdacht schöpft, es könne sich um eine Falle handeln, schlage ich vor, einen Köder mit einem leicht exzentrischen, ungewöhnlichen Einschlag zu wählen. Die Engländer sind auf ihre Exzentrizität stolz. In einem exzentrischen Fall sehen sie eine Herausforderung. Ich würde mich teilweise dieses Charakterzuges bedienen, um sie zu verlassen, diesen wichtigen Agenten auf den Köder anzusetzen!« Kronsteen hielt inne. Er senkte seinen Kopf, sodass er knapp über die Schulter des Generals hinwegblickte. »Ich werde mich damit befassen, eine solche Falle auszutüfteln«, erklärte er gleichgültig. »Im Augenblick kann ich nur sagen, dass, wenn der Köder erfolgreich ist und den Agenten tatsächlich anlockt, wir dann wahrscheinlich einen Mörder brauchen werden, der die englische Sprache vollkommen beherrscht.«

Kronsteens Augen hefteten sich auf die rote Samtdecke vor ihm. Gedankenvoll, als sei das der Kern des Problems, fügte er hinzu: »Wir werden uns außerdem der Dienste eines verlässlichen und ungewöhnlich hübschen Mädchens versichern müssen.«

8

Korporal des Staatssicherheitsdienstes Tatjana Romanowa saß am Fenster ihres einzigen Zimmers und blickte hinaus in den freundlichen Juniabend, auf den ersten rosigen Hauch der Dämmerung, der sich in den Fenstern auf der anderen Straßenseite widerspiegelte, auf den fernen Zwiebelturm einer Kirche, der wie eine Fackel über dem Moskauer Häusermeer leuchtete, und stellte fest, dass sie glücklicher war als je zuvor in ihrem Leben.

Das Glücksgefühl hatte nichts Romantisches an sich. Es hatte nichts mit dem beseligenden Beginn einer Liebe zu tun – jenen Tagen und Wochen, ehe sich die ersten Wölkchen am Horizont zusammenballen. Es war das ruhige, zufriedene Glücksgefühl der Sicherheit, des Wissens, dass man mit Vertrauen in die weitere Zukunft blicken kann, erhöht noch durch kleine Geschehnisse und Dinge der unmittelbaren Umgebung, ein Wort des Lobes, das ihr Professor Denikin diesen Nachmittag gezollt hatte, der Duft des Abendessens, das auf dem elektrischen Ofen stand, die Klänge des Vorspiels zu *Boris Godunow*, vom Moskauer Staatsorchester gespielt, das gerade im Radio übertragen wurde, und vor allem die wunderbare Tatsache, dass der lange Winter und der kurze Frühling vergangen waren, dass der Juni Einzug gehalten hatte.

Beim Gedanken an das Abendessen verließ Korporal Romanowa ihren Sessel am Fenster und trat an die Elektroplatte, um einen Blick auf die dicke Suppe mit Fleisch und Pilzen zu werfen. Sie war fast fertig und roch wunderbar. Sie drehte den Strom ab und ließ das Essen ziehen, solange sie sich wusch und frisch machte.

Während sie ihre Hände abtrocknete, musterte sie sich in dem großen ovalen Spiegel über dem Waschbecken.

Einer ihrer ersten Freunde hatte behauptet, sie sähe aus wie die junge Greta Garbo. Was für ein Unsinn! Und doch, heute Abend sah sie wirklich nicht übel aus. Seidiges dunkelbraunes Haar, das aus der hohen Stirn nach rückwärts gebürstet war und schwer auf ihre Schultern fiel, wo es sich leicht nach außen wellte. Die Garbo hatte ihr Haar einmal so getragen, und Korporal Romanowa gestand sich ein, dass sie es nachgeahmt hatte. Weiche, helle Haut, die über den Wangen wie Elfenbein schimmerte; weit auseinanderliegende klare, tiefblaue Augen unter geraden Brauen. Sie blinzelte erst mit dem einen Auge, dann mit dem anderen. Ja, die Wimpern waren lang genug. Eine gerade, ziemlich große Nase – und dann der Mund. War er zu groß? Er musste entsetzlich breit wirken, wenn sie lächelte. Sie lächelte ihrem Spiegelbild zu. Ja, er war breit; aber die Garbo hatte auch einen großen Mund gehabt. Wenigstens waren die Lippen voll und klar gezeichnet. An den Winkeln saßen zwei feine Lachfältchen. Niemand konnte behaupten, es sei ein kalter Mund. Und ihr ovales Gesicht. War es zu lang? War ihr Kinn nicht eine Spur zu scharf? Sie drehte den Kopf zur Seite, um ihr Profil zu betrachten. Das schwere Haar fiel nach vorn, über ihr rechtes Auge, sodass sie es zurückstreichen musste. Nun ja, das Kinn war ein wenig spitz, aber es war nicht scharf. Sie drehte den Kopf wieder, nahm eine Bürste und begann das lange Haar zu bürsten. Greta Garbo! Auf jeden Fall sah sie ganz anständig aus, sonst würden ihr das nicht so viele Männer sagen. Aber ein Filmstar – eine berühmte Schauspielerin! Sie schnitt ein Gesicht und ging zu ihrem Essen.

Korporal Tatjana Romanowa war in der Tat ein sehr schönes Mädchen. Die Bewegungen des hochgewachsenen, straffen Körpers waren anmutig und ausgewogen. Sie hatte ein Jahr lang eine Ballettschule in Leningrad besucht und hatte ihren Traum, Tänzerin zu werden, erst aufgegeben, als sie die Höchstgrenze der zulässigen Größe von einsfünfundsechzig überschritten hatte. In der Schule hatte sie gelernt, sich gut zu halten und gut zu bewegen. Und sie wirkte herrlich gesund, dank ihrer Leidenschaft für den Eislauf, den sie das ganze Jahr hindurch im Dynamo-Eisstadion betrieb.

Korporal Romanowa wurde über die Grenzen der englischen Übersetzungsabteilung in der Zentralregistratur des MGB hinaus bewundert. Alle waren sich darüber einig, dass es nicht mehr lange dauern könne, bis sie einem der höheren Offiziere auffiel, der sie dann ohne Umschweife aus dem Büro holen und sie zu seiner Geliebten oder, wenn es nicht anders ging, zu seiner Frau machen würde.

Das Telefon klingelte. Sie trat zum Apparat, drehte das Radio leiser und hob den Hörer ab.

»Korporal Romanowa?«

Es war die Stimme des guten Professors Denikin. Aber außerhalb der Bürostunden nannte er sie immer Tatjana, manchmal sogar Tanja. Was konnte das bedeuten?

Das Mädchen war unruhig und gespannt. »Ja, Genosse Professor?«

Die Stimme am anderen Ende klang seltsam fremd und

kalt. »In fünfzehn Minuten, um acht Uhr dreißig, wünscht Genosse Oberst Klebb von Otdiel II Sie zu sehen. Sie melden sich in ihrer Wohnung, Nummer 1875 im achten Stock ihres Hauses. Ist das klar?«

»Aber warum, Genosse? Was ist … was ist …?«

Die eigenartige, gepresste Stimme des Professors schnitt ihr das Wort ab.

»Das ist alles, Genossin Korporal.«

Das Mädchen hielt den Hörer von sich weg. Mit verwirrten Blicken starrte sie ihn an, als erwarte sie weitere Worte. »Hallo! Hallo!« Sie merkte, dass ihr Arm und ihre Hand schmerzten von dem krampfhaften Druck, mit dem sie den Hörer umfasst hielt. Langsam beugte sie sich vor und legte ihn auf die Gabel.

Einen Augenblick stand sie wie erstarrt, blickte blind auf den schwarzen Apparat. Sollte sie ihn zurückrufen? Nein, das kam nicht in Frage.

Aus feuchten Augen blickte das Mädchen auf ihre Armbanduhr. Nur noch sieben Minuten. Neue Angst erfasste sie. Sie wischte sich mit dem Arm über die Augen und holte ihre Paradeuniform heraus. Womöglich auch noch zu spät zu kommen! Sie riss an den Knöpfen ihrer weißen Baumwollbluse.

Während sie sich umzog, kreisten ihre Gedanken unablässig um das Geheimnis des Befehls. Gleichgültig, welche Möglichkeiten sie in Erwägung zog, es konnte nur etwas Fürchterliches sein.

9

Schon vor der anonymen, cremefarbigen Tür roch Tatjana das Innere des Raumes. Als die Stimme sie kurz aufforderte, einzutreten und sie die Tür öffnete, war es der Geruch, auf den sie sich konzentrierte, während sie dastand und in die Augen der Frau starrte, die hinter dem runden Tisch unter der Mittelleuchte saß.

Abscheu und ihre Verachtung für einen Menschen, der inmitten dieses Geruchs leben konnte, halfen ihr, dem Blick der gelblichen Augen standzuhalten, die hinter den eckigen Brillengläsern auf sie gerichtet waren. Nichts war ihnen zu entnehmen Es waren Augen, die alles um sich herum aufsogen, ohne selbst etwas preiszugeben.

Oberst Klebb begann zu sprechen.

»Sie sind ein gutaussehendes Mädchen, Genossin Korporal. Gehen Sie durch das Zimmer und wieder zurück.«

Was sollten diese honigsüßen Worte? Von neuer Furcht erfasst, tat Tatjana, was man ihr befohlen hatte.

»Ziehen Sie ihre Jacke aus. Leben Sie sie auf den Stuhl. Heben Sie Ihre Hände über den Kopf. Höher. Beugen Sie sich jetzt vor und berühren Sie Ihre Zehenspitzen. Stellen Sie sich aufrecht hin. Gut. Setzen Sie sich.« Die Frau sprach wie ein Arzt. Sie wies auf den Stuhl, der dem ihren am Tisch gegenüberstand. Ihre starren, forschenden Augen verschleierten sich, als sie sich über eine Akte beugte, die auf dem Tisch lag. Das muss meine Akte sein, dachte Tatjana. Wie interessant, jenes Bündel Papier zu sehen, das im Grunde den ganzen Verlauf des Lebens bestimmte. Wie dick es war – beinahe sechs Zentimeter dick. Was konnte auf all diesen Seiten stehen? Sie blickte fasziniert auf die offene Akte.

Oberst Klebb blätterte raschelnd die letzten Seiten um und klappte den Deckel zu. Er war orange, mit einem schwarzen Diagonalstreifen. Was bedeuteten die Farben?

Die Frau hob den Kopf. Tatjana brachte es fertig, ihren Blick tapfer zu erwidern.

»Genossin Korporal Romanowa.« Es war die befehlsgewohnte Stimme des ranghöheren Offiziers. »Ich habe gute Meldungen über Ihre Arbeit. Die Berichte über Sie sind ausgezeichnet, sowohl in beruflicher als auch in sportlicher Hinsicht. Der Staat ist mit Ihnen zufrieden.«

Tatjana wollte ihren Ohren nicht trauen. Die Reaktion auf ihre frühere Furcht machte sie schwach. Sie errötete bis zu den Haarwurzeln, dann wurde sie blass und umklammerte den Tischrand mit der Hand.

»Ich bin – ich bin d-dankbar, Genossin Oberst«, stammelte sie mit schwacher Stimme.

»Aufgrund Ihrer ausgezeichneten Arbeit sind Sie für ein äußerst wichtiges Unternehmen ausgewählt worden. Es ist eine große Ehre für Sie. Verstehen Sie das?«

Gleichgültig was es war, es war besser als das, was sie gefürchtet hatte.

»Ja, gewiss, Genossin Oberst.«

»Dieser Auftrag bringt große Verantwortung mit sich. Er bringt auch einen höheren Dienstgrad mit sich. Genossin

Korporal, ich gratuliere Ihnen zur Beförderung zum Hauptmann des Staatssicherheitsdienstes, die nach Beendigung Ihres Auftrags in Kraft tritt.«

Das war noch nie dagewesen. Die Beförderung eines vierundzwanzigjährigen Mädchens zum Hauptmann! Tatjana spürte Gefahr. Sie erstarrte innerlich wie ein Tier, das die Falle hinter dem Köder sieht.

»Ich bin tief geehrt, Genossin Oberst.« Sie war unfähig, das Misstrauen aus ihrer Stimme zu bannen.

Rosa Klebb grunzte. Sie wusste genau, welche Gedanken das Mädchen bewegt haben mussten, als es den Befehl erhielt. Die Wirkung des freundlichen Empfangs, der Schock der Erleichterung über die gute Nachricht, die neu erwachenden Ängste – das alles war klar in seinem Gesicht abzulesen. Es war ein schönes, aufrichtiges, unschuldiges Mädchen. Genau das, was man für die *konspiratsia* brauchte.

»Und jetzt, meine Liebe, eine intime kleine Frage. Von Frau zu Frau. Haben Sie Freude an der Liebe, am Liebesakt? Genießen Sie ihn? Macht er Sie glücklich?«

Tatjana hob die Hände und bedeckte ihr Gesicht. Mit gedämpfter Stimme sagte sie: »Ja, Genossin Oberst. Natürlich, wenn man einen Mann liebt ...« Ihre Stimme verklang. Was sollte sie sonst noch sagen? Welche Antwort wollte diese Frau hören?

»Und angenommen, Sie liebten nicht? Würde es Ihnen dennoch Vergnügen bereiten, sich einem Mann hinzugeben?«

Tatjana schüttelte unschlüssig den Kopf. Sie nahm die Hände vom Gesicht und senkte den Kopf. Das Haar fiel auf beiden Seiten wie ein dichter Vorhang nach vorn. Sie versuchte, nachzudenken, doch sie konnte sich eine solche Situation nicht vorstellen. »Das käme vermutlich auf den Mann an, Genossin Oberst.«

»Das ist eine vernünftige Antwort, mein Kind.« Rosa Klebb öffnete eine Schublade in dem Tisch. Sie nahm ein Foto heraus und schob es dem Mädchen hin. »Wie wäre es beispielsweise mit diesem Mann?«

Tatjana zog die Aufnahme vorsichtig zu sich heran. Misstrauisch blickte sie auf das gutgeschnittene, kühle Gesicht, bemüht davon, sich eine Vorstellung zu machen ... »Ich kann es nicht sagen, Genossin Oberst. Er sieht gut aus. Vielleicht, wenn er verständnisvoll wäre ...« Sie stieß die Fotografie hastig weg.

»Nein. Behalten Sie sie, mein Kind. Stellen Sie sie neben Ihrem Bett auf und denken Sie über diesen Mann nach. Sie werden später bei Ihrer neuen Arbeit mehr über ihn erfahren. Und jetzt«, die Augen glitzerten hinter den eckigen Gläsern, »möchten Sie sicher wissen, worin Ihre neuen Pflichten bestehen, nicht wahr? Die Aufgabe, für die man Sie unter allen russischen Mädchen ausgewählt hat?«

»Ja, gewiss, Genossin Oberst.« Tatjana blickte gehorsam auf das gespannte Gesicht ihr gegenüber; die feuchten, fleischigen Lippen öffneten sich.

»Es ist eine einfache, schöne Aufgabe, Genossin Korporal – ein echtes Werk der Liebe, könnte man sagen. Es geht darum, dass Sie sich verlieben. Das ist alles. Sonst nichts. Sie müssen sich einfach in diesen Mann verlieben.«

»Aber wer ist er denn? Ich kenne ihn ja gar nicht.«

Rosa Klebbs Lippen verzogen sich genießerisch. Ihre nächste Antwort würde diesem albernen Gänschen zu denken geben.

»Er ist ein englischer Spion.«

»Bogu moiu!« Tatjana presste rasch die Hand auf den Mund. Starr vor Schreck saß sie da und blickte Rosa Klebb aus großen Augen an.

»Ja«, sagte Rosa Klebb, erfreut von der Wirkung ihrer Worte. »Er ist ein englischer Spion. Vielleicht der berühmteste von allen. Und von jetzt an sind Sie in ihn verliebt. Also gewöhnen Sie sich am besten an diesen Gedanken. Und keine Albernheiten, Genossin. Die Sache ist ernst. Es geht um eine bedeutende Staatsangelegenheit, zu deren Durchführung man Sie als Instrument gewählt hat. Deshalb bitte keinen Unsinn. Und jetzt zu den praktischen Einzelheiten.« Rosa Klebb unterbrach sich kurz und sagte scharf: »Nehmen Sie endlich die Hand vom Gesicht. Hören Sie auf, die Augen aufzureißen wie eine verschreckte Kuh. Setzen Sie sich gerade hin und hören Sie zu. Sonst wird es noch schlimmer für Sie. Verstanden?«

»Ja, Genossin Oberst.« Tatjana richtete sich hastig auf und legte die Hände in den Schoß wie ein braves Schulmädchen.

»Ich will mich kurz fassen«, begann Rosa Klebb. »Später werden Sie mehr erfahren. Während der nächsten Wochen wird man Sie einer gründlichen Ausbildung für dieses Unternehmen unterziehen, sodass Sie genau wissen, was Sie unter den verschiedenen Umständen zu tun haben. Sie werden diesen Mann nach England begleiten. Dort wird man Sie zweifellos verhören. Es wird nicht schlimm werden. Die Engländer halten nichts von harten Methoden. Sie werden Antworten geben, die den Staat nicht gefährden können. Wir werden die Antworten vorher bestimmen, die Sie geben sollen. Wahrscheinlich wird man Sie dann nach Kanada schicken. Dorthin verfrachten die Engländer nämlich eine gewisse Sorte von Gefangenen. Man wird sie befreien und nach Moskau zurückbringen.« Rosa Klebb starrte das Mädchen forschend an. »Sie sehen also, dass die Sache verhältnismäßig einfach ist. Haben Sie im Augenblick irgendwelche Fragen?«

»Was wird mit dem Mann geschehen, Genossin Oberst?«

»Das ist uns gleichgültig. Wir benutzen ihn nur als Instrument, um Sie nach England zu bringen. Das Ziel des Unternehmens besteht darin, den Engländern falsche Informationen zu liefern. Wir würden uns natürlich freuen, von Ihnen Ihre persönlichen Eindrücke über das Leben in England zu erhalten, Genossin. Die Berichte eines intelligenten und gründlich geschulten Mädchens wie Sie werden für den Staat von großem Wert sein.«

»Wirklich, Genossin Oberst?« Tatjana kam sich wichtig vor. Plötzlich klang alles höchst aufregend. Wenn sie ihre Sache nur gut durchführte. Auf jeden Fall würde sie ihr Bestes tun.

10

Es war der Morgen des nächsten Tages.

Oberst Klebb saß an ihrem Schreibtisch in dem geräumigen Büro im Untergeschoß des SMERSH-Gebäudes. Die eine Wand war ganz von einer Karte der westlichen Hemisphäre bedeckt. An der gegenüberliegenden Wand hing die Karte des östlichen Teils der Welt. Hinter ihrem Schreibtisch, in Reichweite ihrer linken Hand, klapperte von Zeit zu Zeit ein Fernschreiber, der mit einem anderen Apparat in der Chiffrier-Abteilung verbunden war, die sich unter den hohen Funkmasten auf dem Dach des Gebäudes befand. Ab und zu, wenn es Oberst Klebb gerade einfiel, riss sie den Papierstreifen ab und überflog die Zeichen. Das war reine Formalität. Wenn irgend etwas Wichtiges geschah, würde ihr Telefon klingeln. Jeder SMERSH-Agent in der ganzen Welt wurde von diesem Raum aus überwacht und geleitet, mit nie ermüdender Wachsamkeit und Strenge.

Das dicke Gesicht sah mürrisch und verbraucht aus. Die Haut unter den Augen war verquollen, und das Weiß des Augapfels war von dünnen Äderchen durchzogen.

Eines der drei Telefone auf dem Schreibtisch summte leise. Sie hob den Hörer ab. »Schicken Sie ihn herein.«

Sie wandte sich Kronsteen zu, der in einem Sessel an der Wand saß, unter der südlichen Spitze Afrikas, und sich mit einer Briefklammer in den Zähnen herumstocherte.

»Granitzki.«

Kronsteen drehte langsam den Kopf und starrte zur Tür.

Red Grant trat ein und schloss die Tür behutsam hinter sich. Er trat zum Schreibtisch und blickte beinahe gierig in die Augen seiner Vorgesetzten. Kronsteen fand, er sähe aus wie ein mächtiger Bluthund, der auf die Fütterung wartet.

Rosa Klebb musterte ihn kalt. »Sind Sie in Form und zur Arbeit bereit?«

»Ja, Genossin Oberst.«

»Lassen Sie mal sehen. Ziehen Sie sich aus.«

Red Grant zeigte keine Überraschung. Er schlüpfte aus seinem Jackett und ließ es, nachdem er sich vergeblich nach einem Platz umgesehen hatte, wo er es hinlegen könnte, auf den Boden fallen. Dann entledigte er sich ohne Verlegenheit des Rests seiner Kleidung und zog schließlich die Schuhe aus. Der große rotbraune Körper mit dem goldenen Haarflaum erhellte das düstere Zimmer. Grant stand entspannt da, die Arme hingen locker an seinen Seiten herab, ein Knie war leicht gebeugt, als stehe er Modell für eine Malschule.

Rosa Klebb stand auf und umrundete den Schreibtisch. Sie inspizierte den Körper eingehend, drückte hier, fühlte dort, als kaufe sie ein Pferd. Dann trat sie hinter den Mann und setzte ihre Musterung fort. Bevor sie wieder nach vorn ging beobachtete Kronsteen, wie sie etwas aus ihrer Jackentasche zog und in der Hand verbarg. Es glänzte metallisch.

Die Frau ging um den Mann herum und stellte sich dann nahe vor ihm auf, den rechten Arm auf dem Rücken. Sie zwang ihn, ihr in die Augen zu blicken.

Plötzlich, mit blitzartiger Geschwindigkeit, schwang sie

den rechten Arm und schlug die Faust, die mit einem Schlagring versehen, direkt in den Solarplexus des Mannes.

Grant ließ ein Stöhnen der Überraschung und des Schmerzes hören. Seine Knie gaben leicht nach, dann wurden sie wieder steif. Für den Bruchteil einer Sekunde schloss er die Augen vor Qual. Dann schlug er sie wieder auf und starrte hinunter in die kalten gelben Augen, die hinter den eckigen Brillengläsern forschend auf ihn gerichtet waren. Abgesehen von einer Rötung der Haut unmittelbar unter dem Brustbein ließ sich bei Grant nach diesem Schlag, der jeden normalen Mann zu Boden geschickt hätte, keine Nachwirkung feststellen.

Rosa Klebb lächelte. Sie steckte den Schlagring wieder in die Tasche, ging um ihren Schreibtisch herum und setzte sich. Mit einer Spur von Stolz richtete sie ihren Blick auf Kronsteen.

»Auf jeden Fall ist er in Form«, erklärte sie.

Kronsteen brummte.

Der nackte Mann grinste befriedigt. Er hob eine Hand und rieb sich den Magen.

Rosa Klebb lehnte sich zurück und betrachtete ihn nachdenklich.

»Genosse Granitzki«, bemerkte sie schließlich, »es gibt Arbeit für Sie. Eine wichtige Aufgabe. Wichtiger als alles, was Sie bisher getan haben. Es ist eine Aufgabe, die Ihnen einen Orden einbringen wird, denn das Ziel, das wir uns gesetzt haben, ist schwer zu erreichen und voller Gefahren. Sie werden sich in einem fremden Land aufhalten, und zwar allein. Ist das klar?«

»Ja, Genossin Oberst.« Grant war erregt. Hier bot sich die Chance zu einem großen Schritt nach oben.

»Sie werden viele Wochen der Schulung und der Vorbereitung brauchen. Bei diesem Auftrag werden Sie in der Verkleidung eines englischen Agenten auftreten. Ihre Umgangsformen und Ihre Erscheinung sind ungehobelt. Es wird Ihnen nichts anderes übrigbleiben, als wenigstens ein paar von den Dingen zu lernen, die einen Gentleman ausmachen«, erklärte die höhnische Stimme. »Sie werden einem Engländer anvertraut werden, der hier zu unserer Verfügung steht. Ein ehemaliger Gentleman des Außenministeriums in London. Seine Aufgabe wird es sein, Sie so zu schulen, dass Sie als englischer Spion gelten könnten. Das Unternehmen wird Ende August stattfinden, doch Ihre Ausbildung wird auf der Stelle beginnen. Es ist noch viel zu tun. Ziehen Sie sich wieder an und melden Sie sich beim Adjutanten. Verstanden?«

»Ja, Genossin Oberst.« Grant wusste, dass es keinen Sinn hatte, Fragen zu stellen. Er zog sich an, keineswegs gestört von den Augen der Frau, die auf ihn gerichtet waren, und schritt zur Tür, während er sein Jackett zuknöpfte. Dann drehte er sich um. »Ich danke Ihnen, Genossin Oberst.«

Rosa Klebb machte sich Notizen über die Unterhaltung. Sie antwortete nicht und blickte auch nicht auf, als Grant hinausging und die Tür hinter sich zuzog.

Dann warf die Frau ihren Bleistift zur Seite und lehnte sich zurück.

»Und jetzt, Genosse Kronsteen – gibt es irgendwelche Punkte, die noch der Erörterung bedürfen, ehe wir die Maschinerie in Gang setzen?«

Kronsteens Fingerspitzen waren aneinandergepresst. Der Ton der Herablassung in der Stimme der Frau ließ ihn gleichgültig. Er war voll konzentriert. Kronsteens dunkle, tiefgründige Augen starrten auf einen bestimmten Punkt an der Decke. »Ich habe mich damit beschäftigt, welcher Schauplatz im Ausland geeignet ist. Ich habe mich für Istanbul entschieden. Dort verfügen wir über einen guten Apparat. Der britische Geheimdienst hingegen hat nur eine kleine Station. Der Leiter dieser Stelle soll ein guter Mann sein. Man wird ihn liquidieren. Dieser Ort liegt günstig für uns, von Bulgarien und dem Schwarzen Meer her leicht zu erreichen. Von London dagegen ist er relativ weit entfernt. Ich werde noch die Einzelheiten ausarbeiten, wo genau die Liquidation Bonds stattfinden soll, und werde mir überlegen, wie Bond dahin gebracht werden kann, nachdem er sich mit dem Mädchen in Verbindung gesetzt hat. Es muss auch noch entschieden werden, wann Granitzki auf der Bildfläche erscheint. Doch das sind kleinere Details. Wir müssen die Kameraleute und die anderen Leute aussuchen und heimlich und ohne Aufsehen nach Istanbul bringen. Unser Netz dort darf nicht plötzlich eine ungewöhnliche Betriebsamkeit entwickeln, es dürfen nicht zu viele Leute dort sein. Wir werden allen Abteilungen mitteilen, dass der Funkverkehr mit der Türkei unter allen Umständen normal verlaufen soll, sowohl vor als auch während des Unternehmens. Wir wollen vermeiden, dass britische Spitzel eine Falle vermuten. Die Chiffrier-Abteilung hat keine Einwendungen dagegen, das äußere Gehäuse einer Spektor-Maschine auszuhändigen. Die Maschine geht zunächst in die Abteilung für Sondergeräte. Dort wird man alles vorbereiten.«

Kronsteen schwieg. Langsam löste sich sein Blick von der Decke. Nachdenklich stand er auf. Er richtete seinen Blick auf die wachsamen, aufmerksamen Augen der Frau.

»Im Augenblick habe ich nichts weiter zu sagen, Genossin«, erklärte er. »Es werden sich noch viele Einzelfragen ergeben, doch ich glaube, die lassen sich von Tag zu Tag klären, sodass das Unternehmen jetzt ohne weiteres anlaufen kann.«

11

Die schwammigen Arme des tatenlosen Lebens hielten Bond umschlungen und drohten ihn langsam zu erwürgen. Er war ein Mann der Tat und des Krieges, und wenn lange Zeit kein Krieg zu führen war, dann verdüsterte sich seine Stimmung.

In seinem Gewerbe hatte nun schon seit fast einem Jahr Frieden geherrscht, und der Friede brachte ihn um.

Am Donnerstag, dem 12. August, um sieben Uhr dreißig morgens erwachte Bond in seiner gemütlichen Wohnung an dem baumbestandenen Platz in der Nähe der King's Road und stellte missmutig fest, dass ihn allein die Aussicht auf den langen Tag, der vor ihm lag, langweilte. Langeweile und insbesondere den unglaublichen Umstand, schon gelangweilt aufzuwachen, betrachtete Bond als eine unverzeihliche Sünde.

Er streckte den Arm aus und drückte zweimal kurz auf den Klingelknopf, um May, seine schottische Perle, wissen zu lassen, dass er für das Frühstück bereit war. Dann warf er mit einer heftigen Bewegung das Laken von seinem Körper und schwang die Füße aus dem Bett.

Es gab nur ein Mittel, um mit der Langeweile fertig zu werden – sie zu überwinden, indem man sich betätigte. Bond ließ sich auf die Hände nieder und absolvierte zwanzig langsame Liegestützen. Jedesmal hielt er so lange aus, dass seine Muskeln gar nicht zur Ruhe kommen konnten. Als er unfähig war, den Schmerz in den Armen länger zu ertragen, rollte er sich auf den Rücken, legte die Arme flach an die Seiten und hob langsam die gestreckten Beine. Er wiederholte die Übung, bis seine Bauchmuskeln rebellierten. Dann stand er auf, berührte bei gestreckten Knien zwanzigmal seine Zehenspitzen und machte schließlich Atemübungen, bis ihm schwindlig war. Keuchend vor Anstrengung ging er in das große, weißgekachelte Badezimmer und stellte sich fünf Minuten unter die Dusche. Erst drehte er das heiße Wasser auf, dann das kalte.

Nachdem er sich rasiert und ein kurzärmliges blaues Baumwollhemd und marineblaue Kammgarnhosen angezogen hatte, schlüpfte er mit den nackten Füßen in schwarze Ledersandalen und schritt durch das Schlafzimmer in das große Wohnzimmer mit den breiten Fenstern. Er war zufrieden, dass er zumindest für den Augenblick das Gefühl der Langeweile aus seinem Körper herausgeschwitzt hatte.

May, eine ältliche Schottin mit eisengrauem Haar und verschlossenem Gesicht, trat mit dem Tablett ins Zimmer und stellte es auf den Tisch am Fenster. Daneben legte sie die *Times*, die einzige Zeitung, die Bond zu lesen pflegte.

Bond wünschte ihr guten Morgen und setzte sich an den Frühstückstisch.

»Guten Morgen.«

Sie blieb neben dem Tisch stehen, während Bond die Zeitung auseinanderfaltete.

»Dieser Mann war gestern Abend wieder da. Wegen des Fernsehers.«

»Was für ein Mann?« Bond überflog die Schlagzeilen.

»Der Mann, der mir dauernd das Haus einrennt. Sechsmal ist er seit Juni hier aufgetaucht. Man möchte meinen, er würde es aufgeben zu versuchen, uns so ein Ding anzudrehen, wo ich ihn doch beim ersten Mal schon so angepfiffen habe. Und auf Ratenzahlung auch noch!«

»Hartnäckige Burschen, diese Vertreter.« Bond legte die Zeitung weg und griff nach der Kaffeekanne.

»Gestern Abend habe ich ihm noch mal gehörig die Meinung gesagt. Leute beim Abendessen zu stören! Ich hab ihn gefragt, ob er einen Ausweis hätte, damit man weiß, mit wem man es zu tun hat.«

»Da wird er wohl verschwunden sein.« Bond goss seine große Tasse bis zum Rand voll Kaffee.

»Von wegen. Zeigte mir seinen Gewerkschaftsausweis. Er sagte, er hätte schließlich ein Recht, sich seinen Lebensunterhalt zu verdienen. Von der Elektriker-Gewerkschaft war er. Das sind doch die Kommunisten, oder?«

»Ja, das stimmt«, bestätigte Bond. Er war plötzlich aufmerksam geworden. War es möglich, dass *sie* ihn im Auge behielten? Er trank einen Schluck Kaffee und setzte die Tasse ab. »Was hat der Mann denn genau gesagt, May?«, fragte er. Seine Stimme klang gleichgültig, doch er blickte sie gespannt an.

»Er behauptete, er verkaufe Fernsehapparate auf Provisionsbasis in seiner freien Zeit. Wollte wissen, ob wir bestimmt keinen brauchten. Schließlich wären wir doch die Einzigen hier in der Gegend, die noch keinen hätten. Er hätte gesehen, dass auf dem Haus keine Antenne steht. Unerhört! Er erkundigt sich immer, ob Sie zu Hause sind, damit er mal mit Ihnen persönlich reden kann. Diese Frechheit! Ich bin erstaunt, dass er noch nicht versucht hat, Sie abzufangen, wenn Sie weggehen oder heimkommen. Er fragt immer, ob ich Sie zurückerwarte. Natürlich sage ich ihm nicht, was Sie tun und lassen. Ein achtbarer, ruhiger Mensch, wenn er nicht so hartnäckig wäre.«

Könnte sein, dachte Bond. Es gab so viele Möglichkeiten festzustellen, ob der Wohnungsinhaber zu Hause war oder nicht. Die Erscheinung und Reaktion eines Hausangestellten – ein Blick durch die offene Tür. ›Sie verschwenden Ihre Zeit, er ist nicht da‹ – so würde der Empfang ausfallen, wenn die Wohnung leer stünde. Sollte er der Sicherheitsabteilung Bescheid geben? Bond zuckte gereizt mit den Schultern. Zum Teufel. Wahrscheinlich steckte überhaupt nichts dahinter. Warum sollten *sie* sich für ihn interessieren? Und wenn etwas dahinterstecken sollte, dann war die Sicherheitsabteilung imstande, einen Wohnungswechsel von ihm zu verlangen.

»Ich nehme an, Sie haben ihn diesmal verjagt.« Bond lächelte May zu. »Sie werden ihn wohl zum letzten Mal gesehen haben.«

»Ja-a«, erwiderte May zweifelnd. Auf jeden Fall hatte sie seine Anweisungen befolgt und Bericht erstattet, als ihr das wiederholte Erscheinen des Mannes aufgefallen war. Mit einem Rascheln ihres altmodischen schwarzen Kleides, das sie selbst in der Augusthitze trug, schwirrte sie davon.

Bond widmete sich wieder dem Frühstück. Unter normalen Umständen erregten solche kleinen Dinge seinen Verdacht, und zu einer anderen Zeit wäre er nicht eher zufrieden gewesen, als bis er das Rätsel des Mannes, der so häufig hier erschienen war, gelöst hatte. Doch Monate der Untätigkeit hatten die Schärfe seines Instinkts abgestumpft.

Das Frühstück war Bonds Lieblingsmahlzeit. Wenn er sich in London aufhielt, war es immer gleich. Es bestand aus sehr starkem Kaffee von De Bry in der New Oxford Street, der in einem amerikanischen Kaffeetopf gebraut wurde. Er trank stets zwei große Tassen, schwarz und ohne Zucker. Das

Ei in dem dunkelblauen Eierbecher mit dem goldenen Rand war drei und eine Drittel Minute gekocht.

Es war ein ganz frisches, fleckiges braunes Ei von französischen Marans-Hennen, die sich eine Freundin Mays auf dem Lande hielt.

Außerdem gab es zwei Scheiben Toast, eine große Schale gelber Butter aus Jersey und drei eckige Gläser mit Erdbeermarmelade, Orangenmarmelade und norwegischem Honig.

Die Kaffeekanne und das Silbergeschirr auf dem Tablett stammten aus der Zeit der Queen Anne, das Porzellan war Minton, dunkelblau, gold und weiß wie der Eierbecher.

An diesem Morgen, während Bond sein Frühstück mit einem Honigtoast abschloss, versuchte er, den unmittelbaren Grund für seine Lethargie und seine missmutige Stimmung festzustellen. Zunächst mal hatte ihn Tiffany Case, mit der er so viele glückliche Monate verbracht hatte, verlassen; nach qualvollen Wochen, die sie in einem Hotel zugebracht hatte, war sie Ende Juli nach Amerika abgereist. Er vermisste sie sehr und schreckte noch immer davor zurück, an sie zu denken. Außerdem war es August, und London war heiß und stickig. Sein Urlaub war fällig, doch er hatte weder die Energie, noch verspürte er den Wunsch, allein irgendwohin zu fahren oder den Versuch zu machen, einen vorübergehenden Ersatz für Tiffany zu finden, um sich nicht ohne Begleitung auf die Reise begeben zu müssen. Deshalb war er hiergeblieben, fuhr Tag für Tag zur Zentrale des Geheimdienstes, der nur mit halber Kraft arbeitete, schnauzte seine Sekretärin an und ließ seine schlechte Laune an den Kollegen aus.

Selbst M. hatte schließlich mit dem brummigen, eingeschlossenen Tiger im unteren Stockwerk die Geduld verloren und hatte Bond am Montag dieser Woche ein scharfes Schreiben gesandt, in dem er ihn einem Ermittlungskomitee unter der Leitung von Captain Troop zuteilte. In dem Schreiben stand, es wäre an der Zeit, dass sich Bond in seiner Eigenschaft als höherer Offizier aktiv mit den verwaltungstechnischen Problemen des Geheimdienstes befasste. Es stand sowieso kein anderer zur Verfügung. In der Zentrale litt man unter Mangel an Arbeitskräften, und in der 00-Abteilung war es ruhig. Bond sollte sich am selben Tag um zwei Uhr dreißig im Zimmer 412 melden.

Bond hatte sich unverzüglich mit Troop in einen hoffnungslosen Streit über die Anstellung Intellektueller beim Geheimdienst verwickelt.

Aus Widerspruchsgeist und weil er wusste, dass er andere damit ärgern konnte, hatte Bond behauptet, dass wenn MI5 und der Geheimdienst sich ernsthaft mit dem ›intellektuellen Spion‹ des Atomzeitalters befassen wollten, sie eine gewisse Anzahl ›Intellektueller‹ anstellen müssten, um ihnen entgegenzutreten. »Pensionierte Offiziere der indischen Armee«, hatte Bond behauptet, »können die Denkprozesse eines Burgess oder eines Maclean gar nicht verstehen. Sie wissen nicht mal, dass solche Leute existieren. Wie sollen sie dann in der Lage sein, in ihren Kreisen zu verkehren, ihre Freunde und ihre Geheimnisse kennen zu lernen?«

»Ach nein?«, hatte Troop mit eisiger Ruhe erwidert. »Sie sind also der Ansicht, das Personal unserer Organisation sollte mit Perversen aufgefrischt werden? Ein höchst origineller Einfall. Ich dachte immer, es bestehe allgemeine Übereinstimmung darüber, dass Homosexuelle so ziemlich die unsichersten Kantonisten sind, die es bei der Arbeit des Geheimdienstes gibt. Ich kann mir nicht vorstellen, dass die Amerikaner einem parfümduftenden Homosexuellen Atomgeheimnisse anvertrauen würden.«

»Nicht alle Intellektuellen sind homosexuell. Ich sage lediglich, dass …« In dieser Art hatte sich die Auseinandersetzung während der Sitzungen in den letzten drei Tagen mit Unterbrechung abgespielt.

Wie ernsthaft beschäftigte ihn diese Frage eigentlich, überlegte Bond, als er um neun Uhr seine Wohnung verließ und die Treppe zu seinem Wagen hinunterstieg. War es einfach kleinlich und widerspenstig? Hatte er eine Ein-Mann-Opposition aufgezogen, um sich an irgendetwas die Krallen wetzen zu können? War er so gelangweilt, dass ihm nichts Besseres einfiel, als sich selbst in der ganzen Organisation unbeliebt zu machen? Bond fand zu keiner Entscheidung. Er spürte, dass er rastlos und unschlüssig war, und hinter alledem stand diese nagende Unruhe, die er nicht definieren konnte.

Als er auf den Starter drückte und der Zwillingsauspuff aufheulte, fiel Bond plötzlich ein seltsames Sprichwort ein.

»Wen die Götter vernichten wollen, den liefern sie zuerst der Langeweile aus.«

12

Er hatte gerade seiner Sekretärin ein Kompliment über ihr neues Sommerkleid gemacht und zur Hälfte den Stapel von Fernschreiben durchgesehen, die im Laufe der Nacht eingetroffen waren, als das rote Telefon zu läuten begann, das ihn nur mit M. oder dem Chef des Stabes verband.

Bond hob den Hörer ab. »007.«

»Können sie heraufkommen?« Es war der Chef des Stabes.

»M.?«

»Ja. Sieht nach einer langen Sitzung aus. Ich habe Troop mitgeteilt, dass er heute auf Sie verzichten muss.«

»Haben Sie eine Ahnung, um was es geht?«

Der Chef des Stabes lachte leise. »Ja, das habe ich. Aber lassen Sie sich's lieber von ihm selbst erzählen. Sie werden die Augen aufreißen.«

Als Bond seine Jacke angezogen hatte und die Tür seines Büros hinter sich zuschlug, beseelte ihn das sichere Gefühl, dass der Startschuss gefallen war und die Tage der Langeweile zu Ende waren. Selbst die Fahrt im Aufzug und der Gang durch den langen, stillen Korridor schienen von der Bedeutung all jener Momente geladen, als die Klingel des roten Telefons ihm das Signal zum Aufbruch an irgendeinen fernen, unbekannten Ort gegeben hatte, den M. für wichtig hielt. Und in den Augen von Miss Moneypenny, der Sekretärin M.s, stand der alte, seltsame Ausdruck der Erregung und des geheimen Wissens, als sie zu ihm auflächelte und auf den Knopf der Sprechanlage drückte.

»007 ist hier, Sir.«

»Schicken Sie ihn herein«, erwiderte die metallische Stimme, und über der Tür flammte das rote Licht auf, das anzeigte, dass M. nicht gestört zu werden wünschte.

Bond trat durch die Tür und schloss sie leise hinter sich. Das Zimmer war kühl, aber vielleicht lag es nur an den heruntergelassenen Sonnenblenden, dass es ihm so erschien. Schmale Streifen von Licht und Schatten erstreckten sich über den dunkelgrünen Teppich bis zum Rand des großen Schreibtischs, der in der Mitte des Zimmers stand. Weiter reichten die Sonnenstrahlen nicht, sodass die ruhige Gestalt hinter dem Schreibtisch in grünlich schimmerndem Schatten saß. An der Decke, unmittelbar über dem Schreibtisch, drehte sich langsam ein großer, zweiflügeliger Ventilator, eine Neuanschaffung, und brachte die stickige Augustluft in Bewegung, die selbst hoch über dem Regent's Park nach einwöchiger anhaltender Hitze schwer und schwül war.

M. wies auf den Stuhl vor dem mit rotem Leder bezogenen Schreibtisch. Bond setzte sich und blickte auf das gelassene, von Linien gezeichnete Gesicht, das er liebte, verehrte und dem er gehorchte.

»Haben Sie etwas dagegen, wenn ich Ihnen eine persönliche Frage stelle, James?« M. stellte seinen Leuten niemals persönliche Fragen, und Bond konnte sich nicht denken, was jetzt folgen würde.

»Nein, Sir.«

M. nahm seine Pfeife aus dem großen kupfernen Aschenbecher und begann sie zu stopfen. Nachdenklich ruhte sein Blick auf den Fingern, die den Tabak in den Pfeifenkopf drückten.

»Sie brauchen nicht zu antworten«, sagte er rau, »aber es hat mit Ihrer – äh – Freundin, Miss Case, zu tun. Wie Sie wissen, interessiere ich mich im allgemeinen nicht für derartige Dinge, doch ich habe gehört, dass sie – äh – einander häufig gesehen haben, seit der Fall mit dem Diamantenschmuggel abgeschlossen wurde. Man vermutete sogar, Sie könnten heiraten.« M. blickte Bond kurz an, dann senkte er die Lider wieder. Er steckte die gestopfte Pfeife zwischen die Lippen und hielt ein brennendes Streichholz daran. Während er heftig zog, sagte er aus dem Mundwinkel heraus: »Wollen Sie etwas dazu sagen?«

Was soll das?, dachte Bond verwundert. Zum Teufel mit diesem Büroklatsch. »Nun, Sir, wir sind gut miteinander ausgekommen«, erwiderte er unwirsch. »Wir spielten tatsächlich mit dem Gedanken, zu heiraten. Doch dann hat sie irgendeinen Mann von der amerikanischen Botschaft kennen gelernt, einen Major vom Marine-Corps. Und ich nehme an, sie wird ihn jetzt heiraten. Sie sind in die Staaten zurückgekehrt. Wahrscheinlich ist es auch gut so. Ausländerehen sind nur selten ein Erfolg. Er ist sicher ein netter Kerl. Für sie wird es besser sein, wenn sie nicht in London leben muss. Sie konnte sich hier nicht richtig eingewöhnen. Ein nettes Mädchen, aber ein bisschen neurotisch. Wir hatten zu viele Streitereien. Wahrscheinlich lag es an mir. Nun, auf jeden Fall ist es aus.«

M. verzog sein Gesicht zu einem kurzen Lächeln, das sich mehr in seinen Augen ausdrückte als um seinen Mund.

»Tut mir Leid, dass es schiefgegangen ist, James«, meinte er.

In M.s Stimme lag keine Teilnahme. Ihm waren Bonds Frauengeschichten, wie er es nannte, ein Dorn im Auge, obwohl er sich eingestand, dass das wohl auf seiner viktorianischen Erziehung beruhte. Doch als Bonds Vorgesetzter hätte es ihm am allerwenigsten in den Kram gepasst, wenn Bond eine dauernde Bindung mit einer Frau eingegangen wäre.

»Vielleicht ist es zu Ihrem Besten. Es tut nicht gut, wenn man sich in unserem Beruf mit neurotischen Frauen einlässt. Sie fallen einem genau im unrechten Augenblick in den Arm, wenn Sie wissen, was ich damit sagen will. Verzeihen Sie, dass ich mich danach erkundigt habe. Ich musste die Antwort wissen, ehe ich Ihnen von dem berichte, was sich getan hat. Reichlich komische Sache. Wäre schwierig, Sie dafür zu interessieren, wenn Sie kurz vor der Heirat stünden oder so was.«

Bond schüttelte den Kopf und wartete darauf, dass M. fortfuhr.

»Also schön«, begann M. Ein Unterton der Erleichterung schwang in seiner Stimme mit. Er lehnte sich zurück und zog ein paar Mal schnell hintereinander an seiner Pfeife, um sie nicht ausgehen zu lassen. »Folgendes hat sich ereignet. Gestern erhielten wir eine Mitteilung aus Istanbul. Offenbar hat der Leiter der Station T am Dienstag einen anonymen Brief empfangen, mit der Maschine geschrieben, in dem man ihn bat, sich eine Rückfahrkarte für die Achtuhrfähre zu besorgen, die zwischen der Galata-Brücke und der Mündung des Bosporus verkehrt. Sonst nichts. Der Leiter T ist ein unternehmungslustiger Bursche und nahm natürlich die Fähre. Nach ungefähr einer Viertelstunde erschien ein hübsches Mädchen und stellte sich neben ihn. Er schreibt, sie sei Russin, sehr gut aussehend. Nachdem sie sich eine Weile über die Aussicht und dergleichen unterhalten hatten, wechselte sie plötzlich das Thema und erzählte ihm im gleichen leichten Konversationston eine ungewöhnliche Geschichte.«

M. hielt inne, um seine ausgegangene Pfeife wieder in Brand zu setzen.

»Wer ist der Leiter T, Sir?«, warf Bond ein. »Ich haben noch nie in der Türkei gearbeitet.«

»Ein Mann namens Kerim, Darko Kerim. Türkischer Vater und englische Mutter. Ein bemerkenswerter Mensch. Schon vor dem Krieg wurde er Leiter der Station T. Einer der besten Leute, die wir haben. Ist mit Begeisterung bei der Sache und leistet gute Arbeit. Sehr intelligent. Er kennt diesen Teil der Welt wie seine Westentasche.«

M. schob seine Pfeife in den Mundwinkel und ließ das Thema fallen. »Auf jeden Fall lief die Geschichte des Mädchens darauf hinaus, dass sie Korporal beim MGB ist. Seit sie die Schule verlassen hat, ist sie dabei und wurde erst vor kurzem in die Istanbuler Abteilung versetzt. Sie ist in der Chiffrier-Abteilung beschäftigt und hatte sich um die Versetzung bemüht, weil sie Russland verlassen möchte, um in den Westen zu gehen.«

»Das ist gut«, stellte Bond fest. »Vielleicht ganz nützlich, wenn wir jemanden von der Chiffrier-Abteilung bei uns haben. Aber warum will sie überhaupt weg?«

M. blickte Bond über den Tisch hinweg an.

»Weil sie verliebt ist.« Er legte eine kurze Pause ein und fügte dann mit milder Stimme hinzu: »Sie behauptet, sie hätte sich in Sie verliebt.«

»In mich verliebt?«

»Ja, in Sie. Das behauptet sie. Ihr Name ist Tatjana Romanow. Schon mal von ihr gehört?«

»Guter Gott, nein!« M. lächelte über den verwirrten Ausdruck auf Bonds Zügen. »Aber was, zum Teufel, will sie denn?« fragte Bond. »Hat sie mich denn jemals gesehen? Woher weiß sie, dass ich existiere?«

»Hm«, äußerte M. »Die Geschichte klingt völlig lächerlich. Aber sie ist so verrückt, dass sie wahr sein könnte. Dieses Mädchen ist vierundzwanzig Jahre alt. Als sie beim MGB anfing, arbeitete sie in der Zentralregistratur, und zwar in der englischen Abteilung. Sechs Jahre war sie dort. Eine der Akten, die durch ihre Hände gingen, war die Ihre.«

»Diese Akte möchte ich sehen«, meinte Bond.

»Wenn man ihr glaubt, dann waren es zuerst die Fotos von Ihnen, die sie beeindruckten. Sie bewundert Ihr Aussehen und so weiter.« M.s Mundwinkel verzogen sich, als hätte er in eine saure Zitrone gebissen. »Dann las sie über alle Ihre Fälle und gelangte zu dem Schluss, dass Sie ein Teufelskerl sind.«

Bond senkte die Lider. M.s Gesicht war ausdruckslos.

»Sie meinte, Sie hätten ihr besonders gefallen, weil Sie sie an den Helden eines Buches des russischen Schriftstellers Lermontow erinnern. Offenbar ist das ihr Lieblingsbuch. Dieser Romanheld war ein leidenschaftlicher Spieler und ist von einem Abenteuer ins andere geschlittert. Auf jeden Fall erinnern Sie sie an ihn. Sie erklärte, dass sie schließlich an nichts anderes mehr denken konnte, und eines Tages hatte sie den Einfall, dass sie, wenn es ihr gelänge, sich ins Ausland versetzen zu lassen, mit Ihnen Verbindung aufnehmen könnte und Sie dann auftauchen würden, um sie zu retten.«

»So eine idiotische Geschichte habe ich noch nie im Leben gehört, Sir. Der Leiter T wird diesen Unsinn doch nicht geschluckt haben?«

»Moment mal«, erwiderte M. leicht gereizt. »Ziehen Sie keine voreiligen Schlüsse, weil Ihnen eine solche Sache noch nie passiert ist. Nehmen Sie mal an, Sie wären ein Filmstar und kein Geheimagent. Da würden Sie von Mädchen aus aller Welt Briefe erhalten, in denen die dummen Gänse Ihnen ihr Herz ausschütten und behaupten, ohne Sie nicht mehr leben zu können. Hier haben wir es mit einem albernen jungen Ding zu tun, das in Moskau als Sekretärin arbeitet. Wahrscheinlich besteht das gesamte Personal der Abteilung aus Frauen, so wie in unserer Registratur. Den ganzen Tag sieht sie keinen Mann, und da sitzt sie nun, vor sich Ihre – äh – blendende Erscheinung, die ihr immer wieder ins Auge fällt, wenn die Akte gebraucht wird. Und da entwickelt sich bei ihr ein Faible für den Mann auf den Fotos, gerade so wie Tausende von Sekretärinnen sich in diese geleckten Filmstargesichter in den Illustrierten verlieben.« M. machte eine wegwerfende Handbewegung, um seiner Verachtung für diese entsetzliche weibliche Gewohnheit Ausdruck zu verleihen. »Viel weiß ich, weiß Gott, nicht über diese Dinge, aber Sie müssen zugeben, dass sie geschehen.«

Bond lächelte über diese Bitte um Unterstützung.

»Nun ja, Sir, allmählich finde ich die Sache auch nicht mehr so unwahrscheinlich. Es gibt schließlich keinen Grund, warum ein russisches Mädchen nicht ebenso kindisch sein sollte wie ein englisches. Aber sie muss Mut haben, um das zu wagen, was sie getan hat. Hat Leiter T etwas darüber verlauten lassen, ob sie sich über die Konsequenzen klar ist, falls man sie erwischt?«

»Er behauptet, sie sei völlig verängstigt gewesen«, erwiderte M. »Auf dem Boot blickte sie sich dauernd um, weil sie fürchtete, dass jemand sie beobachtet. Aber offenbar befanden sich nur die üblichen Bauern und Pendler auf der Fähre, und da es schon ziemlich spät war, fuhren sowieso nicht viele Leute mit. Aber warten Sie. Das ist noch nicht mal die Hälfte der Geschichte.« M. zog gemächlich an seiner Pfeife und blies eine Rauchwolke zu dem Ventilator hinauf, der sich langsam über seinem Kopf drehte. »Sie erzählte Kerim, dass diese Leidenschaft für Sie sich langsam zur Besessenheit entwickelt. Der bloße Anblick russischer Männer wurde ihr verhasst. Und dieses Gefühl wandelte sich allmählich zu einer ausgeprägten Abneigung gegen das Regime und insbesondere die Arbeit, die sie zu tun hatte, weil sie damit ja für dir russische Regierung und gewissermaßen gegen Sie arbeitete. Deshalb bewarb sie sich um eine Versetzung ins Ausland, und da sie fließend Englisch und Französisch spricht, wurde ihr schließlich ein Posten in der Istanbuler Zentrale angeboten, allerdings unter der Voraussetzung, dass sie in die Chiffrier-Abteilung überwechselte und mit einem niedrigeren Gehalt zufrieden war.

Um mich kurz zu fassen, nach sechsmonatiger Ausbildung gelangte sie vor drei Wochen nach Istanbul. Dann hörte sie sich um und brachte bald den Namen unseres Mannes in Erfahrung. Kerim ist schon so lange dort, dass inzwischen jeder in der Türkei weiß, was er betreibt. Ihn stört das nicht weiter, und die Aufmerksamkeit der Leute wird durch ihn von den Sonderagenten abgelenkt, die wir von Zeit zu Zeit in die Türkei entsenden. Sie schickte also Kerim den fraglichen Brief. Jetzt will sie wissen, ob er ihr helfen kann.« M. hielt inne und zog nachdenklich an seiner Pfeife. »Kerim reagierte im ersten Moment natürlich genau wie Sie und streckte seine Fühler ein bisschen aus, um festzustellen, ob es sich um eine Falle handelt. Doch er konnte nicht einsehen, was die Russen dabei gewinnen, wenn sie uns das Mädchen rüberschicken. Je hartnäckiger Kerim versuchte, in der Geschichte des Mädchens einen schwachen Punkt zu entdecken, desto verzweifelter wurde das Mädchen. Die Fähre hatte fast die Hälfte des Weges zurückgelegt und war kurz vor der Wende zurück nach Istanbul. Und dann«, M.s Augen glitzerten, »folgte der Knalleffekt.«

Dieses Glitzern in M.s Augen, dachte Bond. Wie gut er

jene Augenblicke kannte, wenn M.s kalte graue Augen seine Erregung und seine Gier verrieten.

»Eine letzte Karte hatte sie noch in der Hand, und sie wusste, es war ihr höchster Trumpf. Wenn es ihr gelänge, zu uns überzulaufen, würde sie ihre Chiffrier-Maschine mitbringen. Es handelt sich um eine nagelneue Spektor-Maschine, jene Maschine, für die wir jeden Preis zahlen würden.«

»Mein Gott«, sagte Bond leise, verblüfft von diesem ungeheuerlichen Angebot. Die Spektor! Die Maschine, die es ihnen ermöglichen würde, alle geheimen Funksprüche zu dechiffrieren. Selbst wenn man ihren Verlust sofort bemerken würde, das System änderte oder die Maschine in allen russischen Botschaften und Spionage-Zentren der Welt der weiteren Verwendung entzog, war die Tatsache, dass sie sich im Besitz der Engländer befand, ein unschätzbarer Sieg. Bond wusste nicht viel über Chiffrierkunst und wollte aus Gründen der Sicherheit auch so wenig wie möglich darüber wissen, doch ihm war klar, dass der Verlust der Spektor für den russischen Geheimdienst einen empfindlichen Schlag bedeuten würde.

Bond war überzeugt. Er verließ sich auf M.'s Urteil, der der Geschichte des Mädchens glaubte, gleichgültig, wie unwahrscheinlich sie klingen mochte. Wenn ein russischer Bürger etwas Derartiges anbot und bereit war, das ungeheure Risiko auf sich zu nehmen, dieses Angebot tatsächlich zu erfüllen, so konnte es sich nur um einen Akt der Verzweiflung handeln – um einen Akt verzweifelter Liebe, wenn man so wollte. Ob nun die Geschichte des Mädchens auf Wahrheit beruhte oder nicht, der Einsatz war zu hoch, um zu passen.

»Verstehen Sie, 007?«, fragte M. milde. Es war nicht schwierig, an Bonds Augen abzulesen, was hinter seiner Stirn vorging. »Verstehen Sie, was ich meine?«

Bond wich aus. »Erklärte sie, wie sie die Sache durchführen will?«

»Nicht genau. Doch Kerim behauptet, sie sei völlig sicher gewesen. Es hat irgendetwas mit Nachtdienst zu tun. Offenbar hat sie an einigen Tagen der Woche Nachtschicht und hält sich ganz allein im Büro auf, wo sie auf einem Feldbett schläft. Sie schien nicht die geringsten Zweifel am Gelingen ihres Plans zu haben, obwohl sie genau weiß, dass sie auf der Stelle erschossen wird, wenn jemand sie ertappen sollte. Sie hatte sogar Angst als sie hörte, dass Kerim mir ganz genau berichten würde. Er musste ihr versprechen, dass er persönlich die Meldung in Code abfassen und keine Durchschläge behalten würde. Er tat natürlich, was sie verlangte. Als sie die Spektor erwähnte, war Kerim klar, dass sich diese Sache zu einem Fall von ungeheurer Bedeutung entwickeln könnte.«

»Was geschah dann, Sir?«

»Die Fähre legte an einem Ort namens Ortakoy an. Sie sagte, sie würde jetzt aussteigen. Kerim versprach, dass er noch am Abend die Meldung abschicken würde. Sie weigerte sich, irgendwelche Vereinbarungen zu treffen, um mit ihm in Verbindung zu bleiben. Sagte nur, sie würde ihre Leistung erbringen, wenn wir die unsere erbrächten. Dann wünschte sie Gute Nacht und verschwand in der Menge, die den Steg hinunterdrängte.«

M. beugte sich plötzlich vor und sah Bond eindringlich an.

»Doch er konnte natürlich nicht garantieren, dass wir die geforderte Leistung erbringen würden.«

Bond schwieg. Es war leicht zu erraten, was jetzt folgen würde.

»Das Mädchen wird seine Versprechungen nur unter einer Bedingung einhalten.« M.s Augen verengten sich zu schmalen Schlitzen. »Wenn sie nach Istanbul fahren und sie samt der Maschine nach England bringen.«

Bond zuckte mit den Schultern. Das würde keine Schwierigkeiten bereiten, aber ... Er blickte offen in M.s Augen.

»Ein Kinderspiel, Sir. Soweit ich sehen kann, hat die Sache nur einen Haken. Sie kennt mich lediglich von Fotos her und hat eine Menge aufregender Dinge über mich gelesen. Aber nehmen wir mal an, dass ich ihren Erwartungen nicht entspreche, wenn sie mich in Fleisch und Blut sieht!«

»Aus diesem Grund habe ich Ihnen die Fragen über Miss Case gestellt«, erklärte M. grimmig. »Ihre Aufgabe ist es, dafür zu sorgen, dass Sie ihre Erwartungen *nicht enttäuschen.*«

13

Die vier Propeller begannen sich langsam, einer nach dem anderen, zu drehen und wurden zu wirbelnden Kreisen. Das tiefe Summen der Turbojets steigerte sich zu einem schrillen, gleichmäßigen Pfeifen. Die Art des Geräuschs, das völlige Fehlen jeder Vibration unterschieden diese Maschine von allen anderen, in denen Bond je geflogen war. Als die Viscount ruhig auf die schimmernde Ost-West-Landebahn des Londoner Flughafens hinausrollte, kam es Bond vor, als sitze er in einem teuren technischen Spielzeug.

Einen Moment stand die Maschine still, als der Pilot die vier Turbojets hochtrieb, sodass sie durchdringend aufbrüllten, und dann, mit einem Ruck, der das Lösen der Bremsen anzeigte, steigerte die Maschine der BEA, Flug 130 über Rom und Athen nach Istanbul, ihre Geschwindigkeit, raste die Startbahn entlang und erhob sich leicht und schnell in die Lüfte.

Innerhalb von zehn Minuten hatten sie eine Höhe von 6500 Metern erreicht und flogen in südlicher Richtung. Das Brüllen der Turbojets hatte sich zu einem leisen Pfeifen gesenkt.

Bond löste seinen Sicherheitsgurt und steckte sich eine

Zigarette an. Er griff nach dem schmalen, teuer aussehenden Köfferchen zu seinen Füßen und nahm *›Die Maske des Dimitrios‹* von Eric Ambler heraus. Dann stellte er das Köfferchen, das trotz seiner geringen Größe ziemlich schwer war, neben sich auf den Sitz. Er dachte daran, wie überrascht die Bodenstewardess im Londoner Flughafen gewesen wäre, wenn sie den Koffer gewogen hätte, anstatt ihn als Handgepäck gelten zu lassen. Und wenn sich dann der Zoll infolge des ungewöhnlichen Gewichts für das Köfferchen interessiert hätte, wären die Beamten über den Inhalt sicherlich nicht schlecht erstaunt gewesen.

Die Abteilung Q hatte diesen eleganten kleinen Koffer präpariert. Ohne Rücksicht auf die gepflegte Handarbeit der Firma Swaine and Adeney hatte man fünfzig .25er Patronen in zwei flachen Reihen zwischen dem Leder und dem Futter des Kofferrückens untergebracht. Unter dem Futter an den Seiten steckten zwei flache Wurfmesser der Firma Wilkinson, die Enden ihrer Griffe waren durch die Nähte an den Ecken geschickt verborgen. Trotz Bonds Bemühungen, sie durch spöttisches Gelächter von ihrem Vorhaben abzubringen, hatten die Spezialisten der Abteilung Q es sich nicht nehmen lassen, in den Koffergriff ein winziges, verstecktes Fach einzubauen, in dem sich eine Blausäurepille befand, die auf einen Druck seines Fingers in seine Hand fallen würde. Bond hatte die Pille unmittelbar nach Empfang des Koffers in der Toilette hinuntergespült. Wichtiger war die dicke Tube Palmolive-Rasierseife – in der unschuldig aussehenden Toilettentasche. Der obere Teil der Tube ließ sich abschrauben. Im Inneren war, säuberlich in Watte verpackt, der Schalldämpfer der Beretta verstaut. Für den Fall, dass Bond hartes Geld brauchen sollte, hatte man im Deckel des Köfferchens fünfzig goldene Sovereigns untergebracht.

Das raffinierte Köfferchen amüsierte Bond, doch er musste zugeben, dass er so auf bequeme Art und Weise sein Handwerkszeug bei sich tragen konnte, selbst wenn man berücksichtigte, dass der Koffer sieben Pfund schwer war.

In der Maschine saßen nur noch zwölf Passagiere. Bond lächelte bei dem Gedanken, wie entsetzt seine Sekretärin Loelia Ponsonby gewesen wäre, hätte sie gewusst, dass sich mit ihm somit dreizehn Fluggäste an Bord befanden. Am Tag zuvor, nachdem er M. verlassen hatte und in sein eigenes Büro zurückgekehrt war, hatte sie heftig protestiert, als er verkündete, dass er ausgerechnet an einem Freitag dem dreizehnten zu fliegen beabsichtigte.

»Am dreizehnten reist es sich immer am angenehmsten«, hatte Bond geduldig erklärt. »Die Maschinen sind fast leer, es ist bequemer, und er Service ist besser. Ich suche mir immer den dreizehnten aus, wenn es sich einrichten lässt.«

»Na gut«, hatte sie resigniert zugestimmt. »Es ist ja Ihr Begräbnis. Aber ich werde meine Zeit nicht damit vergeuden, mir um Sie Sorgen zu machen. Und gehen Sie heute Nachmittag nur ja nicht unter einer Leiter durch. Man darf sein Schicksal nicht auf diese dreiste Art herausfordern. Ich weiß zwar nicht, weshalb Sie in die Türkei fliegen, und ich will es auch nicht wissen, aber ich spüre dunkle Ahnungen in meinen Gliedern.«

»Oh, diese hübschen Glieder«, hatte Bond sie geneckt. »Ich werd sie mal zum Abendessen ausführen, wenn ich zurück bin.«

»Das werden Sie nicht tun«, hatte sie kühl erwidert.

Später hatte sie ihm unvermittelt einen liebevollen Abschiedskuss gegeben, und zum hundertsten Male hatte sich Bond gefragt, weshalb er sich um andere Frauen bemühte, wenn die liebenswerteste von allen seine Sekretärin war.

Das Flugzeug brummte gleichmäßig über das endlose Meer weißer Wolken. Als die Wolkendecke aufbrach, lag tief unten in bläulichem Dunst Paris. Eine Stunde lang flogen sie über den braunen Feldern Frankreichs dahin, bis das Land kurz nach Dijon, wo es sich zum Juragebirge aufwölbte, eine tiefgrüne Färbung annahm.

Das Mittagessen wurde serviert. Bond legte sein Buch weg und verscheuchte die Gedanken, die sich zwischen ihn und das Geschriebene drängten. Während er aß, blickte er hinunter auf den glasklaren Spiegel des Genfer Sees. Als die grünen Wälder in weiße Schneefelder zwischen den Gipfeln der Alpen übergingen, erinnerte er sich an frühere Ski-Urlaube. Das Flugzeug passierte den mächtigen Montblanc, und Bond starrte hinunter auf das schmutziggraue Eis des Gletschers und sah sich selbst wieder, ein Junge von siebzehn, achtzehn Jahren, um die Taille das Führungsseil geschlungen, während er sich an die Spitze eines Felskamins in den Aiguilles Rouges presste und seine beiden Begleiter von der Genfer Universität den glatten Felsen erklommen, um zu ihm hinaufzugelangen. Und jetzt? Bond lächelte ein wenig wehmütig sein Spiegelbild im Fenster an, während die Maschine die Berge hinter sich ließ und die Lombardei überflog. Wenn jener junge James Bond ihm auf der Straße begegnen und ihn ansprechen würde – könnte er in ihm den sauberen enthusiastischen Jungen erkennen, der er mit siebzehn gewesen war? Und was würde der Junge von ihm halten, dem Geheimagenten, dem älteren James Bond? Würde er sich selbst hinter der Fassade dieses Mannes erkennen, der von Jahren des Verrats, der Erbarmungslosigkeit und der Furcht gezeichnet war – dieses Mannes mit den kalten, hochmütigen Augen, der Narbe auf der Wange, der abgeplatteten Ausbuchtung unter der linken Achselhöhle? Und wenn der Junge ihn erkennen sollte, wie würde sein Urteil ausfallen? Was würde er von Bonds gegenwärtigem Auftrag halten? Was würde er von dem gutaussehenden Geheimagenten halten, der in einer neuen, höchst romantischen Rolle unterwegs war – als Gigolo für England?

Bond verdrängte die Gedanken an seine Jugend. Niemals Spekulationen über das Was-wäre-gewesen-wenn anstellen! Das war nur Zeitverschwendung. Man musste seinem Schicksal folgen und sich damit abfinden, durfte froh sein, dass man kein Gebrauchtwagenhändler war oder Journalist eines Revolverblattes oder ein Krüppel – oder tot.

Bond blickte hinunter auf die sonnenüberfluteten Gebäude von Genua und das sanfte blaue Wasser des Mittelmeers und konzentrierte seine Gedanken auf das, was unmittelbar bevorstand, auf diesen Auftrag, für England den Gigolo zu spielen, wie er es selbst mit saurem Humor formuliert hatte.

Denn genau das war es, was zu tun er im Begriff war auch wenn man es mit weniger drastischen Worten umschreiben konnte. Er sollte ein Mädchen verführen, das er noch nie gesehen hatte, dessen Namen er am Tag zuvor zum ersten Mal gehört hatte. Und während er das tat, würde er nicht einen Gedanken an sie verschwenden, gleichgültig, wie attraktiv sie sein mochte, sondern nur an das, was sie besaß – die Mitgift, die sie ihm und England einbringen sollte. Seine Bemühungen um sie würden genau denen eines Mannes entsprechen, der eine reiche Frau um ihres Geldes willen heiraten wollte. Würde es ihm gelingen, seine Rolle glaubwürdig zu spielen? Vielleicht konnte er die richtige Miene aufsetzen, die richtigen Worte sagen, aber würde sein Körper sich von seinen geheimen Gedanken trennen lassen, ihr die Liebe geben, die er ihr schwören würde? Wie gelang es einem Mann, sich im Bett glaubwürdig zu benehmen, wenn sein ganzer Sinn nur auf das Bankkonto der Frau gerichtet war? Vielleicht lag in der Vorstellung, dass man von einem Sack voll Geld Besitz ergriff, ein erotischer Stimulus. Aber ließ sich das auf eine Chiffrier-Maschine übertragen?

Elba glitt unter ihnen vorbei, und das Flugzeug begann sich zum Anflug auf Rom zu senken. Eine halbe Stunde im Lärm des Flughafens, genug Zeit, um zwei ausgezeichnete Americanos zu trinken, und dann ging es weiter, in ruhigem Flug zum Absatz des italienischen Stiefels. Bonds Gedanken kreiste um die bevorstehende Begegnung.

Die Stewardess riss Bond aus seinen Gedanken.

»Bitte, schnallen Sie sich an.« Noch während sie sprach, sackte die Maschine ab und schwang sich gleich darauf mit einem hässlichen Aufheulen der Turbojets wieder steil empor. Draußen war der Himmel plötzlich schwarz. Regen trommelte gegen die Fenster. Ein blendender Strahl blauweißen Lichts blitzte auf, gefolgt von einem ohrenbetäubenden Krachen, als habe eine Bombe die Maschine getroffen. Das Flugzeug schlingerte und tanzte im Zentrum des Gewittersturms auf und ab, der sie mit heimtückischer Gewalt überfallen hatte, als sie die adriatische Küste verließen.

Bond atmete den Geruch der Gefahr ein. Es ist ein echter Geruch, etwa wie eine Mischung aus Schweiß und elektrischer Hitze. Wieder zuckten die grellen Finger der Blitze ans Fenster. Dann donnerte es. Es war, als befänden sie sich mitten im Dröhnen des Donners. Plötzlich schien das Flugzeug unglaublich klein und zerbrechlich. Dreizehn Passagiere! Freitag der dreizehnte! Bond dachte an Loelia Ponsonbys Worte, und die Hände auf den Seitenlehnen seines Sitzes wurden feucht. Wie alt mochte die Maschine sein? Wie viele Flugstunden hatte sie hinter sich? Waren ihre Tragflächen von dem tödlichen Übel der Metallmüdigkeit befallen? Vielleicht würde er Istanbul nie erreichen. Vielleicht war es ihm vom Schicksal, über das er noch vor einer Stunde philosophische Betrachtungen angestellt hatte, bestimmt, den Tod bei einem Flugzeugabsturz über dem Golf von Korinth zu finden.

Beinahe schlagartig wurde es heller. Das Trommeln des Regens an den Fenstern hörte auf, und das Geräusch der Turbojets senkte sich wieder zu einem gleichmäßigen Pfeifen. Tief unter sich sah er den kleinen Schatten des Flugzeugs, der über das ruhige Wasser des Golfs von Korinth glitt. Er seufzte tief und griff nach seinem Zigarettenetui, das in der Hüfttasche steckte. Es freute ihn festzustellen, dass seine Hände völlig ruhig waren, als er sein Feuerzeug herauszog und eine der Morland-Zigaretten mit den drei goldenen Ringen ansteckte. Sollte er Lil erzählen, dass sie beinahe Recht gehabt hätte? Er beschloss es zu tun, wenn er in Istanbul eine freche Postkarte auftreiben konnte.

Draußen neigte sich der Tag seinem Ende zu. Vor ihnen erhob sich, tiefblau im Licht der Dämmerung, der Berg Hymettos. Die Maschine senkte sich über Athen, wo die ersten Lichter aufblitzten, und landete auf der Betonpiste.

Bond stieg zusammen mit einer Hand voll blasser, schweigender Fluggäste aus der Maschine, schritt hinüber zum Transitraum und trat zur Bar. Er bestellte sich ein Glas Ouzo, spülte ihn hinunter und trank einen Schluck Eiswasser hinterher. Trotz des aufdringlichen Anisgeschmacks war das Getränk scharf, und Bond spürte plötzliche, rasche Wärme in sich aufsteigen. Er stellte das Glas nieder und bestellte ein zweites.

Als die Lautsprecher zum Weiterflug aufriefen, war es fast dunkel, und der Halbmond hing hell und hoch über den Lichtern der Stadt. Die Abendluft war mild, erfüllt vom Duft der Blumen, dem eintönigen Zirpen der Zikaden und einer in der Ferne singenden Männerstimme. Die Stimme war klar und traurig, und in dem Lied schwebte ein Ton der Klage mit. In der Nähe des Flughafens bellte ein Hund.

Der Flug über das Ägäische Meer und das Marmara-Meer bis nach Istanbul dauerte nur neunzig Minuten. Ein ausgezeichnetes Abendessen mit zwei trockenen Martinis und einer halben Flasche Burgunder verscheuchte Bonds Vorbehalte über Flüge an einem Freitag dem dreizehnten sowie seine Sorgen über seinen Auftrag. Eine Stimmung freudiger Erwartung erfüllte ihn stattdessen.

In der Ankunftshalle trat ein hochgewachsener Mann mit hängendem Schnurrbart auf Bond zu. Er trug einen Staubmantel und eine Chauffeurmütze. Ohne nach Bonds Namen zu fragen grüßte er, nahm er den Koffer und ging voraus zu einem blitzenden Wagen – einem alten Rolls-Royce Coupé de Ville, das, so vermutete Bond, in den zwanziger Jahren für einen Millionär hergestellt worden war.

Als der Wagen den Flugplatz verließ, drehte sich der Mann um.

»Kerim Bey meinte, Sie würden es vorziehen, sich heute Abend vom Flug auszuruhen, Sir«, erklärte er höflich, in ausgezeichnetem Englisch. »Ich werde Sie morgen Vormittag um neun Uhr abholen. In welchem Hotel wohnen Sie, Sir?«

»Im ›Kristal Palas‹.«

»In Ordnung, Sir.« Der Wagen schoss die breite, moderne Straße entlang.

Hinter sich, im Schatten des Parkplatzes, hörte Bond das Knattern eines Motorrollers, dessen Motor angelassen wurde. Das Geräusch ließ ihn gleichgültig. Er lehnte sich zurück, um die Fahrt zu genießen.

14

Früh am Morgen erwachte Bond in dem düsteren Zimmer im ›Kristal Palas‹ auf den Höhen von Pera und streckte geistesabwesend die Hand aus, um festzustellen, was den heftigen Juckreiz an der Außenseite seines rechten Oberschenkels verursachte. Irgendetwas hatte ihn gebissen. Verärgert kratzte er die Stelle. Das hätte er sich denken können.

Als er am Abend zuvor eingetroffen war, kurz das Foyer mit den fliegenumschwirrten Topfpalmen, den gefliesten Boden und die gekachelten Wände besichtigt hatte, war er sich darüber klar gewesen, was ihm bevorstand. Er hatte mit dem Gedanken gespielt, in ein anderes Hotel zu ziehen. Trägheit und eine ausgefallene Vorliebe für die verblichene Romantik altmodischer Hotels hatten ihn veranlasst, zu bleiben. Er hatte sich eingetragen und war mit dem mürrischen Nachtportier in dem uralten Aufzug in den dritten Stock hinaufgefahren.

Sein Zimmer, nur mit den nötigsten veralteten Möbelstücken und einem Eisenbett ausgestattet, entsprach seinen Erwartungen. Er warf rasch einen Blick an die Wände, um festzustellen, ob sich daran die Blutspuren zerdrückter Wanzen erkennen ließen, bevor er den Nachtportier wegschickte.

Er war voreilig gewesen. Als er ins Bad ging und den Heißwasserhahn aufdrehte, ließ dieser einen tiefen Seufzer hören, dann ein beschwichtigendes Hüsteln, und schließlich floss zögernd ein dünnes Gerinnsel warmen Wassers ins Becken.

Trübsinnig wusch Bond die kleine Pfütze mit einem dünnen Strahl bräunlichen Wassers aus dem Kaltwasserhahn weg. Das hatte man davon, wenn man ein Hotel aussuchte, nur weil einem der Name gefiel und weil man das bequeme Leben in den großen Hotels einmal meiden wollte.

Doch er hatte gut geschlafen und beschloss – allerdings erst, nachdem er sich vorgenommen hatte, ein Ungeziefervernichtungsmittel zu besorgen –, diese kleinen Unannehmlichkeiten zu vergessen.

Bond zog die schweren roten Samtvorhänge zurück und lehnte sich an die eiserne Balustrade. Vor ihm erstreckte sich eine der berühmtesten Aussichten der Welt – zu seiner Rechten die stillen Wasser des Goldenen Horns, zu seiner Linken die hüpfenden Wellen des Bosporus und dazwischen der Wirrwarr der Dächer, hochragenden Minaretts und Moscheen von Pera. Seine Wahl war doch nicht so schlecht gewesen. Die Aussicht war Entschädigung für Wanzen und eine Menge Unannehmlichkeiten.

Zehn Minuten lang stand Bond da und blickte hinaus über das glitzernde Wasser, die Grenze zwischen Europa und Asien, dann trat er ins Zimmer zurück, das jetzt von Sonne durchflutet war, und bestellte sein Frühstück. Man verstand sein Englisch nicht, doch mit seinem Französisch kam er schließlich durch. Er ließ sich ein kaltes Bad einlaufen, rasierte sich geduldig mit kaltem Wasser und hoffte, dass sich das Frühstück, das er bestellt hatte, nicht als Reinfall erweisen würde.

Er wurde nicht enttäuscht. Das Joghurt, in einer blauen

Porzellanschüssel, war tiefgelb und sah aus wie dicke Sahne. Die grünen Feigen, bereits geschält, waren voll ausgereift, und der türkische Kaffee war kohlschwarz und hatte den bitteren Geschmack, der bewies, dass er frisch gemahlen war. Bond verzehrte das ausgezeichnete Frühstück an einem Tisch, den er sich neben das offene Fenster hatte stellen lassen. Er beobachtete die Dampfer und die Ruderboote, die die beiden Gewässer durchkreuzten und fragte sich, was für ein Mensch Kerim sein würde und welche Neuigkeiten er ihm zu berichten hätte.

Pünktlich um neun Uhr holte der elegante Rolls-Royce ihn ab, fuhr ihn über den Taksim-Platz, die lebhafte Istiklal hinunter und aus Asien hinaus. Der dicke schwarze Rauch der Dampfer, die mit den gekreuzten Ankern der Handelsmarine gekennzeichnet waren, hüllte die Galata-Brücke und das andere Ufer ein, dem sich der Rolls-Royce durch ein Gewirr von Fahrrädern und Straßenbahnen näherte. Dann war die Straße frei, und das alte europäische Viertel von Istanbul lag in der Sonne glitzernd vor ihnen am Ende der Brücke. Schlanke Minarette ragten in den Himmel, und zu ihren Füßen duckten sich die rund gewölbten Moscheen. Wie ein Bild aus Tausendundeiner Nacht hätte es anmuten sollen, doch Bond, der es zum ersten Mal über die Dächer von Straßenbahnen und die riesigen, den Fluss säumenden Reklametafeln hinweg erblickte, erschien es wie eine ehemals schöne Theaterkulisse, die von der modernen Türkei in den Hintergrund gedrängt worden war, um der Stahl- und Betonkonstruktion des Istanbul-Hilton zu weichen, das hinter ihm auf den Höhen von Pera stand.

Jenseits der Brücke bahnte sich der Wagen einen Weg durch eine schmale, kopfsteingepflasterte Gasse und hielt vor einer hohen Holztür an, hinter der sich ein Torweg befand.

Ein Wächter mit grobem, lächelndem Gesicht in einem abgewetzten Khaki-Anzug, trat aus der Portiersloge und grüßte. Er öffnete die Wagentür, bedeutete Bond, ihm zu folgen und führte ihn in seine Loge und durch eine Tür in einen kleinen Hinterhof mit einem sauber angelegten Kiesweg. In der Mitte stand ein knorriger Eukalyptusbaum, an dessen Fuß zwei weiße Tauben turtelten. Die Geräusche der Stadt waren zu einem fernen Brummen abgeschwächt. Hier war es ruhig und friedlich.

Sie schritten über den Kiesweg, durch eine zweite kleine Tür, und Bond fand sich in einem großen, gewölbten Lagerhaus mit hohen runden Fenstern, durch die staubbeladene Sonnenstrahlen auf Bündel und Ballen fielen. Es war kühl, und ein Geruch nach Gewürzen und Kaffee hing in der Luft. Bond folgte dem Wächter.

Am Ende des langen Lagerraums befand sich eine erhöhte Plattform, die von einer Balustrade begrenzt wurde. Dort saßen junge Männer und Mädchen auf hohen Stühlen und schrieben eifrig in dicke alte Bücher. Bond stellte fest, dass auf jedem der hohen Pulte neben dem Tintenfass ein altmodischer Abakus stand. Keiner der Schreiber blickte auf, als Bond zwischen ihnen hindurchschritt, doch ein großer, dunkelhäutiger Mann mit schmalem Gesicht und überraschend blauen Augen trat hinter dem letzten Pult hervor und übernahm an Stelle des Wächters die weitere Führung. Er lächelte Bond herzlich an, sodass die weißen Zähne aufblitzten, und brachte ihn zum Ende der Plattform. Dort klopfte er an eine schöne Mahagonitür mit einem Sicherheitsschloss und öffnete sie, ohne auf eine Aufforderung zu warten. Nachdem er Bond eingelassen hatte, schloss er leise die Tür hinter ihm.

»Ah, mein Freund. Kommen Sie herein. Treten Sie näher.«

Ein ungemein breit gebauter Mann in einem gutgeschnittenen cremefarbenen Anzug erhob sich hinter einem Mahagoni-Schreibtisch und trat Bond mit ausgestreckter Hand entgegen.

Ein kaum merklicher Unterton der Autorität in der lauten, herzlichen Stimme mahnte Bond, dass er den Leiter der Station T vor sich hatte und dass er selbst sich auf fremdem Gebiet befand, von Rechts wegen unter dem Befehl dieses anderen Mannes. Es war nur eine Formsache, doch sie durfte nicht übersehen werden.

Darko Kerims Händedruck war warm und trocken. Es war eine starke, bewegliche Hand – nicht das schlaffe, feuchte Händeschütteln des Ostens, nach dem man sich am liebsten die Finger am Jackett abgewischt hätte. In dieser großen Hand drückte sich geballte Energie aus. Es war nicht schwer, sich vorzustellen, dass sie mit Leichtigkeit die Hand des anderen fester und fester zusammendrücken konnte, bis schließlich die Knochen splitterten.

Bond war über einsachtzig groß, doch dieser Mann war wenigstens sechs Zentimeter größer als er, und seine Gestalt wirkte doppelt so breit wie die Bonds. Bond blickte in die lächelnden blauen Augen in einem großflächigen, glatten braunen Gesicht mit gebrochener Nase. Die Augen waren feucht und von roten Äderchen durchzogen, wie die eines Hundes, der zu oft zu nahe am Feuer liegt. Bond erkannte in ihnen das Zeichen eines wilden, voll ausgeschöpften Lebens.

Der Ausdruck grimmigen Stolzes, das dichte, lockige schwarze Haar und die schiefe Nase erinnerten an einen Zigeuner, und der Eindruck des ruhelosen Glücksritters, den Kerim hervorrief, wurde von einem goldenen Ring, der sein rechtes Ohrläppchen zierte, noch verstärkt. Es war ein ungemein ausdrucksvolles Gesicht, vital, grausam und verlebt, doch es strahlte gleichzeitig Leben und Wärme aus. Bond fand, er habe niemals zuvor so viel Vitalität und Wärme in einem menschlichen Antlitz erblickt. Es war, als befände man sich ganz nahe an der Sonne. Bond ließ die starke, trockene Hand los und erwiderte Kerims Lächeln mit einer Herzlichkeit, die er nur selten für Freunde empfand.

»Ich danke Ihnen, dass Sie mir gestern Abend den Wagen an den Flugplatz geschickt haben.«

»Ha!« Kerim war entzückt. »Da müssen Sie unseren Freunden auch danken. Sie wurden von beiden Parteien abgeholt. Sie verfolgen meinen Wagen immer, wenn er zum Flugplatz fährt.«

»War es eine Vespa oder eine Lambretta?«

»Es ist Ihnen aufgefallen? Eine Lambretta. Sie haben einen ganzen Park davon für ihre kleinen Angestellten, die ich die ›Gesichtslosen‹ nenne. Sie sehen so gleich aus, dass es uns noch nie gelungen ist, sie zu unterscheiden. Kleine Gauner, zum größten Teil Bulgaren, die die schmutzige Arbeit für sie erledigen. Doch ich nehme an, dieser hier hat sich zurückgehalten. Sie geraten meinem Rolls nicht mehr zu nahe, seit mein Chauffeur einmal urplötzlich angehalten hat und dann mit Vollgas rückwärts gefahren ist. Hat zwar den Lack beschädigt und das Unterteil des Chassis mit Blut bespritzt, aber die Überlebenden haben daraus eine Lehre gezogen.«

Kerim trat zu seinem Stuhl und deutete auf einen zweiten, der vor dem Schreibtisch stand. Er schob eine flache weiße Zigarettenschachtel über die Platte. Bond setzte sich, nahm eine Zigarette und steckte sie an. Es war die beste Zigarette, die er je geraucht hatte – der mildeste und süßeste türkische Tabak, zu einer flachen Zigarette mit einem goldenen Halbmond gedreht.

Während Kerim die seine in eine lange Elfenbeinspitze mit Nikotinflecken steckte, blickte sich Bond im Raum um, der aufdringlich nach Farbe und Lack roch, so als sei er vor kurzem erst renoviert worden.

Er war groß und viereckig, mit poliertem Mahagoni getäfelt. Nur hinter Kerims Stuhl hing von der Decke ein orientalischer Wandteppich herab, der sich, von einem Lufthauch getroffen, leicht bewegte, so als befände sich dahinter ein Fenster. Doch das schien unwahrscheinlich. Das Licht fiel durch drei runde Fenster, die hoch oben in den Wänden saßen. Vielleicht befand sich hinter dem Teppich ein Balkon mit dem Blick auf das Goldene Horn, dessen Wellen Bond von unten an die Ufermauern plätschern hörte. In der Mitte der rechten Wand hing eine goldgerahmte Reproduktion von Annigonis Porträt der Königin. Gegenüber, ebenfalls prachtvoll gerahmt, befand sich Cecil Beatons Fotografie von Winston Churchill, der wie eine Bulldogge von seinem Schreibtisch aufblickte. Ein breites Bücherregal stand an der einen Wand und gegenüber ein Ledersofa. Die Mitte des Raumes wurde von dem schweren Schreibtisch eingenommen, dessen Messingbeschläge in der Sonne blitzten. Auf dem Schreibtisch, der mit Papieren bedeckt war, standen drei silbern gerahmte Fotografien.

Kerim zündete seine Zigarette an. Mit einer ruckartigen Rückwärtsbewegung seines Kopfes wies er auf den orientalischen Wandbehang.

»Unsere Freunde haben mir gestern einen Besuch abgestattet«, berichtete er leichthin. »Brachten an der Außenmauer eine Haftbombe an und stellten den Zeitzünder so ein, dass es mich an meinem Schreibtisch erwischen musste. Zum Glück hatte ich mich gerade mit einem rumänischen Mädchen, das noch naiv genug ist zu glauben, ein Mann plaudert Geheimnisse aus, wenn man ihm Liebe schenkt, dort auf dem Sofa niedergelassen. Die Bombe explodierte genau zum kritischen Zeitpunkt. Ich wollte mich nicht stören lassen, doch ich fürchte, für das Mädchen war es zuviel. Als ich sie freigab, bekam sie einen hysterischen Anfall. Sie wird wohl zu dem Schluss gelangt sein, dass meine Liebe allzu stürmisch ist.« Er wedelte entschuldigend mit der Zigarettenspitze. »Aber mir eilte es, das Zimmer bis zu Ihrer Ankunft wieder in einen einigermaßen akzeptablen Zustand zu versetzen. Neues Glas für die Fenster und meine Bilder. Der ganze Raum stinkt nach Farbe. Aber«, Kerim lehnte sich mit einem leichten Stirnrunzeln zurück, »ich kann diesen plötzlichen Friedensbruch nicht verstehen. Wir leben hier recht freundschaftlich zusammen. Wir alle müssen uns um unsere eigenen Pflichten kümmern. Es ist unbegreiflich, weshalb meine lieben Kollegen mir plötzlich auf diese Art und Weise den Krieg erklären wollen. Eigentlich recht beunruhigend. Für unsere russischen Freunde kann es nur Schwierigkeiten bringen. Ich werde gezwungen sein, diesem Mann einen Denkzettel zu geben, wenn ich seinen Namen festgestellt habe.« Kerim schüttelte den Kopf. »Es ist höchst verwirrend. Ich hoffe, es hat nichts mit Ihrem Fall zu tun.«

»War es denn nötig, meine Ankunft bekannt werden zu lassen?«, fragte Bond. »Ich wollte unbedingt vermeiden, dass Sie in all das hineingezogen werden. Warum schickten Sie den Rolls zum Flugplatz? Das beweist nur, dass Sie mit mir zu tun haben.«

Kerim lachte nachsichtig.

»Mein Freund, ich muss Ihnen erklären, was Sie wissen sollten. Wir, die Russen und auch die Amerikaner haben in jedem Hotel einen bezahlten Mann sitzen. Und wir stehen alle in Verbindung mit einem bestochenen Beamten der türkischen Geheimpolizei und erhalten einen Durchschlag der Liste aller Ausländer, die jeden Tag per Zug oder Flugzeug oder Schiff hier eintreffen. Wenn ich ein paar Tage länger Zeit gehabt hätte, wäre es mir möglich gewesen, Sie über die griechische Grenze einzuschmuggeln. Aber wozu? Ihre Anwesenheit muss der anderen Seite bekannt sein, damit unsere Freundin sich mit Ihnen in Verbindung setzen kann. Sie selbst hat die Bedingung gestellt, dass sie persönlich die Vorbereitung zu einer Begegnung treffen wird. Vielleicht traut sie unserem Sicherheitsdienst nicht. Wer weiß? Auf jeden Fall war sie sehr entschieden und sagte, als ob ich das nicht wüsste, dass ihre Abteilung von Ihrer Ankunft unverzüglich unterrichtet werden würde.« Kerim zuckte mit den Schultern. »Warum sollen wir es ihr also erschweren? Ich möchte Ihnen alles so einfach und bequem wie möglich machen, damit Sie Ihren Aufenthalt hier wenigstens genießen können – auch wenn er erfolglos sein sollte.«

Bond lachte. »Ich nehme alles zurück. Ich stehe hier ja sowieso unter Ihrem Befehl. Sie sagen mir, was ich tun soll, und ich werde es tun.«

Kerim vollführte eine wegwerfende Handbewegung. »Und da wir gerade von Bequemlichkeit sprachen, wie ist Ihr Hotel? Ich war überrascht, dass Sie im ›Palas‹ abgestiegen sind. Es ist eine fürchterliche Bruchbude und außerdem ein beliebter Schlupfwinkel der Russen.«

»Es ist nicht allzu übel. Ich wollte einfach nicht im ›Istanbul-Hilton‹ oder einem anderen eleganten Hotel logieren.«

»Geld?« Kerim griff in die Schublade und zog ein flaches Bündel grüner Scheine heraus. »Hier sind tausend türkische Pfund. Was sonst noch? Zigaretten? Rauchen Sie nur diese hier. Ich lasse Ihnen ein paar hundert ins Hotel schicken. Es sind die besten. Sie sind nicht leicht erhältlich. Sonst noch etwas, bevor wir ins Geschäftliche einsteigen? Wegen Ihrer Mahlzeiten und Ihrer Freizeitgestaltung brauchen Sie sich nicht den Kopf zu zerbrechen. Ich werde mich um beides kümmern. Es wird mir Freude bereiten, und ich möchte mich möglichst in Ihrer Nähe aufhalten, während Sie hier sind.«

Er beugte sich vor und blickte Bond an. Seine Augen waren plötzlich hart und durchdringend.

»Im feindlichen Lager tut sich etwas, mein Freund. Das war nicht der erste Versuch, mich loszuwerden. Leute tauchen auf und gehen. Ich habe nur wenige Tatsachen.« Er streckte seinen großen Zeigefinger aus und legte ihn an die Nase. »Aber dafür habe ich das hier.« Er klopfte leicht an seine Nase, als tätschele er einen Hund. »Dem vertraue ich.« Langsam senkte er die Hand und legte sie auf die Schreibtischplatte. »Und wenn der Einsatz nicht so hoch wäre«, fügte er hinzu, »würde ich zu Ihnen sagen: ›Fahren Sie heim, mein Freund. Fahren Sie heim. Hier lauert Gefahr!‹«

15

Es wurde Kaffee gebracht und noch mehr Kaffee, und das große Zimmer füllte sich mit dem Rauch der Zigaretten, während die beiden Männer jede Einzelheit erörterten, zerlegten und beiseite schoben. Nach einer Stunde waren sie wieder da, wo sie angefangen hatten. Bond musste es überlassen bleiben, das Problem, das ihnen dieses Mädchen aufgab, zu lösen, und wenn er von ihrer Geschichte überzeugt war, sollte er sie und die Chiffrier-Maschine außer Landes bringen.

Kerim übernahm die organisatorischen Aufgaben. Zunächst telefonierte er mit seinem Reisebüro und reservierte zwei Plätze für alle Maschinen der BEA, Air France, SAS und Turkair, die innerhalb der nächsten Woche Istanbul verließen.

»Und jetzt brauchen Sie einen Pass«, bemerkte er. »Einer genügt. Sie kann als Ihre Frau reisen. Einer meiner Leute wird eine Aufnahme von Ihnen machen und ein Foto von einem Mädchen auftreiben, das der kleinen Russin ähnelt. Ein Jugendbild von der Garbo wäre übrigens genau das Richtige. Er kann sich eins aus den Zeitungsarchiven holen. Ich werde mit dem Generalkonsul sprechen. Er ist ein Prachtkerl, dem meine kleinen Hintertreppenverschwörungen Spaß bereiten.

Der Pass ist bis heute Abend fertig. Welchen Namen möchten Sie haben?«

»Ganz egal.«

»Somerset. Da stammte meine Mutter her. David Somerset. Beruf Abteilungsleiter. Das bedeutet gar nichts. Und das Mädchen? Sagen wir Caroline. Sie sieht wie eine Caroline aus. Ein nettes junges englisches Ehepaar, das gern reist. Devisenkontrollformular? Überlassen Sie das mir. Es wird achtzig Pfund in Travellers Cheques ausweisen und eine Quittung von der Bank zum Beweis, dass Sie fünfzig gewechselt haben, während Sie sich in der Türkei aufhielten. Zoll? Die schauen nie näher hin. Sie sind froh, wenn jemand in ihrem Land etwas kauft. Sie werden etwas türkischen Honig angeben – als Geschenk für Ihre Freunde in London. Wenn Sie rasch verschwinden müssen, dann überlassen Sie die Begleichung der Hotelrechnung und das Gepäck mir. Im ›Palas‹ kennt man mich gut. Sonst noch was?«

»Mir fällt im Moment nichts ein.«

Kerim sah auf seine Uhr. »Zwölf Uhr. Gerade die richtige Zeit, um Sie ins Hotel zurückbringen zu lassen. Vielleicht ist eine Nachricht da. Und sehen Sie sich Ihre Sachen genau an. Möglicherweise ist jemand neugierig gewesen.«

Er läutete und gab dem Schreiber Anweisungen; dann brachte er Bond zur Tür. Wieder drückte er ihm kräftig und herzlich die Hand.

»Der Wagen bringt Sie zu einem Speiserestaurant«, sagte er. »Ein kleines Lokal im Gewürz-Basar.« Seine Augen strahlten Bond an. »Und ich freue mich, mit Ihnen zusammenarbeiten zu können. Wir werden gut miteinander auskommen.«

Im ›Kristall Palas‹ hatte ein anderer Portier Dienst, ein kleiner griesgrämiger Mensch mit schuldbewusstem Blick und einem gelben Gesicht. Er trat hinter dem Pult hervor und breitete entschuldigend die Hände aus.

»Effendi, es tut mir ungeheuer Leid. Mein Kollege hat Sie ins falsche Zimmer geführt. Wir wussten nicht, dass Sie ein Bekannter von Kerim Bey sind. Ihre Sachen wurden auf Nummer zwölf gebracht. Es ist das beste Zimmer in unserem Hotel. Es ist für Hochzeitsreisende gedacht. Jede Bequemlichkeit. Meine Entschuldigung, Effendi. Das andere Zimmer ist nicht für Besucher von Bedeutung bestimmt.« Der Mann verbeugte sich mit einem schmierigen Grinsen und rieb sich die Hände.

Bond konnte Speichellecker auf den Tod nicht leiden. Er blickte dem Portier ins Gesicht und sagte: »Oh!« Die Augen wichen den seinen aus. »Zeigen Sie mir das Zimmer erst mal. Vielleicht gefällt es mir gar nicht. Ich habe mich in dem anderen wohlgefühlt.«

»Gewiss, Effendi.« Der Mann ging dienernd vor Bond her zum Aufzug. »Aber in Ihrem früheren Zimmer sind jetzt leider die Handwerker. Das Wasserrohr ...« Die Stimme verklang. Der Aufzug hielt im ersten Stock.

Nun ja, dachte Bond, die Geschichte mit den Handwerkern klingt einleuchtend. Und schließlich konnte es nicht schaden, im besten Zimmer des Hotels zu wohnen.

Der Portier schloss die hohe Tür auf und trat zurück.

Bond war beeindruckt. Durch eine breite Fenstertür, die auf einen kleinen Balkon hinausführte, strömte das Sonnenlicht. Der Raum war in rosa und grau gehalten, die Möbel imitiertes Empire, vom Zahn der Zeit ein wenig angenagt, aber noch immer recht ansehnlich. Schöne Buchara-Teppiche bedeckten den Parkettboden. Ein funkelnder Leuchter hing von der verschnörkelten Decke. Das Bett an der rechten Wand war riesengroß. Ein breiter Spiegel in goldenem Rahmen bedeckte den größten Teil der Wand dahinter. Das Badezimmer war gekachelt. Bonds Toilettensachen lagen säuberlich ausgebreitet auf der Konsole über dem Waschbecken.

Der Portier folgte Bond ins Zimmer zurück und verließ unter unzähligen Verbeugungen den Raum, nachdem Bond erklärt hatte, er werde das Zimmer nehmen.

Warum auch nicht? Bond machte noch einmal die Runde. Diesmal unterzog er die Wände, das Bett und das Telefon einer peinlichen Untersuchung. Aber warum sollten hier Mikrophone oder Geheimtüren sein? Welchen Sinn hätte das?

Sein Koffer lag auf einer Bank neben der Kommode. Er kniete nieder. Kein Kratzer am Schloss. Der Wollfaden, den er ins Schloss geschoben hatte, war auch noch vorhanden. Er öffnete den Koffer und entnahm ihm das kleine Aktenköfferchen. Auch hier keine Spuren heimlicher Neugier. Bond verschloss das Köfferchen wieder und stand auf.

Er machte sich frisch und verließ dann das Zimmer. In der Halle hatte man keine Nachrichten für ihn. Der Portier verbeugte sich, als er die Tür des Rolls-Royce öffnete. Verriet der ständig schuldbewusste Ausdruck dieser Augen eine geheime Verschwörung? Bond beschloss, sich nicht darum zu kümmern. Das Spiel, gleichgültig wie es sich entwickeln würde, musste zu Ende geführt werden. Wenn der Zimmerwechsel die Eröffnung gewesen sein sollte, dann war das umso besser. Irgendwann musste es ja mal anfangen.

Der Wagen fuhr über die Galata-Brücke zurück und hielt vor den gewölbten Arkaden des Gewürz-Basars. Der Chauffeur stieg vor Bond die ausgetretenen, niedrigen Stufen hinauf in einen Nebel exotischer Gerüche, während er Bettler und schwerbeladene Träger fluchend verscheuchte. Drinnen wandte sich der Chauffeur nach links, ließ das Gewirr hin und her eilender, plappernder Menschen hinter sich und zeigte Bond einen kleinen Bogen in der dicken Mauer. Eine gewundene Steintreppe führte nach oben.

»Effendi, Kerim Bey erwartet Sie in dem Saal auf der linken Seite. Sie brauchen nur zu fragen. Er ist allen bekannt.«

Bond stieg die kühle Treppe hinauf und gelangte in einen kleinen Vorsaal, wo ein Kellner sich seiner annahm und ihn durch ein Gewirr kleiner, bunt gekachelter Räume zu dem Tisch führte, an dem Kerim in einer Ecke saß. Kerim begrüßte ihn überschwänglich und schwenkte in der Hand ein Glas mit einer milchigen Flüssigkeit.

»Da sind Sie endlich, mein Freund! Jetzt müssen Sie zuerst einen Raki trinken. Nach den vielen neuen Eindrücken sind Sie sicher erschöpft.« Er rief dem Ober seine Bestellung zu.

Bond setzte sich in einen bequemen Stuhl mit Armlehnen und nahm das kleine Glas, das der Kellner ihm brachte. Er prostete Kerim schweigend zu und probierte. Es war das gleiche Getränk wie Ouzo. Er spülte es hinunter. Sofort füllte der Kellner sein Glas wieder.

»Und jetzt müssen Sie Ihr Mittagessen bestellen. In der Türkei isst man nichts als in ranzigem Olivenöl gebratene Fleischabfälle. Aber im Misir Carsarsi sind die noch am besten.«

Lächelnd machte der Kellner Vorschläge.

»Er behauptet, heute sei das Döner Kebab sehr gut. Ich glaube es zwar nicht, aber es ist möglich. Das ist zartes Lammfleisch über Holzkohlenfeuer gegrillt, mit einer Reisbeilage. Viel Zwiebeln. Oder haben Sie einen bestimmten Wunsch? Ein Pilaw vielleicht oder die verfluchten gefüllten Paprika, die man hier vertilgt? Na schön. Sie müssen mit Sardinen *en papillotte* gegrillt anfangen. Sie sind gerade noch essbar.«

Kerim sprach mit dem Kellner; dann lehnte er sich zurück

und lächelte Bond an. »Nur so darf man dieses Volk behandeln. Sie wollen gestoßen und getreten werden. Nur das verstehen sie. Es liegt ihnen im Blut. Dieser ganze demokratische Wirbel bringt sie um. Sie wollen Sultane und Kriege und Vergewaltigung und Spaß. Die armen Geschöpfe in den gestreiften Anzügen und mit den Melonen auf dem Kopf. Sie sind todunglücklich. Man braucht sie nur anzusehen. Aber lassen wir das jetzt. Irgendetwas Neues?«

Bond schüttelte den Kopf. Er berichtete Kerim von dem Zimmerwechsel und dem unberührten Koffer.

Kerim goss ein Glas Raki hinunter und wischte sich den Mund mit dem Handrücken ab. Er fasste die Gedanken in Worte, die auch Bond durch den Kopf gingen.

»Na, einmal muss das Spielchen ja anfangen. Ich selbst habe gewisse Schritte unternommen. Jetzt können wir nur abwarten. Nach dem Mittagessen unternehmen wir einen kleinen Vorstoß auf feindliches Gebiet. Ich denke, das wird Sie interessieren. Oh, man wird uns nicht sehen.« Kerim lachte, entzückt über seine Schlauheit. »Und jetzt wollen wir von anderen Dingen sprechen. Wie gefällt es Ihnen in der Türkei? Nein, das will ich nicht wissen. Was sonst?«

Der erste Gang wurde aufgetragen und unterbrach die Unterhaltung. Bonds Sardinen *en papillotte* schmeckten genau wie alle anderen gebratenen Sardinen. Kerim fiel über eine große Portion rohen Fisch her. Er bemerkte Bonds interessierten Blick.

»Roher Fisch«, erklärte er. »Danach esse ich rohes Fleisch und Salat und dann ein Glas Joghurt. Ich bin kein Gesundheitsapostel, aber früher wollte ich mal Gewichtheber werden. Das ist ein einträglicher Beruf in der Türkei. Und mein Trainer bestand darauf, dass ich nur rohe Nahrungsmittel verzehren solle. Da habe ich mich daran gewöhnt. Es ist gesund für mich, aber«, er fuchtelte mit der Gabel in der Luft herum, »ich möchte nicht sagen, dass es für jeden gut ist. Mir ist es völlig schnuppe, was andere Leute essen, wenn es ihnen nur schmeckt. Ich kann genügsame Esser und Trinker nicht ausstehen.«

»Und warum beschlossen Sie dann, doch nicht Gewichtheber zu werden? Wie sind Sie in dieses Geschäft geraten?«

Kerim spießte einen Fischstreifen mit seiner Gabel auf und begann, mit den Zähnen daran zu zerren. Er trank ein halbes Glas Raki. Dann steckte er sich eine Zigarette an und lehnte sich zurück.

»Hm«, meinte er mit einem säuerlichen Lächeln. »Wir können ja ebenso gut über mich reden wie über irgendetwas anderes. Und Sie fragen sich wahrscheinlich, wie ist dieser große, verrückte Mensch an den Geheimdienst geraten. Ich will's Ihnen erzählen, aber nur kurz, denn es ist eine lange Geschichte. Wenn es Sie langweilt, dann unterbrechen Sie mich. In Ordnung?«

»Gut.« Bond steckte sich eine Diplomat an. Er stützte sich auf die Ellbogen und beugte sich vor.

»Ich stamme aus Trebizond.« Kerim blickte den Rauchwölkchen nach, die in kleinen Kringeln nach oben stiegen. »Wir waren eine große Familie mit vielen Müttern. Mein Vater war ein Mann, dem Frauen nicht widerstehen konnten. Alle Frauen wollen sich im Sturm erobern lassen. Mein Vater war ein großer Fischer, und sein Ruf erstreckte sich um das ganze Gebiet am Schwarzen Meer. Er jagte Schwertfische. Sie sind schwer zu fangen. Es kostet jedesmal einen harten Kampf, aber mein Vater hat immer alle anderen übertroffen. Frauen sehen ihre Männer gern als Helden. Er war in jenem Winkel der Türkei, wo der Mann hart und zäh sein muss, ein Held. Er war ein bärenstarker Bursche und hatte eine Schwäche für Frauen. Er konnte jede Frau haben, die er wollte. Und er wollte sie alle. Natürlich hatte er viele Kinder. Wir wohnten eng zusammengedrängt in einem großen, heruntergekommenen, halb zerfallenen Haus, um das sich unsere Tanten kümmerten. Die Tanten bildeten den reinsten Harem. Eine von ihnen war eine englische Erzieherin aus Istanbul, die mein Vater zum ersten Mal in einem Zirkus gesehen hatte. Er verliebte sich in sie, und sie in ihn, und an jenem Abend nahm er sie mit an Bord seines Fischerbootes, fuhr den Bosporus hinauf und brachte sie nach Trebizond. Ich glaube nicht, dass sie es jemals bereut hat. Ich glaube, sie vergaß alles um seinetwillen. Sie ist kurz nach dem Krieg gestorben. Damals war sie sechzig. Das Kind, das vor mir geboren wurde, war von einer Italienerin, und sie hatte den Jungen Bianco getauft. Er war blond. Ich war dunkel. Also wurde ich Darko genannt. Wir waren fünfzehn Kinder und erlebten eine herrliche Kindheit.

Unsere Tanten zankten sich häufig, und wir uns natürlich auch. Es war wie in einem Zigeunerlager. Es wurde von meinem Vater zusammengehalten, der uns übers Knie legte, Kinder wie Frauen, wenn wir es allzu schlimm trieben. Aber wenn wir friedlich und gehorsam waren, war er gut zu uns. Sie können eine solche Familie wohl nicht verstehen?«

»Doch, so wie Sie sie beschreiben, kann ich das.«

»Nun, auf jeden Fall war es so. Ich wurde beinahe ebenso groß und stark wie mein Vater, doch ich kriegte mehr Bildung mit. Dafür sorgte meine Mutter. Mein Vater lehrte und lediglich, reinlich zu sein, einmal am Tag auf die Toilette zu gehen und sich niemals einer Sache zu schämen. Meine Mutter brachte mir auch eine gewisse Achtung für England bei, aber das nur nebenbei. Als ich zwanzig war, besaß ich mein eigenes Boot und verdiente Geld. Aber ich war ein wilder Bursche. Ich verließ das große Haus und zog in zwei kleine Zimmer am Hafen. Eines Tages suchte mich meine Mutter auf, um mir mitzuteilen, dass mein Vater mich unverzüglich zu sprechen wünschte. Als ich hinkam, fand ich noch einen anderen Mann bei meinem Vater vor, einen großen, ruhigen Engländer mit einer schwarzen Binde über dem einen Auge. Die beiden sprachen über die Russen. Der Engländer wollte wissen, was sie an der Grenze zu suchen hätten und was in Batum vorginge, dem Marinestützpunkt der Engländer, der nur zwanzig Kilometer von Trebizond entfernt liegt. Er versprach, jede Information gut zu bezahlen. Ich sprach englisch, und ich sprach russisch. Ich hatte gute Augen und gute Ohren. Ich besaß ein Boot. Mein Vater hatte beschlossen, dass ich für den Engländer arbeiten sollte. Und dieser Engländer, mein Freund, war Major Dansey, mein Vorgänger als Leiter dieser Station. Und den Rest können Sie sich denken.«

»Und wie war das mit dem Training als Gewichtheber?«

»Ach«, meinte Kerim, »das war nur eine Nebenbeschäftigung. Unsere Wanderzirkusse durften über die Grenze nach Russland. Sonst ließ man keine Türken hinein. Die Russen können ohne Zirkus nicht leben. So einfach ist das. Ich war der Mann, der Ketten zersprengte und Gewichte hob. Ich rang mit den stärksten Männern in den russischen Dörfern. Einige von diesen Georgiern sind die reinsten Riesen. Glücklicherweise waren es dumme Riesen, und ich siegte fast immer. Später, wenn man zusammen trank, gab es immer viel Klatsch und Gerede zu hören. Ich pflegte mich dumm zu stellen und vorzugeben, ich begriffe nichts. Ab und zu stellte ich eine naive Frage, und die anderen lachten sich kaputt über meine Dummheit und gaben mir die Antwort.«

Der zweite Gang wurde gebracht, begleitet von einer Flasche Kavaklidere, einem üppigen balkanesischen Rotwein.

Das Kebab war gut und schmeckte nach geräuchertem Schinken und Zwiebeln. Kerim verzehrte ein *Steak Tatar* – eine Portion rohen Hackfleisches, das mit Paprika und Schnittlauch gewürzt und mit einem Ei vermischt war. Er ließ Bond einen Bissen versuchen.

Es schmeckte köstlich.

»Das sollten Sie jeden Tag essen«, meinte Kerim ernst. »Man braucht es, wenn man ein guter Liebhaber sein will. Und solche Sachen sind für Männer wichtig. Oder zumindest für mich. Aber ich bin auch ein gieriger Mensch, der dem Leben alles abzuringen versucht. Ich tue immer alles im Übermaß. Eines Tages wird plötzlich mein Herz versagen. Aber davor habe ich keine Angst. Wenigstens werde ich an einer ehrenhaften Krankheit gestorben sein. Auf meinen Grabstein wird man vielleicht setzen: ›Dieser Mann starb, weil er zu intensiv lebte.‹«

Bond lachte. »Scheiden Sie nicht zu bald von dieser schönen Welt, Darko«, sagte er. »M. wäre wenig erfreut. Er hält große Stücke auf Sie.«

»Wirklich?« Kerim blickte forschend in Bonds Gesicht, um festzustellen, ob er die Wahrheit sagte. Schließlich lachte er erfreut. »Dann werde ich noch eine Weile warten.« Er blickte auf seine Uhr. »Kommen Sie, James«, forderte er Bond auf. »Es ist gut, dass Sie mich an meine Pflichten erinnert haben. Den Kaffee können wir im Büro trinken. Wir haben nicht viel Zeit. Jeden Tag um halb drei halten die Russen Kriegsrat. Heute werden wir beide ihnen die Ehre unserer Anwesenheit bei ihrer Beratung geben.«

16

Während sie in dem kühlen Büro auf den unvermeidlichen Kaffee warteten, öffnete Kerim einen Wandschrank und zog mehrere blaue Overalls heraus. Dann zog er sich bis auf seine Unterhose aus und schlüpfte in einen der Arbeitsanzüge. Über die Füße zog er Gummistiefel. Bond suchte sich einen Overall aus, der etwa seiner Größe entsprach, und streifte ihn ebenfalls über.

Als er auch die Stiefel anhatte, erschien der Schreiber mit dem Kaffee und brachte zwei starke Taschenlampen mit.

»Einer meiner Söhne«, erklärte Kerim, als der Schreiber verschwunden war. »Der Älteste. Die anderen dort drüben sind auch alle meine Kinder. Der Chauffeur und der Wächter sind Onkel von mir. Blutsverwandtschaft ist die beste Gewähr für Sicherheit. Und dieses Gewürzgeschäft ernährt uns alle. M. hat mir den Start ermöglicht. Er sprach mit Freunden in London. Ich bin jetzt der führende Gewürzhändler in der Türkei. Schon vor langer Zeit habe ich M. das Geld zurückbezahlt, das er mir geliehen hatte. Meine Kinder sind Teilhaber am Geschäft. Sie haben ein gutes Leben. Wenn ich Aufgaben für den Geheimdienst erledigen muss und Hilfe brauche, suche ich mir das Kind aus, das für den Fall am geeignetsten ist. Sie alle sind in verschiedenen Dingen ausgebildet worden, die man beim Geheimdienst braucht. Sie sind klug und tapfer. Und sie würden alle ihr Leben für mich lassen – und für M. Ich habe sie gelehrt, dass er gleich nach Gott kommt.« Kerim vollführte eine wegwerfende Handbewegung. »Aber damit will ich Ihnen nur sagen, dass Sie sich in guten Händen befinden.«

»Etwas anderes habe ich auch nicht geglaubt.«

»Hm«, äußerte Kerim. Er nahm die Taschenlampen und reichte Bond eine. »Und jetzt an die Arbeit.«

Kerim trat zu dem breiten Bücherschrank mit der Glasfront und steckte seine Hand dahinter. Es knackte, und dann rollte der Bücherschrank lautlos an der Wand entlang nach links.

Dahinter befand sich eine kleine Tür, die in die Wand eingelassen war. Kerim drückte dagegen, und sie schwang nach innen auf. Dahinter gähnte ein dunkler Gang mit einer Steintreppe, die in die Tiefe führte.

»Gehen Sie voraus«, sagte Kerim. »Steigen Sie die Treppe hinunter bis zum Ende und warten Sie. Ich muss erst die Tür schließen.«

Bond knipste seine Taschenlampe an und trat durch die Öffnung. Vorsichtig schritt er die Stufen hinunter. Im Licht der Lampe sah er frisch getünchte Wände und sechseinhalb Meter weiter unten das Glitzern von Wasser. Als Bond den Fuß der Treppe erreicht hatte, stellte er fest, dass das Glitzern von einem kleinen Bach herrührte der am Grund eines alten, steingemauerten Tunnels in einer Gosse entlangfloss. Rechts stieg der Tunnel an, links neigte er sich nach unten und mündete wohl in die Wasser des Goldenen Horns.

Aus dem Dunkel, das Bonds Licht nicht erreichte, drang ein stetiges Rascheln, und in der Schwärze huschten und leuchteten Hunderte blitzendroter Stecknadelköpfe. In einer Entfernung von fünfzehn Metern auf beiden Seiten beobachteten tausend Ratten Bond. Bond sah geradezu, wie sie die kleinen Barthaare über ihren Zähnen hoben. Einen Moment lang stellte er sich die Frage, was sie tun würden, wenn seine Taschenlampe ausginge.

Kerim stand plötzlich neben ihm.

»Es ist ein langer Anstieg. Eine Viertelstunde. Ich hoffe, Sie lieben Tiere.« Kerims Lachen dröhnte durch den Tunnel. Die Ratten huschten aufgeregt hin und her. »Leider haben wir keine große Auswahl. Ratten und Fledermäuse. Ganze Divisionen – eine Luftwaffe und eine Landarmee, könnte man sagen. Und wir müssen sie vor uns hertreiben. Am Ende des Anstiegs wird die Lage ziemlich beengt. Also, gehen wir. Die Luft ist gut. Auf beiden Seiten des Kanals ist trockener Boden. Aber im Winter brechen die Fluten herein. Dann müssen wir Froschmann-Anzüge benutzen. Richten Sie Ihre Lampe auf meine Füße. Wenn sich eine Fledermaus in Ihrem Haar einnistet, dann schleudern Sie sie weg. Es wird nicht oft passieren. Das Radarsystem der Viecher funktioniert gut.«

Sie machten sich an den steilen Anstieg. Der Geruch der Ratten war durchdringend. Bond überlegte, dass es Tage dauern würde, bis er ihn wieder losbekäme.

Knäuel von Fledermäusen hingen wie Bündel vertrockneter Trauben von der Decke herab, und wenn ab und zu entweder Kerims oder Bonds Kopf eines dieser Bündel streifte, löste es sich schlagartig auf, und die Fledermäuse verschwanden flügelschlagend in der Dunkelheit. Vor ihnen huschte quietschend, mit leuchtend roten Augen die Armee der Ratten, die auf beiden Seiten der Mittelgosse immer dichter wurde. Ab und zu richtete Kerim sein Licht nach vorn und beleuchtete ein graues, mit blitzenden Zähnen durchsetztes Feld.

Die beiden Männer hielten ihre Lampen wie Pistolen auf die hinteren Reihen gerichtet, bis sie nach einer guten Viertelstunde ihr Ziel erreichten.

Es war eine tiefe Einbuchtung in der Seitenwand des Tunnels. Auf beiden Seiten eines dick in Ölzeug verpackten Gegenstands, der von der Decke hing, standen Bänke. Sie traten in die Einbuchtung. Noch ein paar Meter Anstieg, dachte Bond, und Massenhysterie musste die Scharen von Ratten erfassen, die sich weiter oben im Tunnel befanden. Dann hätte sich die Masse umgewendet. Aus Raumnot hätten die Ratten dem Licht getrotzt und sich auf die Eindringlinge gestürzt, trotz der beiden funkelnden Lichtaugen und des drohenden Geruchs.

»Schauen Sie«, sagte Kerim.

Einen Augenblick herrschte Stille. Oben im Tunnel war das Quietschen verstummt wie auf einen Befehl. Dann ergoss sich plötzlich eine Flut drängender, strampelnder grauer Leiber über den Boden, als sich die Ratten mit beständigem schrillem Quietschen umdrehten und den Abhang des Tunnels hinunterjagten.

Minutenlang strömte der dichte graue Strom vor dem Alkoven vorbei, bis er allmählich dünner wurde und nur noch vereinzelte kranke oder verletzte Ratten mühsam über den Boden krochen.

Das Quietschen der Ratten verklang langsam, als sie sich dem Fluss näherten. Dann war es still.

Kerim grunzte ungerührt. »Eines Tages werden diese Ratten sterben. Dann wird in Istanbul wieder die Pest ausbrechen. Manchmal habe ich ein schlechtes Gewissen, weil ich den Behörden nichts von diesem Tunnel sage. Sie könnten hier eine Säuberungsaktion starten. Aber solange die Russen da oben sind, kann ich es nicht.« Er wies mit dem Kopf zur Decke. Dann war er einen Blick auf seine Uhr. »Noch fünf Minuten. Jetzt nehmen sie ihre Plätze ein und sehen noch einmal ihre Papiere durch. An der Beratung werden drei Leute teilnehmen, die ständig hier sind, vom MGB oder einer von ihnen möglicherweise auch vom GRU. Und dann wahrscheinlich noch drei andere. Zwei sind vor vierzehn Tagen angekommen, einer durch Griechenland und der andere über Persien. Der dritte traf am Montag ein. Weiß der Himmel, wer sie sind und was sie hier zu tun haben. Manchmal erscheint das Mädchen, Tatjana, mit einer Meldung und geht dann wieder. Hoffen wir, dass wir sie heute sehen. Sie werden beeindruckt sein.«

Kerim hob den Arm, löste die Verschnürung der Ölhautverpackung und zog sie herunter. Bond verstand augenblicklich.

Die Decke hatte das Unterteil eines Periskops verhüllt, dessen Sehrohr eingezogen war. Bond lachte leise.

»Wo, zum Teufel, haben Sie das Ding her, Darko?«

»Von der türkischen Marine. Kriegsüberbleibsel.« Kerims Tonfall verriet, dass er weitere Fragen nicht wünschte. »Jetzt versucht die Abteilung Q in London, das Ding auf irgendeine Art und Weise auch tonaufnahmefähig zu basteln. Das wird nicht leicht sein. Das Objektiv oben ist nicht größer als ein Feuerzeug. Wenn ich es ausfahre, ist es auf gleicher Ebene mit dem Fußboden ihres Zimmers. In der Ecke des Raumes haben wir ein kleines Mauseloch gegraben. Wir haben es gut hingekriegt. Als ich einmal neugierig war und feststellen wollte, was bei unseren Freunden vorgeht, war das erste, was ich sah, eine große Mausefalle. Zumindest erschien sie groß durch das Periskop.« Kerim lachte flüchtig auf. »Aber neben dem Objektiv ist nicht viel Platz für ein empfindliches Mikrophon. Es besteht auch wenig Hoffnung, dass wir noch einmal in die Räume gelangen, um das Mauseloch zu erweitern. Mir war es nur möglich, dieses Ding zu installieren, weil ich meine Freunde beim Ministerium für öffentliche Arbeiten dazu überreden konnte, die Russen ein paar Tage auszuquartieren. Man erzählte ihnen, dass die Straßenbahn, die den Hügel hinauffährt, die Grundfesten des Hauses erschütterte und man deshalb eine Inspektion durchführen müsse. Mich kostete das Unternehmen ein paar hundert Pfund, die in die Taschen der zuständigen Leute wanderten. Es wurden etwa ein halbes Dutzend Häuser zu beiden Seiten der russischen Zentrale untersucht, und ich hatte inzwischen unsere Arbeit beendet. Die Russen waren verdammt misstrauisch. Ich glaube, sie haben das Unterste zuoberst gekehrt, als sie wieder einzogen, weil sie fürchteten, es könnten Mikrophone eingebaut worden sein. Aber zweimal wird der Trick nicht wirken. Wenn Abteilung Q sich nicht etwas ganz Gescheites einfallen lässt, werde ich mich wohl auch in Zukunft damit begnügen müssen, sie im Auge zu behalten. Eines Tages wird das schon Früchte tragen.«

Neben dem Periskop in der Decke des Alkovens hing eine Metallkugel, die etwa doppelt so groß war wie ein Fußball.

»Was ist das?«, erkundigte sich Bond.

»Die untere Hälfte einer Bombe – einer großen Bombe. Wenn mir irgendetwas passiert oder wenn Krieg mit Russland ausbricht, kann man diese Bombe von meinem Büro aus zünden.«

Kerim hatte das Okular poliert, das sich zwischen den beiden Griffen befand, die auf beiden Seiten des Periskops herausragten. Jetzt blickte er wieder auf seine Uhr. Dann bückte er sich, umfasste die beiden Griffe und schob sie langsam in Kinnhöhe hinauf. Es zischte leise, als sich der ölglänzende, schlanke obere Teil des Periskops nach oben bis zur Decke schob.

Kerim senkte den Kopf und blickte in das Okular. Langsam bewegte er die Griffe nach oben, bis er aufrecht stehen konnte. Er drehte behutsam, stellte das Objektiv ein und winkte Bond.

»Nur die sechs.«

Bond trat näher und umfasste die Griffe.

»Sehen Sie sie sich gut an«, meinte Kerim. »Ich kenne sie ja, aber Sie sollten sich ihre Gesichter einprägen. Den Vorsitz führt der örtliche Abteilungsleiter. Links von ihm sitzen zwei seiner Leute. Gegenüber sitzen die drei neuen. Der, der zuletzt eingetroffen ist und so aussieht, als spielte er eine gewisse Rolle, sitzt rechts vom Vorsitzenden. Geben Sie mir Bescheid, wenn sie etwas anderes tun, als nur reden.«

Bond fühlte sich versucht, Kerim zu mahnen, er möge nicht so viel Lärm machen. Es war, als befände er sich mit den Russen in einem Raum, als säße er auf einem Stuhl in der Ecke, wie ein Sekretär vielleicht, der über die Sitzung Protokoll führte.

Das runde Objektiv, dazu bestimmt, Flugzeuge und Schiffe zu entdecken, vermittelte ihm ein seltsames Bild – ein Bild aus der Perspektive einer Maus, mit dem Blick auf Beine unter dem Rand des Tisches. Die Köpfe, die zu den Beinen gehörten, sah er nicht alle gleich gut. Der Vorsitzende und seine beiden Mitarbeiter waren klar sichtbar, ernsthafte, langweilige russische Gesichter, deren Züge sich Bond einprägte. Da war das Oberlehrergesicht des Vorsitzenden – dicke Brillengläser, lange, schmale Kinnpartie, hohe Stirn, spärliches Haar, glatt zurückgestrichen. Zu seiner Linken ein eckiges, hölzernes Gesicht mit tiefen Einkerbungen zu beiden Seiten der Nase, kurzgeschorenem, hellem Haar. Das dritte Mitglied des ständigen Personals hatte ein verschlagenes armenisches Gesicht mit listigen, hellen Mandelaugen. Er sprach gerade. Gold blitzte in seinem Mund.

Die drei Besucher konnte Bond weniger klar erkennen. Sie hatten ihm halb den Rücken zugewandt, und nur das Profil des am nächsten sitzenden, offenbar des jüngsten, war deutlich zu sehen. Die Haut des Mannes war dunkel. Wahrscheinlich stammte er aus einer der südlichen Republiken. Seine Wangen waren schlecht rasiert, und die Augen, vom Profil her gesehen, hervorquellend und trübe unter buschigen Brauen. Die Nase war fleischig und großporig. Die Oberlippe, lang und schmal, war mürrisch verzogen, und darunter war er erste Anflug eines Doppelkinns zu erkennen. Das dichte schwarze Haar war sehr kurz geschnitten, sodass über dem Genick bis hinauf zu den Ohrläppchen ein bläulicher Schimmer lag. Es war ein militärischer Haarschnitt.

Vom nächsten Mann sah man nur einen fetten, kahlen Hals, der ärgerlich gerötet war, einen glänzenden blauen Anzug und ziemlich helle braune Schuhe. Der Mann saß die ganze Zeit über reglos und sprach nicht ein einziges Mal.

Jetzt lehnte sich der älteste der Besucher, rechts vom Vorsitzenden, zurück und begann zu sprechen. Er hatte ein hartes, wie aus Stein gemeißeltes Profil, grobknochig, mit einem vorgeschobenen Kinn unter einem dichten braunen Schnurrbart. Bond konnte kalte graue Augen unter buschigen Augenbrauen und einer niedrigen Stirn erkennen. Das Haar war graubraun gesprenkelt. Dieser Mann rauchte als einziger. Er paffte eifrig an einer kleinen braunen Pfeife, in deren Kopf aufrecht eine Zigarette steckte. Ab und zu schüttelte er die Pfeife seitwärts, sodass die Asche auf den Boden fiel. In seinem Profil drückte sich mehr Autorität aus als in den Gesichtern der anderen, und Bond vermutete, dass es sich um einen höheren Beamten handelte, der von Moskau geschickt worden war.

Allmählich ermüdeten Bonds Augen. Er drehte die Griffe leicht und blickte sich in dem Büro um, bemerkte aber nichts von Interesse – zwei olivgrüne Aktenschränke, ein Hutständer neben der Tür, an dem sechs mehr oder weniger gleich aussehende graue Homburger hingen, und ein Sideboard mit einer schweren Wasserkaraffe und einigen Gläsern. Bond trat vom Okular zurück und rieb sich die Augen.

»Wenn wir sie nur hören könnten«, meinte Kerim mit einem traurigen Kopfschütteln. »Das wäre Gold wert.«

»Ja, damit wären wir eine Menge Probleme los«, stimmte Bond zu. Dann fügte er hinzu: »Übrigens, Darko, wie sind Sie auf den Tunnel gestoßen? Wofür wurde er gebaut?«

Kerim beugte sich leicht vor, warf einen hastigen Blick durch das Okular und richtete sich wieder auf.

»Es ist ein unbekannter Abflusskanal von der Säulenhalle«, erklärte er. »Die Säulenhalle ist jetzt eine Touristenattraktion. Sie liegt über uns auf den Höhen von Istanbul in der Nähe der Hagia Sophia. Vor tausend Jahren wurde sie als Wasserreservoir für den Fall einer Belagerung erbaut. Es ist ein großer unterirdischer Palast, hundert Meter lang und etwa halb so breit. Er wurde ausschließlich dazu errichtet, Millionen Liter von Wasser speichern zu können. Vor vierhundert Jahren wurde er von einem Mann namens Gyllius wiederentdeckt. Eines Tages las ich seinen Bericht über die Entdeckung. Er erzählte, dass das Reservoir im Winter ›durch eine große Röhre unter höllischem Lärm‹ gefüllt worden sei. Da kam mir der Gedanke, es könnte vielleicht noch eine andere große Röhre geben, um das Reservoir rasch zu leeren, wenn die Stadt sich dem Feind ergeben musste. Ich ging also zur Säulenhalle, bestach den Wächter und ruderte eine ganze Nacht lang mit einem meiner Söhne in einem Schlauchboot zwischen den Säulen herum. Wir klopften die Wände ab, und an einer Stelle gab es einen hohlen Ton. Ich legte dem Minister für öffentliche Arbeiten eine Stange Geld auf den Tisch, daraufhin schloss er die Halle eine Woche für die Öffentlichkeit – ›zur Reinigung‹. Mein kleines Team ging an die Arbeit.« Kerim senkte wieder den Kopf, um durch das Okular zu blicken und fuhr fort: »Über der Wasseroberfläche bohrten wir ein Loch in die Mauer und stießen auf den oberen Teil eines Mauerbogens. Dieser Bogen war der Anfang eines Tunnels. Wir gelangten in den Tunnel und folgten ihm. War ziemlich aufregend, nicht zu wissen, wo man wieder hinausgelangen würde. Der Tunnel führte natürlich den Hügel hinunter – unter der Straße der Bücher hindurch, wo die Russen ihre Zentrale haben, und hinaus ins Goldene Horn, in der Nähe der Galata-Brücke, zwanzig Meter von meinem Lagerhaus entfernt. Wir vermauerten das Loch in der Säulenhalle wieder und begannen von meinem Haus aus zu bohren. Das war vor zwei Jahren. Wir brauchten ein Jahr, um unmittelbar unter die Russen zu gelangen.« Kerim lachte. »Und jetzt wird eines Tages der russische Geheimdienst beschließen, das Quartier zu wechseln, aber dann bin ich hoffentlich nicht mehr Leiter der Station T.«

Kerim beugte sich wieder ans Okular. Bond sah, wie sein Körper sich spannte. »Die Tür geht auf«, sagte Kerim hastig. »Schnell. Schauen Sie. Da ist sie.«

17

Es war sieben Uhr abends. James Bond war wieder in seinem Hotel. Er hatte ein heißes Bad und eine kalte Dusche genommen und hoffte, damit zumindest den Rattengestank wieder los zu werden.

Nur mit der Unterhose bekleidet, saß er an einem der Fenster seines Zimmers, trank Wodka mit Tonic-Wasser und blickte hinaus auf den goldenen Ball der Sonne, die langsam über dem Goldenen Horn unterging. Doch seine Augen sahen nicht die Fetzen roter und goldener Schleier, die hinter den Minaretts hingen – in der Stadt, in der er zum erstenmal Tatjana Romanowa gesehen hatte.

Seine Gedanken waren bei dem hochgewachsenen schönen Mädchen, das mit den weiten Schritten einer Tänzerin das triste Büro betreten hatte, in der Hand ein Blatt Papier. Sie war neben den Leiter getreten und hatte ihm das Schriftstück ausgehändigt. Die Männer hatten alle zu ihr aufgeblickt. Sie war errötet und hatte den Kopf gesenkt. Was hatte der Ausdruck auf den Gesichtern der Männer bedeutet? Er hatte nichts mit der Art zu tun gehabt, wie manche Männer Frauen mustern.

Neugier hatte darin gelegen. Das war verständlich. Sie

wollten wissen, was die Meldung enthielt, weshalb sie gestört wurden.

Es war ein seltsames, rätselhaftes Bild gewesen. Das Büro gehörte zu einer streng geführten staatlichen Organisation. Jeder von ihnen würde argwöhnisch über den anderen wachen. Und dieses Mädchen gehörte zum Personal, hatte den Dienstgrad eines Korporals und tat in diesem Moment nur ihre Pflicht, die in nichts von der Routine abwich. Warum also hatten sie alle unverhüllt zu ihr aufgeblickt, mit einem Ausdruck neugieriger Verachtung – beinahe als sei sie eine Spionin, die man ertappt hatte und die ausgeschaltet werden sollte. Verdächtigte man sie? Hatte sie sich verraten? Doch das erschien wenig wahrscheinlich, wenn man berücksichtigte, wie die kurze Szene endete. Der örtliche Leiter las die Meldung, und die Augen der anderen wandten sich von dem Mädchen ab und richteten sich auf ihn. Er sagte irgendetwas, wiederholte wohl den Inhalt der Meldung, und die Männer sahen ihn gleichgültig an, so als interessierte sie die Sache nicht. Dann heftete der Vorsitzende seinen Blick auf das Mädchen. Die Blicke der anderen folgten ihm. Er sagte etwas mit freundlich fragendem Ausdruck. Das Mädchen schüttelte den Kopf und antwortete kurz. Die anderen Männer machten interessierte Gesichter. Der Vorsitzende sagte ein Wort. Das Mädchen errötete tief, nickte und erwiderte gehorsam seinen fragenden Blick. Die anderen Männer lächelten ermutigend, vielsagend vielleicht, aber billigend. Keine Spur von Argwohn. Keine Verdammung. Der Vorsitzende richtete noch einige Worte an das Mädchen, das zustimmend nickte, sich dann umwandte und das Zimmer verließ. Als sie verschwunden war, machte der Vorsitzende mit ironischer Miene eine Bemerkung, und die Männer lachten aus vollem Halse. Wieder lag jener verständnisinnige Zug auf ihren Gesichtern, als hätte er etwas Obszönes gesagt. Dann widmeten sie sich wieder ihrer Arbeit.

Auf dem Rückweg durch den Tunnel und später in Kerims Büro, während sie sich über das unterhielten, was Bond gesehen hatte, zermarterte sich Bond das Gehirn nach einer Lösung für diese seltsame und unverständliche Szene. Und jetzt, während er in die Abenddämmerung hinausstarrte, war er noch immer verwirrt. Bond trank sein Glas aus und steckte sich eine Zigarette an. Er schob das Problem beiseite und wandte seine Gedanken dem Mädchen zu.

Tatjana Romanowa. Eine Romanow. Nun, sie sah tatsächlich wie eine russische Prinzessin aus oder das, was man sich darunter vorstellte. Der hochgewachsene, feingliedrige Körper, der sich so anmutig bewegte und sich so aufrecht hielt. Das volle Haar, das ihr bis zu den Schultern reichte, und die ruhige Festigkeit ihres Profils. Das schöne Gesicht, das dem der jungen Garbo ähnelte, mit dieser seltsam scheuen Heiterkeit. Der Kontrast zwischen der unverhüllten Unschuld der großen tiefblauen Augen und dem leidenschaftlichen Versprechen ihres Mundes. Und wie sie errötet war, wie sich die langen Wimpern über ihre Augen gesenkt hatten. War das die Verschämtheit eines unberührten Mädchens gewesen? Bond glaubte es nicht.

Konnte Bond, nach allem was er gesehen hatte, glauben, dass sie zu jener Art von Mädchen gehörte, die sich in eine Fotografie und eine Akte verlieben? Woher sollte er es wissen? Ein solches Mädchen musste tief romantisch veranlagt sein. In ihren Augen, um ihren Mund schwebten Träume. In diesem Alter, mit vierundzwanzig, war es der sowjetischen Maschinerie noch nicht gelungen, jedes Gefühl in ihr niederzuwalzen. Das Blut der Romanows hatte vielleicht in ihr die Sehnsucht nach einem Mann geweckt, der anders war als die modernen russischen Beamten und Offiziere, die sie kennen gelernt hatte – streng, kalt, mechanisch, im Grunde hysterisch und, aufgrund ihrer Parteiausbildung, langweilig.

Es konnte wahr sein. Nichts in ihrem äußeren Wesen strafte die Geschichte Lügen. Bond wünschte, dass es wahr sein möge.

Das Telefon klingelte. Es war Kerim.

»Nichts Neues?«

»Nein.«

»Dann hole ich Sie um acht Uhr ab.«

»Ich warte auf Sie.«

Bond legte auf und begann sich langsam anzuziehen.

Kerim hatte es sich nicht nehmen lassen, ihn an diesem Abend auszuführen. Bond hatte in seinem Hotelzimmer bleiben wollen, um auf die erste Kontaktaufnahme zu warten – einen Brief, einen Anruf, gleichgültig, was es sein mochte. Doch Kerim hatte widersprochen. Das Mädchen hatte mit aller Bestimmtheit erklärt, dass sie Ort und Zeit nach eigenem Gutdünken festlegen werde. Es wäre falsch, wenn Bond jetzt den Eindruck erweckte, er warte mit sklavischer Unterwürfigkeit und Geduld auf ein Lebenszeichen von ihr.

»Das ist schlechte Psychologie, mein Freund«, hatte Kerim beharrlicht erklärt. »Kein Mädchen mag es, wenn der Mann springt, sobald sie pfeift. Sie würde Sie verachten, wenn Sie sich ständig zu ihrer Verfügung hielten. Von Ihren Fotos und Ihrer Akte her hat sie den Eindruck gewonnen, dass Sie sich gleichgültig verhalten werden – ja, sogar unverschämt. Das will sie. Sie will Sie umwerben, einen Kuss von« – Kerim zwinkerte – »diesem grausamen Mund erkaufen. Sie hat sich in eine Vorstellung verliebt, die sie sich von Ihnen macht. Benehmen Sie sich entsprechend. Spielen Sie die Rolle.«

Bond hatte mit den Schultern gezuckt. »Na schön, Darko. Ich gebe zu, dass Sie Recht haben. Was schlagen Sie vor?«

»Führen Sie ihr Leben so, wie Sie es unter normalen Umständen führen würden. Gehen Sie jetzt ins Hotel, baden sie und trinken sie ein Gläschen. Der Wodka hier ist zumutbar, wenn Sie ihn mit Tonic-Wasser vermischen. Wenn nichts geschieht, hole ich Sie um acht Uhr ab. Wir essen dann bei einem Freund von mit, einem Zigeuner, zu Abend. Er heißt Vavra und ist der Stammesoberste. Ich muss heute Abend sowieso mit ihm reden. Er ist eine meiner besten Quellen. Im Augenblick versucht er festzustellen, wer mein Büro in die Luft gesprengt hat. Seine Mädchen werden für Sie tanzen.«

Das erneute Läuten des Telefons riss Bond aus seinen Gedanken. Er hob ab. Der Wagen war da. Während Bond die wenigen Stufen zur Halle hinunterschritt und hinaustrat zu Kerims Rolls-Royce, gestand er sich ein, dass er enttäuscht war.

Sie fuhren den Hügel über dem Goldenen Horn hinauf, an dessen Abhang sich die ärmeren Viertel Istanbuls ausdehnten, als der Chauffeur den Kopf drehte und mit ausdrucksloser Stimme etwas sagte.

Kerim erwiderte nur ein Wort.

»Er sagt, wir werden von einer Lambretta verfolgt«, wandte er sich an Bond. »Einer von den Gesichtslosen. Völlig unwichtig. Wenn mir daran liegt, kann ich meine Schritte geheim halten. Soundsooft haben sie meinen Wagen kilometerweit verfolgt, obwohl auf dem Rücksitz nur eine Strohpuppe saß. Ein auffallender Wagen hat auch seine Vorteile, Sie kennen diesen Freund von mir, aber ich glaube nicht, dass sie wissen, weshalb mir an seiner Freundschaft liegt. Es kann uns nicht schaden, wenn sie feststellen, dass wir einen netten Abend verbringen wollen. An einem Samstagabend – noch dazu, wenn man einen Freund aus England da hat – wäre alles andere ungewöhnlich.«

Um halb neun hielten sie auf halbem Weg am Eingang eines wenig einladend aussehenden Trottoir-Cafés. Nur wenige Tische standen im Freien. Hinter dem Café neigten sich die Wipfel hoher Bäume über eine Steinmauer. Sie stiegen aus, und der Wagen fuhr weg. Sie warteten auf die Lambretta, doch das Knattern des Motors hatte ausgesetzt, und gleich darauf befand sich der Motorroller auf dem Weg hügelabwärts. Sie erhaschten nur einen flüchtigen Blick auf den Fahrer, einen kleinen gedrungenen Mann mit Motorradbrille.

Kerim ging zwischen den Tischen hindurch voraus und betrat das Café. Es schien leer, doch hinter der Kasse erhob sich hastig ein Mann. Die eine Hand behielt er unter der Theke. Als er Kerim erkannte, lächelte er nervös. Irgendetwas fiel zu Boden. Er trat hinter der Theke hervor, führte sie durch eine Hintertür hinaus, über einen Kiesweg zu einer Tür in der hohen Mauer. Nachdem er einmal geklopft hatte, schloss er sie auf und bedeutete ihnen, weiterzugehen.

Vor ihnen erstreckte sich ein Obstgarten. Unter den Bäumen standen Holztische. In der Mitte befand sich ein mit Terrazzo belegter kreisrunder Tanzboden. Rundherum hatte man über Stangen, die in die Erde gebohrt waren, eine Schnur mit bunten Lichtern gespannt, die noch nicht brannten. Weiter weg, an einem langen Tisch, saßen etwa zwanzig Menschen aller Altersgruppen beim Essen. Jetzt legten sie ihre Messer weg und blickten zur Tür. Im Gras hinter dem Tisch hatten einige Kinder gespielt. Auch sie waren jetzt still und aufmerksam. Der dreiviertelvolle Mond beleuchtete die Szene und malte filigranartige Schatten unter die Bäume.

Kerim und Bond schritten vorwärts. Der Mann am Kopf

des Tisches sagte etwas zu den anderen, stand auf und ging ihnen entgegen. Die übrigen wandten sich wieder dem Abendessen zu, die Kinder nahmen ihr Spiel wieder auf.

Der Mann begrüßte Kerim mit Zurückhaltung. Eine Weile blieb er vor ihm stehen und gab eine lange Erklärung ab, die sich Kerim aufmerksam anhörte und nur ab und zu mit einer Frage unterbrach.

Der Zigeuner war eine imposante, theatralische Gestalt in mazedonischer Tracht – weißes Hemd mit bauschigen Ärmeln, Pluderhose und weiche Lederstiefel mit aufgebogenen Spitzen. Sein Haar war ein Gewirr schwarzer Locken. Ein großer, hängender schwarzer Schnurrbart verbarg fast ganz die vollen roten Lippen. Die Augen blickten wild und grausam über einer narbig-zerfressenen Nase. Der Mond beleuchtete die scharfen Linien seines Kiefers und die hohen Backenknochen. Seine rechte Hand, die am Daumen mit einem goldenen Ring geschmückt war, ruhte auf dem Griff eines kurzen Dolches, der in einer Lederscheide mit Silberverzierung steckte.

Der Zigeuner beendete seinen Wortschwall. Kerim sagte ein paar Worte, bestimmt und in lobendem Ton, die sich auf Bond bezogen, und wies gleichzeitig mit der Hand auf ihn. Der Zigeuner trat näher an Bond heran und musterte ihn forschend. Mit einer abrupten Bewegung verbeugte er sich. Bond tat es ihm nach. Der Zigeuner verzog den Mund zu einem grimmigen Lächeln und sagte etwas. Kerim lachte und wandte sich an Bond.

»Er sagt, wenn Sie mal arbeitslos sind, dann sollen Sie zu ihm kommen. Er kann Ihnen jederzeit Arbeit verschaffen. Sie könnten seine Frauen zähmen. Das ist ein großes Kompliment für einen *gajo* – einen Ausländer. Sie sollten etwas darauf erwidern.«

»Sagen Sie ihm, ich könnte mir nicht vorstellen, dass er dabei Hilfe braucht.«

Kerim übersetzte. Der Zigeuner bleckte höflich die Zähne. Er erwiderte etwas und schritt dann händeklatschend zum Tisch zurück.

Zwei Frauen standen auf und näherten sich ihm. Er sprach kurz auf sie ein. Sie gingen zurück zum Tisch, hoben eine große irdene Schüssel hoch und verschwanden zwischen den Bäumen.

Kerim fasste Bond am Arm und führte ihn ein Stückchen auf die Seite.

»Wir sind zu einem ungünstigen Zeitpunkt gekommen«, erklärte er. »Das Restaurant ist geschlossen. Hier herrscht ein Familienzwist, der entschieden werden muss – auf drastische Weise und nicht im Beisein Fremder. Doch ich bin ein alter Freund, und wir sind zum Essen eingeladen. Es wird scheußlich schmecken, aber ich habe Raki holen lassen. Dann können wir zusehen, allerdings unter einer Bedingung – dass wir uns nicht einmischen. Ich hoffe, Sie verstehen, mein Freund.« Kerim drückte Bonds Arm. »Gleichgültig, was Sie sehen, Sie dürfen keine Bewegung machen, keinen Kommentar abgeben. Gerade hat eine Gerichtsverhandlung stattgefunden, und jetzt muss Gerechtigkeit geübt werden – ihre Art von Gerechtigkeit. Es geht um Liebe und Eifersucht. Zwei Mädchen im Stamm lieben einen seiner Söhne. Jede droht, die andere zu töten, um ihn für sich zu gewinnen. Wenn er selbst eine Wahl trifft, so haben beide geschworen, ihn und die erfolgreiche Gegnerin zu töten. Es ist eine ausweglose Situation. Es hat endlose Auseinandersetzungen und Streitereien im Stamm gegeben. Schließlich hat man den Sohn ins Gebirge geschickt, und die beiden Mädchen werden heute Abend um ihn kämpfen. Der Sohn hat sich bereit erklärt, die Siegerin zur Frau zu nehmen. Die Frauen sind in zwei verschiedenen Wohnwagen eingesperrt. Für Schwächlinge ist das bevorstehende Schauspiel nicht geeignet, aber es wird bestimmt erregend. Es ist ein großes Privileg, dass wir zusehen dürfen. Verstehen Sie? Wir sind *gajos*. Sie werden sich also nicht einmischen? Man würde Sie töten und mich wahrscheinlich auch.«

»Darko«, versetzte Bond, »ich habe einen französischen Freund. Einen gewissen Mathis, der Leiter des Deuxième Bureau ist. Er hat einmal zu mir gesagt: ›*J'aime les sensations fortes.*‹ Und mir geht es ebenso. Ich werde Ihnen keine Schande machen. Männer, die gegen Frauen kämpfen – das ist etwas ganz anderes, als wenn Frauen gegen Frauen antreten. Aber was ist mit der Bombe? Die Bombe, die in Ihrem Büro explodiert ist. Was hat er darüber gesagt?«

»Es war der Leiter der Gesichtslosen. Er hat sie selbst gelegt. Er fuhr das Goldene Horn in einem Boot hinunter, stieg eine Leiter hinauf und befestigte das Ding an der Mauer. Sein Pech, dass er mich nicht erwischt hat. Der Plan war gut durchdacht. Der Mann ist ein Gangster. Ein bulgarischer ›Flüchtling‹ namens Krilencu. Ich werde mit ihm abrechnen müssen; weiß, der Himmel, warum er mich plötzlich umbringen wollte. Ich kann jedenfalls solche Dinge nicht ungestraft durchgehen lassen. Vielleicht gehe ich heute Abend noch gegen ihn vor. Ich weiß, wo er wohnt. Ich habe meinen Chauffeur schon beauftragt, mit dem nötigen Rüstzeug herzukommen. Weil ich mir dachte, dass Vavra den Übeltäter inzwischen ausgemacht hat.«

Ein in seiner Wildheit anziehendes junges Mädchen in einem altmodischen schwarzen Kleid, um den Hals eine Kette mit Goldmünzen und an jedem Arm etwa zehn dünne Goldreifen, ging vom Tisch zu ihnen und machte vor Kerim einen tiefen Knicks. Sie sagte etwas, und Kerim antwortete.

»Wir werden zu Tisch gebeten«, erklärte Kerim. »Ich hoffe, es gelingt Ihnen, mit den Fingern zu essen. Aha, sie tragen alle ihre besten Kleider heute Abend. Es würde sich lohnen, dieses Mädchen zu heiraten. Schleppt eine Menge Gold mit sich rum. Das ist ihre Mitgift.«

Sie traten zum Tisch. Zwei Plätze rechts und links vom Stammesobersten waren für sie geräumt worden. Kerim sprach einige Worte zu den Anwesenden, offenbar eine Begrüßung. Ein kurzes Nicken antwortete ihm. Dann setzten sie sich. Vor jedem von ihnen stand ein großer Teller mit einer Art Ragout, das aufdringlich nach Knoblauch roch, eine Flasche Raki, ein Krug mit Wasser und billige Gläser. Auch vor den anderen standen Flaschen mit Raki, die noch nicht geöffnet waren. Als Kerim nach der seinen griff und sich ein halbes Glas einschenkte, taten alle am Tisch es ihm nach. Kerim goss etwas Wasser hinzu und hob sein Glas. Bond tat das gleiche. Kerim hielt eine kurze, heftige Rede und trank. Die Atmosphäre wurde ungezwungener. Eine alte Frau neben Bond reichte ihm einen langen Brotlaib und sagte etwas. Bond bedankte sich. Er brach ein Stück herunter und reichte den Laib Kerim weiter, der mit Daumen und Zeigefinger in seinem Ragout herumstocherte. Kerim nahm den Laib mit der einen Hand, während er gleichzeitig mit der anderen ein großes Stück Fleisch in den Mund steckte.

Bond wollte auch etwas essen, als Kerim scharf und ruhig sagte: »Mit der rechten Hand, James. Die linke Hand wird bei diesen Leuten nur zu einem gebraucht.«

Bond hielt mitten in der Bewegung inne und führte dann seine linke Hand zur nächsten Rakiflasche. Er schenkte sich noch ein halbes Glas ein und begann mit seiner rechten

Hand zu essen. Das Ragout war ausgezeichnet, doch kochend heiß. Bond biss jedes Mal die Zähne zusammen, wenn er mit den Fingern hineingriff. Alle sahen ihnen beim Essen zu; von Zeit zu Zeit tauchte die alte Frau ihre Finger in Bonds Ragout und suchte ihm ein Stück Fleisch heraus.

Als sie ihre Teller geleert hatten, stellte man zwischen sie eine silberne Schüssel mit Wasser, auf dem Rosen schwammen, und legte ein sauberes Leinentuch dazu. Bond wusch seine Finger und sein fettiges Kinn. Dann wandte er sich seinem Gastgeber zu und hielt pflichtgemäß eine kurze Dankesansprache, die Kerim übersetzte. Anerkennendes Gemurmel erhob sich am Tisch. Vavra beugte sich zu Bond und verkündete, so übersetzte es Kerim, er hasse alle *gajos* außer Bond, und er sei stolz darauf, ihn seinen Freund nennen zu dürfen. Dann klatschte er scharf in die Hände. Alle standen auf, begannen die Bänke wegzutragen und um die Tanzfläche herum wieder aufzustellen.

Kerim trat um den Tisch zu Bond. Gemeinsam gingen sie ein paar Schritte.

»Wie fühlen Sie sich? Jetzt werden die beiden Mädchen geholt.«

Bond nickte. Er genoss diesen Abend. Das Bild, das sich ihm bot, war schön und erregend – der weiße Mond, der auf den Ring von Gestalten hinunterstrahlte, die jetzt auf den Bänken Platz genommen hatten, das Glitzern des Goldes und des Schmucks, wenn eine Hand oder ein Körper sich bewegte, der schimmernde Boden der Tanzfläche und die stillen Bäume ringsum, die Wache hielten.

Kerim führte Bond zu einer Bank, wo Vavra allein saß. Sie ließen sich rechts von ihm nieder.

Eine schwarze Katze mit grünen Augen lief langsam über die Tanzfläche und gesellte sich zu einer Gruppe von Kindern, die reglos dasaßen, als erwarteten sie jemanden, der ihnen Unterricht erteilen sollte. Die Katze setzte sich und begann, sich zu putzen.

Jenseits der hohen Mauer wieherte ein Pferd. Zwei der Zigeuner blickten über ihre Schultern in die Richtung, aus der der Laut erklungen war. Von der Straße ertönte das helle Läuten einer Fahrradglocke, als jemand den Hügel herunterfuhr. Die Stille wurde von dem Rasseln eines Riegels durchbrochen, der aufgezogen wurde. Die Tür in der Wand schwang auf, und zwei Mädchen, fauchend und um sich schlagend wie zwei wütende Katzen, stürzten herein.

18

Scharf und laut erklang die Stimme des Stammesobersten. Die Mädchen trennten sich widerwillig und wandten sich ihm zu. Der Zigeuner begann im Ton harter Anklage zu sprechen. Kerim legte die Hand an den Mund und flüsterte: »Vavra sagt ihnen, dass sie einem großen Zigeunerstamm angehören und dass sie Zwietracht unter den Stammesangehörigen gesät haben. Er sagt, für Hass gegen die eigenen Leute sei hier kein Platz, solche Gefühle müssten sich allein gegen Außenstehende richten. Der Hass, den sie gesät haben, muss getilgt werden, damit der Stamm wieder in Frieden leben kann. Sie müssen kämpfen. Wenn die Verliererin nicht getötet wird, so wird sie dennoch für immer verbannt sein. Das kommt dem Tode gleich. Diese Leute welken dahin, wenn sie nicht unter ihresgleichen leben können. In unserer Welt können sie nicht existieren. Es ist, als wollte man wilde Tiere in Käfige sperren.«

Während Kerim sprach, musterte Bond die beiden schönen, gespannt dastehenden Mädchen in der Mitte des Ringes.

Sie waren beide dunkelhäutig, mit rabenschwarzem Haar, das ihnen bis auf die Schultern hing, und beide trugen schäbige, braune, sackähnliche Kleider, die praktisch nur noch aus

Flicknähten und aufgesetzten Flecken bestanden. Die eine war kräftig gebaut und offensichtlich stärker als die andere, doch sie wirkte mürrisch und bedächtig und würde in ihren Bewegungen wohl langsam sein. Sie war hübsch wie eine ungezähmte Löwin, und während sie dastand und ziemlich ungeduldig den Worten des Stammesvaters lauschte, blitzte in ihren Augen ein roter Funke. Sie müsste gewinnen, dachte Bond. Sie ist größer und stärker.

Wenn man dieses Mädchen mit einer Löwin verglich, so galt für das andere Mädchen der Vergleich mit einer Pantherin. Sie war geschmeidig und biegsam, mit scharfen, listigen Augen, die nicht auf dem Sprecher ruhten, sondern unruhig umherwanderten. Die Hände an ihren Seiten waren zusammengekrampft wie Klauen. Die Muskeln an ihren schönen Beinen wirkten so hart wie die eines Mannes. Die Brüste waren klein und unter dem losen Hängekleid kaum bemerkbar. Sie sieht wie ein gefährliches kleines Biest aus, dachte Bond. Ihr wird es gelingen, den ersten Schlag anzubringen. Sie wird für die andere zu schnell sein.

Doch gleich darauf wurde er eines Besseren belehrt, Als Vavra seine letzten Worte sprach, trat das große Mädchen, das, wie Kerim erklärte, Zora hieß, mit den Füßen seitwärts aus und traf das kleinere Mädchen im Magen. Als die kleinere taumelte, ließ Zora einen Faustschlag folgen, der die andere an der Kopfseite traf, sodass sie auf den Steinboden stürzte.

»Oi, Vida«, jammerte eine Frau in der Menge. Doch sie hätte sich nicht zu sorgen brauchen. Selbst Bond konnte sehen, dass Vida nur schauspielerte, als sie scheinbar reglos auf dem Boden lag. Er sah das Glitzern ihrer Augen unter dem gebeugten Arm, als Zoras Fuß nach ihren Rippen trat.

Gleichzeitig zuckten Vidas Hände vor. Sie umfassten den Knöchel, und ihr Kopf schlug gegen den Rist wie der einer

Schlange. Zora schrie auf vor Schmerz und versuchte wütend und verzweifelt ihren Fuß aus der Umklammerung zu befreien. Doch es war zu spät. Das andere Mädchen hatte sich auf ein Knie erhoben, dann stand es aufrecht, den Fuß der Gegnerin noch immer umkrallt. Sie zog ihn nach oben, Zora schwankte und schlug der Länge nach hin.

Die Erschütterung vom Fall des kräftigen Mädchens war rundherum zu spüren. Einen Augenblick lag sie still. Mit einem tierischen Fauchen stürzte sich Vida über sie, kratzte und riss an ihren Kleidern.

Du meine Güte, ist das eine Wildkatze, dachte Bond. Neben sich hörte er Kerim laut atmen.

Doch das kräftige Mädchen schützte sich mit seinen Ellbogen und Knien, und schließlich gelang es ihm, Vida abzuschütteln. Zora rappelte sich taumelnd hoch und wich zurück. Das Kleid hing in Fetzen von ihrem kraftvollen Körper. Dann ging sie wieder zum Angriff über, die Arme ausgestreckt, um die Kleinere zu umschlingen. Als diese zur Seite sprang, erwischte Zora sie am Halsausschnitt des Kleides und schlitzte es auf bis hinunter zum Saum. Doch unverzüglich drängte sich Vida zwischen den ausgestreckten Armen hindurch an den Körper ihrer Gegnerin heran und schlug mit Knien und Fäusten auf sie ein. Das jedoch war ein Fehler. Die starken Arme schlossen sich um das kleinere Mädchen. Vidas Arme wurde an ihre Seiten gepresst, und das Mädchen war unfähig, sie zu heben. Und langsam begann Zora ihre Umklammerung zu verstärken, während Vidas Beine wirkungslos nach ihr traten.

Bond war überzeugt, dass jetzt das große Mädchen siegen würde. Zora brauchte sich nur noch auf das andere Mädchen fallen zu lassen. Vidas Kopf würde auf dem Steinboden aufschlagen, und dann konnte Zora tun, was ihr beliebte. Doch plötzlich stieß das kräftige Mädchen einen Schrei aus. Bond sah, dass Vidas Kopf sich an ihre Brüste presste. Ihre Zähne bissen zu. Zoras Arme sanken herab, dann griff sie nach Vidas Haar, um ihren Kopf zurückzureißen. Doch jetzt waren auch Vidas Hände wieder frei und bearbeiteten den Körper des größeren Mädchens.

Die Kämpferinnen trennten sich und wichen langsam zurück wie lauernde Katzen. Die glänzende Haut ihrer Körper schimmerte durch die Fetzen ihrer Kleider.

Argwöhnisch umkreisten sie einander, jede froh dass sie der anderen entkommen war.

Bond hielt den Atem an. Er spürte, wie sich Kerims Körper neben ihm versteifte. Der Ring der Zigeuner schien sich enger um die beiden geschlossen zu haben. Der Mond spiegelte sich in blitzenden Augen.

Noch immer schlichen die beiden Mädchen umeinander herum, mit entblößten Zähnen, keuchend. Ihre Füße hinterließen dunkle Schweißspuren auf dem weißen Steinboden.

Wieder war es das größere der beiden Mädchen, das den ersten Schritt tat. Zora sprang plötzlich vorwärts, die Arme ausgestreckt wie eine Ringerin. Doch Vida ließ sich nicht überraschen. Ihr rechter Fuß stieß zu und traf die Gegnerin. Zora schrie wie ein verwundetes Tier und krümmte sich. Vida trat noch einmal zu, und dann stürzte sie sich auf Zora.

Ein leises Stöhnen ertönte aus der Menge, als Zora auf die Knie fiel. Ihre Hände hoben sich, um das Gesicht zu schützen, doch es war zu spät. Vida stand mit gespreizten Beinen vor ihr und ihre Hände umklammerten Zoras Handgelenke, während sie ihr ganzes Gewicht einsetzte, sodass sich der Körper der anderen langsam nach hinten bog.

Bumm!

Der Knall löste schlagartig die Spannung. Der kurze Widerschein einer Flamme erleuchtete die Dunkelheit hinter der Tanzfläche, und ein Brocken Mauerwerk flog an Bonds Ohr vorbei. Plötzlich war der Obstgarten voll von rennenden Männern, und der Stammesoberste stürzte vorwärts, in der Hand den gebogenen Dolch. Kerim folgte ihm, er hielt eine Pistole.

Als der Zigeuner an den beiden Mädchen vorbeilief, die jetzt zitternd, mit aufgerissenen Augen dastanden, schrie er ihnen etwas zu. Sie wirbelten herum und verschwanden eilig zwischen den Bäumen, wo eben die letzten Frauen und Kinder im Schatten Schutz suchten.

Bond hatte die Beretta gezogen und folgte Kerim langsam zu dem großen Loch, das die Explosion in die Gartenmauer gerissen hatte. Er fragte sich, was, zum Teufel, hier vorging.

Der Grasstreifen zwischen dem Loch in der Mauer und der Tanzfläche wimmelte von hastenden, kämpfenden Gestalten. Erst als Bond näher trat konnte er die untersetzten, konventionell gekleideten Bulgaren von den beweglichen Zigeunern unterscheiden. Die Gesichtslosen schienen in größerer Anzahl vertreten zu sein als die Zigeuner, beinahe im Verhältnis zwei zu eins. Als Bond zu der kämpfenden Menge hinüberspähte, stürzte ein junger Zigeuner zwischen den Männern hervor, gekrümmt, die Hände auf den Magen gepresst. Unter entsetzlichen Hustenanfällen taumelte er auf Bond zu. Zwei kleine, dunkle Männer folgten ihm mit gezückten Messern.

Instinktiv trat Bond zur Seite, sodass sich die Menge nicht hinter den beiden Männern befand. Er zielte auf ihre Beine, unmittelbar über den Knien, und die Beretta in seiner Hand krachte zweimal. Die beiden Männer fielen mit dem Gesicht nach vorn ins Gras.

Zwei Kugeln verschossen. Noch sechs Patronen übrig. Bond schlich sich näher an die Kämpfenden heran.

Ein Messer zischte über seinen Kopf hinweg und schlug klirrend auf die Steine der Tanzfläche.

Es hatte Kerim gegolten, der aus der Dunkelheit plötzlich auftauchte. An seine Fersen hefteten sich zwei Verfolger. Der zweite Mann blieb stehen und hob sein Messer zum Wurf. Bond schoss aus der Hüfte und sah ihn fallen. Der andere Mann drehte sich um und floh in den Schatten der Bäume. Kerim fiel neben Bond aufs Knie und hantierte an seiner Pistole.

»Decken Sie mich!«, rief er. »Ladehemmung schon beim ersten Schuss. Es sind diese verfluchten Bulgaren. Weiß der Himmel, was die vorhaben.«

Eine Hand legte sich über Bonds Mund und riss ihn zurück. Während er zu Boden fiel, roch er Karbolseife und Nikotin. Er spürte, wie sich eine Stiefelspitze in sein Genick bohrte, und während er sich blitzartig zur Seite rollte, erwartete er den brennenden Schmerz eines Messerstichs. Doch die Männer, es waren drei, hatten es auf Kerim abgesehen, und als Bond sich aufrichtete, sah er die untersetzten dunklen Gestalten über den geduckten Mann herfallen, der mit seiner Pistole einmal zum Schlag ausholte und dann unter der Übermacht zusammenbrach.

Im selben Moment sprang Bond vor und ließ den Pistolenknauf auf einen runden, geschorenen Schädel niedersausen. Irgendetwas schoss blitzartig an seinen Augen vorbei, und der gebogene Dolch Vavras ragte aus einem sich krümmenden Rücken. Dann war Kerim wieder auf den Beinen, und der dritte Mann begann zu rennen. Vor dem Loch in der Wand stand ein Mann, der immer wieder ein einziges Wort rief, und einer nach dem anderen lösten sich die Männer von ihren Gegnern, rasten zu dem Mann an der Mauer und schlüpften durch das Loch hinaus auf die Straße.

»Schießen Sie, James! Schießen Sie!«, brüllte Kerim. »Das ist Krilencu.«

Bond feuerte sofort, doch der Mann war bereits hinter der Mauer verschwunden. Als Bond die Beretta senkte, ertönte das Knattern eines ganzen Schwarms von Lambrettas. Bond lauschte dem Brummen der Motoren, das langsam verklang.

Dann herrschte Stille, die nur vom Stöhnen der Verwundeten durchbrochen wurde. Bond sah, wie Kerim und Vavra durch das Loch in der Mauer wieder in den Garten traten, zwischen den am Boden Liegenden hindurchschritten und von Zeit zu Zeit einen der reglosen Körper mit dem Fuß umdrehten. Die anderen Zigeuner kehrten von der Straße zurück, und die Frauen eilten unter den Bäumen hervor, um sich um ihre Männer zu kümmern.

Bond schüttelte den Kopf. Um was war das alles gegangen? Zehn oder zwölf Männer waren getötet worden. Wozu? Wen hatten sie erwischen wollen? Nicht ihn. Als er hilflos auf dem Boden gelegen hatte, schon auf den tödlichen Schlag gefasst, hatten sie sich von ihm abgewandt und waren über Kerim hergefallen. Das war schon der zweite Versuch, Kerim zu töten. Hatte es etwas mit der Romanowa-Sache zu tun? Ließ es sich damit überhaupt in Verbindung bringen?

Bond erstarrte. Zweimal feuerte er aus der Hüfte. Das Messer stieß, ohne Schaden anzurichten, an Kerims Rücken vorbei. Die Gestalt, die sich vom Boden erhoben hatte, drehte sich langsam wie ein Balletttänzer und stürzte aufs Gesicht. Bond lief vorwärts. Er hatte gerade noch rechtzeitig reagiert. Der Mond hatte die Klinge aufblitzen lassen, und das Schussfeld war frei gewesen. Kerim blickte hinunter auf den zuckenden Körper und drehte sich zu Bond um.

Bond blieb stehen. »Sie verdammter Leichtfuß«, sagte er ärgerlich. »Warum haben Sie nicht besser aufgepasst! Sie sollten sich ohne Leibwächter gar nicht auf die Straße wagen.« Bonds Zorn hatte seinen Ursprung zum größten Teil in dem Bewusstsein, dass er es war, der die tödliche Gefahr heraufbeschworen hatte, die Kerim umgab.

Darko Kerim grinste verlegen. »Jetzt ist alles verpatzt, James. Sie haben mein Leben zu häufig gerettet. Wir hätten Freunde sein können. Doch jetzt ist die Distanz zwischen uns zu groß. Verzeihen Sie mir. Ich kann die Schuld niemals abtragen.« Er streckte seine Hand aus.

Bond schob sie weg.

»Seien Sie doch kein Narr, Mann«, erwiderte er grob. »Meine Waffe funktionierte, das ist alles. Die Ihre nicht. Ich würde Ihnen raten, sich eine zu beschaffen, die im kritischen Moment nicht versagt. Heute Abend ist zuviel Blut vergossen worden. Ich habe genug. Ich möchte etwas trinken. Kommen Sie, der Raki wartet.« Er fasste den kräftigen Mann am Arm.

Als sie zum Tisch gelangten, der noch mit den Resten des Abendessens bedeckt war, ertönte ein durchdringender, entsetzlicher Schrei aus den Tiefen des Obstgartens. Bonds Hand fuhr zur Waffe. Kerim schüttelte den Kopf.

»Bald werden wir wissen, auf was es die Gesichtslosen abgesehen hatten«, meinte er düster. »Meine Freunde stellen es fest. Ich kann mir vorstellen, was sie erfahren werden. Ich glaube, sie werden mir niemals verzeihen, dass ich heute Abend hier gewesen bin. Fünf ihrer Männer sind tot.«

»Es hätte auch noch eine tote Frau geben können«, erklärte Bond mitleidlos. »Wenigstens haben sie ihr das Leben gerettet. Seien Sie nicht albern, Darko. Die Zigeuner waren sich doch über die Gefahr klar, als sie sich bereit erklärten, für Sie gegen die Bulgaren zu spionieren. Es war ein Bandenkrieg.«

Er goss einen Schuss Wasser in sein Rakiglas.

Beide leerten ihre Gläser mit einem Zug. Der Stammesoberste tauchte plötzlich auf. Er wischte die Klinge seines gebogenen Dolches im Gras ab. Dann setzte er sich und nahm ein Glas Raki von Bond entgegen. Er wirkte ziemlich gelassen. Bond gewann den Eindruck, dass ihm der Kampf zu kurz gewesen war. Der Zigeuner machte mit verschwörerischem Gesicht eine Bemerkung.

Kerim lachte leise. »Er sagt, sein Urteil war richtig. Jetzt möchte er Ihnen eines der beiden Mädchen anbieten.«

»Sagen Sie ihm, dass schon eine für mich zuviel wäre. Aber fügen Sie hinzu, dass sie beide sehr schöne Mädchen sind. Ich würde mich freuen, wenn er mir den Gefallen täte, den Kampf nicht mehr fortsetzen zu lassen. Heute Abend sind genug von seinen Leuten getötet worden. Er wird diese zwei Mädchen brauchen, damit sie für den Stamm Kinder gebären können.«

Kerim übersetzte. Der Zigeuner maß Bond mit einem sauren Blick und äußerte einige bittere Worte.

»Er meint, Sie hätten ihn nicht um einen so schwer durchführbaren Gefallen bitten sollen. Er sagt, Ihr Herz sei zu weich für einen guten Kämpfer. Aber er wird tun, worum Sie ihn gebeten haben.«

Der Zigeuner ignorierte Bonds dankbares Lächeln und begann hastig auf Kerim einzureden, der aufmerksam zuhörte. Ab und zu stellte er eine Frage. Wiederholt wurde Krilencus Name erwähnt. Dann begann Kerim zu sprechen. Tiefe Zerknirschung lag in seiner Stimme, und er ließ sich auch durch die Proteste des anderen in seinem Redefluss nicht aufhalten. Noch einmal fiel Krilencus Name. Kerim wandte sich an Bond.

»Mein Freund«, bemerkte er trocken. »Das ist eine merkwürdige Geschichte. Angeblich haben die Bulgaren den Befehl erhalten, Vavra und so viele Leute seines Stammes wie möglich zu töten. Das ist eine einfache Sache. Sie wussten, dass der Zigeuner für mich arbeitet.

Vavra war das Hauptziel des Angriffs. Ich war das zweite. Auch die Kriegserklärung gegen mich persönlich verstehe ich. Aber angeblich durfte Ihnen unter keinen Umständen etwas zustoßen. Sie wurden den Bulgaren genau beschrieben, um jeden Irrtum auszuschließen. Das ist eigentümlich. Vielleicht wollte man politische Folgen vermeiden, die der Tod eines Ausländers möglicherweise mit sich gebracht hätte. Wer weiß? Der Angriff war gut vorbereitet. Sie kamen über den Hügel und fuhren im Leerlauf den Abhang hinunter, damit wir sie nicht vorzeitig hören konnten. Dieser Ort hier ist einsam und abgelegen. Kilometerweit entfernt erst geht der erste Polizist Streife. Ich werfe mir vor, dass ich die Bedrohung, die diese Leute darstellen, allzu sehr auf die leichte Schulter genommen habe.« Kerim machte einen unglücklichen, verwirrten Eindruck. Er schien einen Entschluss zu fassen. »Jetzt ist es Mitternacht. Der Rolls wird gleich hier sein. Ein kleines Stück Arbeit müssen wir noch erledigen, bevor wir zu Bett gehen. Und es wird Zeit, dass wir diese Menschen verlassen. Sie haben noch viel zu tun, ehe es Tag wird. Viele Tote müssen in den Bosporus versenkt werden, und das Loch in der Mauer muss ausgebessert werden. Wenn es hell wird, dürfen keine Spuren des Kampfes mehr zu sehen sein. Unser Freund wünscht Ihnen alles Gute. Er möchte, dass Sie wiederkommen. Zora und Vida gehören Ihnen. Er lässt sich einfach nicht davon überzeugen, dass die heutigen Vorkommnisse meine Schuld waren. So, und jetzt werden wir ihm die Hand schütteln und gehen. Mehr verlangt er von uns nicht. Wir sind gute Freunde, aber *gajos*. Und ich nehme an, er möchte nicht, dass wir dabei sind, wenn die Frauen um ihre Toten weinen.«

Kerim streckte seine riesige Pranke aus. Vavra nahm sie, hielt sie fest und blickte Kerim an. Einen Augenblick schien es, als verschleierten sich seine wilden, grimmigen Augen. Dann ließ der Zigeuner die Hand los und wandte sich Bond zu. Seine Hand war trocken und rau, wie die Pfote eines großen Raubtieres. Wieder verschleierten sich die Augen.

Er ließ Bonds Hand los. Rasch und dringlich sprach er auf Kerim ein. Dann drehte er sich um und schritt auf die Bäume zu.

Keiner blickte von seiner Arbeit auf, als Kerim und Bond durch das Loch in der Mauer kletterten. Der Rolls-Royce schimmerte im Mondlicht. Er stand einige Meter entfernt, dem Eingang des Cafés gegenüber. Ein junger Mann saß neben dem Chauffeur. Kerim wies mit der Hand auf ihn.

»Das ist mein zehnter Sohn. Er heißt Boris. Ich dachte, ich würde ihn brauchen. Und das tue ich auch.«

Der Junge drehte sich um.

»Guten Abend, Sir«, sagte er.

Bond erkannte in ihm einen der Schreiber aus dem Lagerhaus. Er war ebenso dunkel und schlank wie der Oberschreiber, und auch seine Augen waren blau.

Das Auto fuhr den Hügel hinunter. Kerim sprach mit dem Chauffeur.

»Es ist eine kleine Straße in der Nähe des Hippodroms. Wenn wir in die Gegend gelangen, müssen wir vorsichtig sein. Ich sage dir, wann du halten sollst. Hast du die Uniform und die Sachen?«

»Ja, Kerim Bey.«

»Gut. Gib Gas. Es wird Zeit, dass wir ins Bett kommen.«

Kerim ließ sich in die Polster sinken. Er nahm eine Zigarette heraus. Schweigend rauchten sie. Bond blickte hinaus auf die düsteren Straßen und überlegte, dass schlechte Straßenbeleuchtung ein untrügliches Zeichen für die Armut einer Stadt ist.

Es dauerte eine ganze Weile, bis Kerim wieder sprach. »Der Zigeuner sagt, über uns beiden schwebten die Flügel des Todes«, bemerkte er. »Er sagt, ich müsste mich vor einem Sohn des Schnees hüten und Sie sich vor einem Mann, der vom Mond besessen ist.« Er lachte rau. »Das ist der Unsinn, den sie reden. Aber Krilencu ist keiner dieser beiden Männer, sagt er. Das ist gut.«

»Warum?«

»Weil ich nicht eher schlafen kann, als bis ich diesen Menschen getötet habe. Ich weiß nicht, ob die heutigen Geschehnisse irgendetwas mit Ihnen und Ihrem Auftrag zu tun haben. Es ist mir auch gleichgültig. Aus irgendeinem Grund hat man mir den Krieg erklärt.

Wenn ich Krilencu nicht töte, wird er mich beim dritten Versuch bestimmt umbringen. Deshalb befinden wir uns jetzt auf dem Weg zu einer Zusammenkunft mit ihm in Samarra.«

19

Der Wagen schoss durch die menschenleeren Straßen, an den schattenhaften Moscheen vorbei, unter dem zerfallenen Aquädukt hindurch, über den Atatürk-Boulevard, und passierte die vergitterten Eingänge zu den Basars in nördlicher Richtung. An der Konstantinsäule bog das Fahrzeug nach rechts ab, fuhr durch hässliche, gewundene Straßen, die nach Abfällen rochen, und gelangte auf einen langen Platz, in dessen Mitte sich drei Steinsäulen wie Raketen in den sternenbedeckten Himmel reckten.

»Langsam jetzt«, sagte Kerim. Sie krochen im Schatten der Bäume über den Platz. Am Ende einer Straße auf der Ostseite, unterhalb des Serail-Palastes, blinzelte ihnen das gelbe Licht eines Leuchtturms zu.

»Halt.«

Der Wagen fuhr an den Straßenrand. Kerim griff nach der Klinke.

»Wir bleiben nicht lange, James. Setzen sie sich vorn hinter das Steuer, und wenn ein Polizist auftaucht, sagen Sie einfach *Ben Bey Kerim in ortagiyim.* Können Sie sich das merken? Es heißt, ich bin Kerim Beys Begleiter. Man wird Sie in Ruhe lassen.«

Bond brummte nur. »Herzlichen Dank. Aber es wird Sie überraschen zu hören, dass ich beschlossen habe, Sie zu begleiten.«

»Aber machen Sie mir hinterher keine Vorwürfe.«

»Die Sache überlasse ich Ihnen«, versetzte Bond. »Ich habe noch eine Patrone, falls Sie danebenschießen sollten.«

»Na schön, dann kommen Sie«, forderte Kerim ihn auf. »Wir haben noch einen ganz hübschen Fußmarsch vor uns. Die anderen beiden nehmen einen anderen Weg.«

Kerim nahm vom Chauffeur einen langen Spazierstock und ein Lederköfferchen entgegen. Dann brachen sie im zuckenden Strahl des Leuchtturms auf. Der Klang ihrer Schritte hallte von den eisernen Läden der Schaufenster wieder. Nirgends war eine Menschenseele zu sehen, nicht einmal eine Katze, und Bond war froh, dass er nicht allein diese einsame Straße entlanggehen musste.

Vom ersten Augenblick an hatte ihm Istanbul den Eindruck einer Stadt vermittelt, wo sich nachts Schrecken und Entsetzen aus den Steinen emporheben. Jahrhunderte lang war diese Stadt von Blutvergießen und Gewalttaten beherrscht gewesen, und es schien ihm, dass nun die Geister ihrer Toten die Straßen bevölkerten, wenn das Tageslicht der Dunkelheit gewichen war. Sein Instinkt sagte ihm, dass er von Glück reden konnte, wenn er diese Stadt lebend wieder verließ.

Sie gelangten zu einer schmalen, stinkenden Gasse, die sich den steilen Hügel hinunterwand. Kerim bog ein und begann vorsichtig über das Kopfsteinpflaster zu schleichen.

»Passen Sie auf, wo Sie hintreten«, sagte er leise. »Abfall ist noch ein zu gutes Wort für das, was meine lieben Landsleute aus ihren Fenstern werfen.«

Der Mond schien blass auf die glänzenden Pflastersteine.

Bond schloss den Mund und atmete durch die Nase. Vorsichtig setzte er einen Fuß vor den anderen, die Knie gebeugt, als schreite er über einen schneebedeckten Abhang. Er dachte an sein Bett im Hotel und die bequemen Polster des Wagens, der unter den Bäumen auf sie wartete und fragte sich, wie viele verschiedenartige entsetzliche Gerüche er im Rahmen dieses Auftrags noch würde einatmen müssen.

Am Ende der Gasse blieben sie stehen. Kerim wandte sich ihm mit einem breiten Grinsen zu. Er deutete auf ein mächtiges schwarzes Gebäude. »Moschee des Sultans Achmet. Berühmte byzantinische Fresken. Tut mir Leid, dass ich nicht mehr Zeit habe, Ihnen die Schönheiten meines Vaterlandes zu zeigen.« Ohne auf Bonds Antwort zu warten, wandte er sich nach rechts und schritt vor ihm her einen schmutzigen Boulevard entlang, der von billigen Geschäften gesäumt war und sich zu dem fernen Schimmern des Marmara-Meeres hinunterzog. Zehn Minuten lang wanderten sie schweigend weiter. Dann verlangsamte Kerim den Schritt und winkte Bond zu sich heran in den Schatten.

»Es wird eine einfache Sache«, erklärte er leise. »Krilencu wohnt dort unten neben der Bahnlinie.« Er wies auf ein Gewirr roter und grüner Lichter am Ende des Boulevards. »Er ist in einem Schuppen hinter einer Bretterwand untergekrochen. Durch eine Haupttür gelangt man auf die Straße. Aber es gibt noch eine zweite Tür, die durch die Bretterwand hindurch ebenfalls auf eine Straße führt. Er meint, das wüssten wir nicht. Meine beiden Leute werden seinen Schuppen durch die Haupttür betreten. Er wird durch die Hintertür hinausschlüpfen. Dann erschieße ich ihn. In Ordnung?«

»Wie Sie meinen.«

Sie schritten weiter den Boulevard hinunter und hielten sich eng an den Hauswänden. Nach zehn Minuten geriet die sechs Meter hohe Bretterwand in ihr Blickfeld, die das Ende der Straße jenseits der T-förmigen Kreuzung abschloss. Der Mond stand hinter der Wand, sodass die Vorderseite im Schatten lag. Jetzt bewegte sich Kerim noch vorsichtiger. Etwa hundert Meter vor der Bretterwand endeten die schützenden Mauern.

Der Mond beleuchtete die Kreuzung. Im letzten dunklen Torweg blieb Kerim stehen und stellte sich vor Bond hin.

»Jetzt müssen wir warten«, flüsterte er.

Bond spürte, dass sich Kerims Hände hinter ihm bewegten. Er vernahm ein leichtes Schnappen, als der Deckel des Lederköfferchens aufsprang. Ein dünnes, schweres Stahlrohr, etwa sechzig Zentimeter lang, mit Ausbuchtungen an beiden Enden, wurde Bond in die Hand gedrückt. »Zielfernrohr. Made in Germany«, flüsterte Kerim. »Infrarot-Objektiv. Damit sieht man auch im Dunkeln. Schauen sie sich mal das große Filmplakat drüben auf der Bretterwand an. Das Gesicht. Gleich unter der Nase können Sie die Umrisse einer Tür erkennen.« Bond stützte seinen Arm gegen den Rahmen des Torbogens, hob das Rohr an das rechte Auge und stellte es ein. Allmählich löste sich das Schwarze in Grau auf. Die Linien eines riesigen Frauengesichts und Buchstaben waren erkennbar. Bond las: *Niyagara, Marilyn Monroe ve Joseph Cotten* und darunter, *bonzo futbolou*. Bond ließ das Glas langsam über Marilyn Monroes blondes Haar wandern, dann über die Stirn hinunter zu der sechzig Zentimeter langen Nase mit den schwarzen Nasenlöchern. Die Umrisse eines Vierecks zeichneten sich auf dem Plakat ab. Es begann unter der Nase und verlief hinunter bis zu dem verlockenden Schwung der vollen Lippen. Von dort aus war es noch ein ganzes Stück bis zum Boden, das durch einen Sprung überwunden werden musste.

Hinter sich vernahm Bond ein metallisches Geräusch. Kerim hielt seinen Spazierstock in der ausgestreckten Hand. Wie Bond vermutet hatte, war es ein Gewehr mit einem Metallrahmen-Kolben. Vorn auf dem Lauf steckte ein Schalldämpfer. »Lauf von der neuen Winchester 88«, wisperte Kerim stolz. »Von einem Mann in Ankara zusammengesetzt. Man braucht .308er-Patronen. Die kurzen. Drei. Geben Sie mir das Glas. Ich möchte die Tür im Auge haben, bevor meine Leute durch die Haupttür eindringen. Macht es Ihnen etwas aus, wenn ich Ihre Schulter als Auflage benutze?«

»Schon gut.« Bond reichte Kerim das Zielfernrohr. Kerim befestigte es auf dem Lauf und legte das Gewehr auf Bonds Schulter.

»Hab´ sie schon«, meldete er leise. »Genau, wo Vavra gesagt hat. Er ist verlässlich.«

Als an der rechten Ecke der Kreuzung zwei Polizisten auftauchten, senkte er das Gewehr. Bond erstarrte.

»Ist schon gut«, beruhigte ihn Kerim flüsternd. »Das ist mein Sohn, und der andere ist der Chauffeur.« Er legte zwei Finger an den Mund. Ein leises kurzes Pfeifen ertönte. Einer der Polizisten hob seine Hand zum Nacken. Dann wandten sich beide ab und gingen davon. Der feste Tritt ihrer Stiefel hallte herüber.

»Noch ein paar Minuten«, flüsterte Kerim. »Sie müssen erst um die Bretterwand herumgehen.« Bond spürte, wie sich der schwere Lauf des Gewehrs wieder auf seine Schulter legte. Die Stille wurde vom lauten, durchdringenden Läuten aus dem Signalkasten hinter der Bretterwand zerrissen. Einer der Arme des Signalturms fiel herunter. Ein grüner Lichtpunkt flammte zwischen den roten Signalen auf. In der Ferne ertönte ein schwaches Stampfen und Dröhnen. Es rückte näher und wurde zum gequälten Keuchen einer Lokomotive und dem quietschenden, metallisch mahlenden Geräusch einer Reihe schlecht aneinandergekuppelter Güterwagen. Ein dünner gelber Schimmer erhellte die Böschung zur Linken. Langsam geriet die Lokomotive über der Bretterwand in Sicht.

Dann zuckelte der Zug auf seiner hundertfünfzig Kilometer langen Reise zur griechischen Grenze vorbei, eine schwarze Silhouette vor dem Hintergrund des silbrig glänzenden Meeres. Die dicke schwarze Rauchwolke trieb durch die reglose Luft auf sie zu. Das rote Schlusslicht leuchtete kurz auf, und dann folgten zwei schrille Pfiffe, die die Ankunft des Zuges in dem kleinen Bahnhof Buyuk ankündigten, der einen Kilometer entfernt lag.

Das Rattern des Zuges erstarb. Bond spürte das Gewicht des Gewehres auf der Schulter. Hinter seinem rechten Ohr flüsterte Kerim: »Da ist er.«

Im Mund des riesigen Plakats, zwischen den vollen roten Lippen, die halbgeöffnet waren, erschien der schattenhafte Umriss einer menschlichen Gestalt.

Der Mann ließ sich fallen. Ein Schiff, das den Bosporus hinaufglitt, röhrte wie ein schlafloses Tier im Zoo. Bond fühlte Schweißtropfen auf seiner Stirn. Der Lauf der Waffe drückte sich tief in seine Schulter, als der Mann den Bürgersteig verließ und auf sie zuging.

Wenn er am Rand des Schattens ist, wird er laufen, dachte Bond. Jetzt. Der Mann trat auf die Kreuzung hinaus. Er trat aus dem Schatten.

Neben Bonds Ohr gab es ein Geräusch, wie wenn eine Axt in einen Baumstamm schlägt. Der Mann taumelte vorwärts, die Arme ausgestreckt. Eine leere Patronenhülse fiel klirrend zu Bonds Füßen nieder. Er hörte das Schnappen, als die nächste Patrone in die Kammer geschoben wurde.

Die Finger des Mannes krallten sich um die Pflastersteine. Seine Schuhe trommelten auf die Straße. Dann blieb er reglos liegen.

Kerim brummte. Der Gewehrlauf hob sich von Bonds Schulter. Bond hörte, wie Kerim hinter ihm die Waffe auseinander nahm und das Zielfernrohr im Lederbehälter verstaute.

Bond wandte den Blick von der ausgestreckten Gestalt auf der Straße, der Gestalt eines Mannes, der gewesen war und dessen Leben jetzt erloschen war. Einen Augenblick stieg Zorn in ihm auf, dass er gezwungen war, solche Dinge mitanzusehen. Der Zorn richtete sich nicht gegen Kerim. Zweimal war Kerim das Ziel dieses Mannes gewesen, der versucht hatte, ihn zu töten. In gewisser Weise war es ein in die Länge gezogenes Duell, im Laufe dessen dieser Mann zweimal geschossen hatte, Kerim nur einmal. Kerim war ein klügerer und kühler berechnender Mann, und er hatte mehr Glück gehabt. Doch Bond hatte nie einen Menschen kaltblütig getötet, und es hatte ihm nicht behagt, zuzusehen, wie ein anderer es tat.

Kerim fasste ihn schweigend am Arm. Langsam gingen sie den Weg zurück, den sie gekommen waren.

Als Kerim Bond ins Hotel zurückgebracht hatte und mit ihm zum Empfangspult trat, teilte man ihnen mit, dass keine Nachricht hinterlassen worden sei. Kerim klopfte ihm auf den Rücken.

»Keine Sorge, mein Freund«, meinte er vergnügt. »Nur nicht die Hoffnung verlieren. Ich schicke Ihnen morgen Vormittag den Wagen, und wenn wieder nichts geschieht, werde ich mir noch ein paar kleine Abenteuer ausdenken, um Ihnen die Zeit zu vertreiben. Reinigen sie Ihre Pistole und schlafen Sie gut. Sie haben sich eine ungestörte Nacht sauer genug verdient.«

Bond stieg die wenigen Stufen hinauf, öffnete die Tür und verschloss und verriegelte sie hinter sich. Das Mondlicht drang durch die Vorhänge. Er durchquerte das Zimmer und knipste das kleine Lämpchen mit dem rosa Schirm auf dem Toilettentisch an. Dann zog er sich aus, ging ins Bad und duschte. Er dachte darüber nach, wie viel ereignisreicher Samstag der vierzehnte verlaufen war als Freitag der dreizehnte. Dann putzte er sich die Zähne, gurgelte mit einem scharfen Mundwasser, um den üblen Geschmack loszuwerden, und knipste das Licht im Bad aus, als er wieder ins Zimmer trat.

Bond zog einen Vorhang zur Seite und öffnete das hohe Fenster. Den Vorhang in der Hand, blickte er hinaus auf das Wasser unter dem stillen Mond. Ein Hauch kühler Nachtluft erfrischte seinen Körper. Er blickte auf die Uhr. Zwei Uhr.

Bond gähnte herzhaft. Er ließ den Vorhang fallen und trat zum Toilettentisch, um das Licht zu löschen. Plötzlich erstarrte er, und sein Herz setzte sekundenlang aus.

Ein nervöses Lachen erklang aus dem Schatten im Hintergrund des Zimmers, und eine Mädchenstimme sagte: »Armer Mister Bond, Sie müssen müde sein.«

20

Bond wirbelte herum. Er blickte hinüber zum Bett, doch seine Augen waren noch vom Mondlicht geblendet. Schnell ging er durchs Zimmer und knipste die Nachttischlampe neben dem Bett an. Unter dem Tuch lag ein schlanker Körper. Braunes Haar war über das Kissen gebreitet. Die Fingerspitzen waren zu sehen, die das Laken über dem Gesicht hielten.

Bond lachte kurz. Er beugte sich und zupfte leicht am Haar. Ein Quietschen des Protests ertönte unter dem Laken. Bond setzte sich auf den Bettrand. Nach einem kurzen Schweigen wurde eine Ecke des Betttuchs vorsichtig heruntergezogen, und große blaue Augen musterten ihn.

»Sie sehen sehr wenig angezogen aus.« Die Stimme drang gedämpft durch das Laken.

»Und Sie? Wie sind Sie hier hereingekommen?«

»Ich wohne zwei Stockwerke über Ihnen.« Ihre Stimme war tief und herausfordernd. Sie hatte einen schwachen Akzent.

»Also, ich gehe jetzt ins Bett.«

Hastig wurde das Laken bis zum Kinn hinuntergeschoben, und das Mädchen stützte sich leicht auf. Sie war errötet. »Oh nein. Das dürfen Sie nicht.«

»Aber das ist mein Bett.« Das Gesicht war unglaublich schön. Bond musterte es kühl. Die Röte vertiefte sich. »Freut mich sehr, Sie kennen zu lernen. Mein Name ist James Bond.«

»Ich heiße Tatjana Romanowa. Meine Freunde nennen mich Tanja.«

Es trat eine Pause ein, während der sie einander anblickten. Auf den Zügen des Mädchens stand Neugier und eine gewisse Erleichterung. Bonds Blick war kühl und argwöhnisch. Sie brach das Schweigen zuerst. »Sie sehen genauso aus wie auf den Fotos.« Wieder errötete sie. »Aber Sie müssen etwas anziehen. Das bringt mich ganz durcheinander.«

»Sie bringen mich genauso durcheinander. Was haben Sie denn überhaupt an?«

Sie schob das Betttuch noch ein klein wenig weiter nach unten. Um ihren Hals spannte sich ein schmales schwarzes Samtband. »Das.«

Bond sah in die neckenden blauen Augen, die sich geweitet hatten, als wollten sie fragen, ob er das Band nicht angemessen finde.

»Spaß beiseite, Tatjana. Wo sind Ihre Sachen? Oder sind Sie etwa so im Aufzug heruntergefahren?«

»O nein. Das wäre nicht *kulturny* gewesen. Sie sind unter dem Bett.«

»Falls Sie glauben, Sie gelangen aus diesem Zimmer wieder heraus, ohne …«

Bond ließ den Satz unbeendet. Er stand auf und schlüpfte in eine der dunkelblauen Seidenpyjamajacken, die er anstelle eines Pyjamas trug.

»Was Sie andeuten wollen, ist nicht *kulturny*.«

»Ach nein?«, meinte Bond sarkastisch. Er trat wieder zum Bett, zog sich einen Stuhl heran und lächelte auf sie hinunter. »Dann will ich Ihnen mal etwas sagen, was *kulturny* ist. Sie sind eines der schönsten Mädchen auf der Welt.«

Das Mädchen errötete wieder. Sie blickte ihn ernsthaft an. »Sagen Sie die Wahrheit! Ich glaube, mein Mund ist zu groß. Bin ich so hübsch wie die Mädchen im Westen? Jemand hat mir mal gesagt, dass ich der Garbo ähnlich sehe. Ist das wahr?«

»Schöner«, erwiderte Bond. »In Ihrem Gesicht ist mehr Licht. Und ihr Mund ist nicht zu groß. Er ist gerade richtig. Zumindest für mich.«

»Was soll das heißen, ›Licht im Gesicht‹? Was meinen Sie?«

Bond hatte gemeint, dass sie nicht wie eine russische Spionin aussehe. Sie schien keinerlei Zurückhaltung zu zeigen, wie sie im allgemeinen einer Spionin eigen ist. Keinerlei Kälte, keinerlei Berechnung. Sie vermittelte den Eindruck von Herzenswärme und Unbeschwertheit. Diese Eigenschaften leuchteten in ihren Augen. Er suchte nach einer Antwort.

»In Ihren Augen liegen Unbeschwertheit und Fröhlichkeit«, erklärte er lahm.

Tatjana zeigte ein ernstes Gesicht. »Das ist seltsam«, meinte sie. »In Russland gibt es nicht viel Unbeschwertheit und Fröhlichkeit. Keiner spricht von diesen Dingen. Das hat mir noch nie jemand gesagt.«

Unbeschwertheit?, dachte sie. Nach den letzten beiden Monaten? Wie konnte sie fröhlich aussehen? Und dennoch war ihr das Herz leicht. War sie vielleicht von Natur aus leichtsinnig? Oder hatte es etwas mit diesem Mann zu tun, den sie nie zuvor gesehen hatte? Erleichterung nach den Wochen der Angst, als sie ständig daran gedacht hatte, was sie tun musste? Auf jeden Fall war es sehr viel einfacher, als sie erwartet hatte. Er hatte es ihr leicht gemacht – hatte es zu einem Spaß werden lassen, gewürzt mit einer Prise Gefahr. Er war unglaublich gut aussehend. Und er wirkte sehr sauber. Würde er ihr vergeben, wenn sie in London waren und sie ihm die Wahrheit gestand? Wenn sie ihm gestand, dass sie auf ihn angesetzt worden war, um ihn zu verführen? Dass man selbst die Nacht und die Zimmernummer vorausbestimmt hatte? Es würde ihn sicher kaum stören. Ihm wurde ja damit kein Schaden zugefügt. Es geschah lediglich, damit sie nach England gelangen konnte, um jene Berichte abzufassen. – Unbeschwertheit und Fröhlichkeit in den Augen. Warum nicht? Es war möglich. Es gab einem ein herrliches Gefühl der Freiheit, wenn man mit einem solchen Mann allein war und wusste, dass man dafür nicht bestraft wurde. Es war wirklich ungeheuer aufregend.

»Sie sehen sehr gut aus«, bemerkte sie. Sie suchte nach einem Vergleich, der ihn freuen würde. »Wie ein amerikanischer Filmstar.«

Seine Reaktion erschreckte sie. »Um Himmels willen! Das ist die schlimmste Beleidigung, die Sie einem Mann antun können.«

Sie wollte ihren Fehler revidieren. Wie komisch, dass das Kompliment ihm nicht gefiel. Wollten denn die Leute im Westen nicht alle wie Filmstars aussehen?

»Ich habe gelogen«, erklärte sie. »Ich wollte Ihnen eine Freude bereiten. In Wirklichkeit sehen Sie aus wie mein Lieblingsheld. Er wird in einem Buch des russischen Schriftstellers Lermontow beschrieben. Ich werde Ihnen eines Tages von ihm erzählen.«

Eines Tages?, dachte Bond. Er fand es an der Zeit, das Geplauder zu beenden.

»Jetzt hören Sie mal zu, Tatjana.« Er bemühte sich, das schöne Gesicht auf dem Kissen nicht anzusehen und konzentrierte seine Augen auf einen Punkt an ihrem Kinn. »Wir müssen aufhören, von Nebensächlichkeiten zu reden. Was soll das alles? Wollen Sie wirklich mit mir nach England reisen?« Er blickte ihr in die Augen. Das war tödlich. Sie hatte die ihren weit geöffnet und blickte ihn mit einem Ausdruck unschuldiger Arglosigkeit an.

»Aber natürlich.«

»Oh!« Die Direktheit ihrer Antwort ließ Bond etwas argwöhnisch werden. Er schaute sie misstrauisch an. »Sind Sie sicher?«

»Ja.« Ihre Augen blickten jetzt offen und ehrlich. Sie hatte aufgehört zu flirten.

»Sie haben keine Angst?«

Er sah, wie ein flüchtiger Schatten über ihr Gesicht huschte. Doch es war nicht das, was er glaubte. Ihr war eingefallen, dass sie eine Rolle zu spielen hatte. Sie musste Angst haben bei dem, was sie vorhatte. Sie musste verschreckt und ängstlich wirken. So leicht war es ihr erschienen, die Rolle zu spielen, doch jetzt erwies es sich als schwierig. Wie merkwürdig. Sie entschloss sich zu einem Kompromiss.

»Doch, ich habe Angst. Aber jetzt nicht mehr so sehr. Sie werden mich beschützen. Das hatte ich gehofft.«

»Hm, ja, natürlich werde ich das.« Bond dachte an ihre Angehörigen in Russland. Rasch verscheuchte er den Gedanken. Was wollte er denn tun? Ihr die Flucht ausreden? Er beschloss, keinen Gedanken mehr an die Folgen zu verschwenden, die ihr drohten. »Sie brauchen sich keine Sorgen zu machen. Ich werde mich um Sie kümmern.« Und jetzt war es Zeit für die Frage, vor der er sich scheute. Er fühlte sich lächerlich verlegen. Das Mädchen entsprach nicht im geringsten dem, was er erwartet hatte. Er würde alles verderben, wenn er jetzt die Frage stellte. Und doch ließ es sich nicht umgehen.

»Was ist mit der Maschine?«

Ja, es war, als hätte er sie ins Gesicht geschlagen. Qual flackerte in ihren Augen und ein Schimmer von Tränen.

Sie zog das Laken über ihren Mund und sprach gedämpft. Ihre Augen waren kalt.

»Das wollen Sie also!«

»Hören Sie mal gut zu.« Bond bemühte sich, nonchalant zu sprechen. »Diese Maschine hat nichts mit Ihnen und mit mir zu tun. Aber meine Leute in London wollen sie haben.« Ihm fielen die Regeln der Sicherheit ein. »Sie ist im Grunde gar nicht wichtig. Wir wissen alles über die Maschine und erkennen sie als hervorragende russische Erfindung an. Wir wollen sie nur kopieren. Wie Ihre Leute ausländische Fotoapparate und dergleichen nachbauen.« Gott, wie lahm das klang.

»Jetzt lügen Sie.« Eine große Träne rollte aus einem der tiefblauen Augen über die zarte Wange und auf das Kissen. Sie zog das Laken über die Augen.

Bond streckte den Arm aus und legte seine Hand auf ihren Arm unter dem Bettuch. Der Arm zuckte ärgerlich zurück.

»Zum Teufel mit der verdammten Maschine«, sagte er gereizt. »Aber, um Himmels willen, Tanja, Sie wissen doch, dass ich meine Pflicht tun muss. Sagen Sie nur ja oder nein, und dann vergessen wir das Ding. Es gibt viele andere Dinge, über die wir reden können. Wir müssen unsere Reisevorbereitungen besprechen. Natürlich wollen meine Leute die Maschine haben, sonst hätten sie mich nicht hierher geschickt, um Sie nach England mitzunehmen.«

Tatjana tupfte sich mit dem Leintuch die Augen. Mit einer brüsken Bewegung schob sie das Laken wieder bis zu den Schultern hinunter. Ihr war klar, dass sie ihre Pflicht vergessen hatte. Es war ja nur … Na ja. Wenn er wenigstens gesagt hätte, dass die Maschine ganz unwichtig wäre, solange nur sie selbst mitkommen könnte. Aber das war zuviel verlangt. Er hatte Recht. Er musste seine Pflicht tun. Und sie die ihre.

Ruhig blickte sie zu ihm auf. »Ich werde die Maschine bringen. Haben Sie keine Befürchtungen. Und jetzt hören Sie!« Sie setzte sich aufrechter in die Kissen. »Wir müssen am Abend des heutigen Tages fahren.« Sie erinnerte sich an ihre Befehle. »Es ist unsere einzige Chance. Heute Abend habe ich von sechs Uhr an Nachtschicht. Ich bin ganz allein im Büro und werde die Spektor einfach mitnehmen.«

Bonds Augen verengten sich. Hastig überdachte er die Probleme, die diese überstürzte Flucht mit sich bringen würde.

Wo sollte er sie verstecken? Wie sollte er sie zum Flugzeug bringen, nachdem der Verlust bemerkt worden war? Es würde eine riskante Sache werden. Man würde vor nichts zurückschrecken, um sich ihrer und der Spektor wieder zu bemächtigen. Straßenbarrieren auf dem Weg zum Flughafen. Eine Bombe in der Maschine. Alles mögliche.

»Das ist herrlich, Tanja.« Bonds Stimme klang unbefangen. »Wir werden Sie verstecken, und dann nehmen wir morgen früh das erste Flugzeug.«

»Seien Sie nicht albern.« Man hatte Tatjana gewarnt, dass sich bei diesem Punkt des Planes Schwierigkeiten ergeben könnten. »Wir fahren mit dem Zug, mit dem Orient-Express. Er fährt heute Abend ab, um neun Uhr. Glauben Sie vielleicht, ich hätte mir nicht alles gründlich überlegt? Ich bleibe keine Minute länger als nötig in Istanbul. Vor Tagesanbruch werden wir über der Grenze sein. Sie müssen die Fahrkarten und einen Pass für mich besorgen. Ich fahre als Ihre Frau mit Ihnen.« Sie blickte glücklich zu ihm auf. »Das gefällt mir. In einem jener Salonabteile, über die ich gelesen habe. Sie müssen sehr gemütlich sein. Beinahe wie ein kleines Haus auf Rädern. Am Tag lesen wir oder unterhalten uns, und nachts werden Sie draußen auf dem Gang stehen und unser kleines Haus bewachen.«

»Den Teufel werde ich tun«, entgegnete Bond. »Aber hören Sie mal, Tatjana – das ist doch verrückt. Da holen sie uns bestimmt irgendwo ein. Mit dem Zug dauert es vier Tage und fünf Nächte bis London. Wir müssen uns etwas anderes einfallen lassen.«

»Nein«, erklärte das Mädchen bestimmt. »Ich fahre mit dem Zug. Wie sollen sie es denn erfahren, wenn wir es geschickt anfangen?«

O Gott, dachte sie. Warum hatte man darauf bestanden, dass sie den Zug nahmen? Man war hartnäckig gewesen. Vier Tage würde sie Zeit haben, ihn für sich zu gewinnen, hatte man ihr gesagt. Dann, wenn sie in London eintrafen, würde alles ganz einfach für sie sein. Er würde sie beschützen. Wenn sie hingegen direkt nach London flögen, würde man sie zunächst einmal ins Gefängnis stecken. Die vier Tage waren ungeheuer wichtig. Und man hatte sie gewarnt. Man würde Leute im Zug postieren, um zu verhindern, dass sie unterwegs ausstiege.

Oh Gott, oh Gott. Dennoch sehnte sie sich jetzt nach den vier Tagen, die sie mit ihm zusammen in dem kleinen Haus auf Rädern verbringen sollte. Wie seltsam. Es war ihre Pflicht gewesen, ihn dazu zu zwingen. Jetzt war es ihr eigener, leidenschaftlicher Wunsch. Sie betrachtete Bonds nachdenkliches Gesicht und sehnte sich danach, die Hand auszustrecken und ihm zu versichern, dass alles gut gehen würde; dass es sich um eine harmlose *konspiratia* handelte, um sie nach England einzuschmuggeln, dass keinem von ihnen Schaden zugefügt würde, da das nicht das Ziel der Pläne war.

»Also, ich halte das für Wahnsinn«, sagte Bond und fragte sich im Stillen, wie M. darauf reagieren würde. »Doch vielleicht haben wir damit Erfolg. Ich habe den Pass. Sie brauchen noch ein Visum für Jugoslawien.« Er blickte sie streng an. »Glauben Sie ja nicht, dass Sie mich überreden können, mich in einen der bulgarischen Kurswagen zu setzen. Da müsste ich ja annehmen, sie wollen mich kidnappen.«

»Das will ich ja«, Tatjana lachte. »Genau das will ich.«

»Augenblick, Tanja. Wir müssen das genau durchdenken. Ich hole die Karten und nehme einen unserer Leute mit. Nur für den Fall. Er ist ein guter Mann. Er wird Ihnen gefallen. Ihr Name ist Caroline Somerset. Vergessen Sie das nicht. Wie wollen Sie zum Zug gelangen?«

»Caroline Somerset.« Das Mädchen wiederholte langsam den Namen. »Das ist ein hübscher Name. Und Sie sind Mister Somerset.«

Sie lachte glücklich. »Das ist lustig. Um mich brauchen Sie sich nicht zu kümmern. Ich komme erst unmittelbar vor der Abfahrt zum Zug. Er fährt vom Sirkeci-Bahnhof ab. Ich weiß, wo er liegt. Und jetzt zerbrechen wir uns nicht weiter den Kopf darüber. Ja?«

»Angenommen, Sie verlieren die Nerven? Angenommen, man erwischt Sie?« Plötzlich beunruhigte Bond die Sicherheit des Mädchens. Wie konnte sie so gewiss sein? Ein scharfer Verdacht regte sich in ihm.

»Ehe ich sie kannte, hatte ich Angst. Jetzt nicht mehr.« Tatjana versuchte sich einzureden, dass das die Wahrheit war. Und irgendwie stimmte es beinahe. »Jetzt werde ich die Nerven nicht verlieren. Und sie können mich nicht erwischen. Ich lasse meine Sachen im Hotel und nehme nur wie üblich meinen kleinen Koffer mit ins Büro. Meinen Pelzmantel kann ich nicht hier lassen. Ich hänge an ihm. Aber heute ist

Sonntag, und das ist eine gute Entschuldigung, um ihn auch ins Büro anzuziehen. Heute Abend um halb neun gehe ich und nehme ein Taxi zum Bahnhof. Und jetzt müssen Sie aufhören, ein so sorgenvolles Gesicht zu machen.« Impulsiv streckte sie die Hand nach ihm aus. »Sagen Sie, dass Sie sich freuen.«

Bond setzte sich auf den Bettrand. Er nahm ihre Hand und blickte in ihre Augen. Hoffentlich geht alles gut, dachte er. Hoffentlich funktioniert dieser verrückte Plan. Ist dieses bezaubernde Mädchen eine Lügnerin? Spricht sie die Wahrheit? Ihre Augen verrieten ihm nichts, außer dass sie glücklich war, dass sie sich nach seiner Liebe sehnte und dass sie überrascht war von dem, was mit ihr geschah. Tatjana hob die andere Hand und zog ihn zu sich herab. Ihr Mund zitterte unter dem seinen, doch dann, als die Leidenschaft von ihr Besitz ergriff, öffneten sich ihre Lippen zu einem Kuss ohne Ende.

Über ihnen, von beiden unbemerkt, hinter dem goldenen Rahmen des Spiegels an der Wand über dem Bett, saßen die beiden Fotografen von SMERSH eng zusammengedrängt in dem kleinen *cabinet de voyeur*, wie schon vor ihnen so viele Freunde des Hoteleigentümers.

Und die Objektive starrten kalt hinunter auf die leidenschaftlichen Körper, und das Surren der Filmkamera hörte nicht auf.

21

Die großen Züge, die einst ganz Europa durchfuhren, werden einer nach dem anderen vom Fahrplan gestrichen, doch der Orient-Express donnert noch immer über die 2200 km lange Strecke grauschimmernder Stahlschienen zwischen Istanbul und Paris.

Unter den Bogenlampen keuchte die lange deutsche Lokomotive gepresst und mühsam wie ein asthmakranker Drache. Bei jedem schweren Atemzug fürchtete man, es könnte der letzte sein. Doch dann folgte der nächste. Dampfwolken stiegen von den Kupplungen zwischen den Waggons auf und verflüchtigten sich rasch in der warmen Augustluft. Der Orient-Express war der einzige betriebsbereite Zug in dem hässlichen Hauptbahnhof von Istanbul. Die Züge auf den anderen Gleisen standen ohne Lokomotiven unbeachtet und warteten auf das Morgen.

In schweren Bronzelettern stand auf der Seite des tiefblauen Waggons *Compagny Internationale des Wagons-lits et des Grands Express Europeens.*

Darüber, in einen Metallrahmen geschoben, befand sich ein Schild, auf dem in schwarzen Druckbuchstaben auf weißem Grund stand: *Orient-Express;* und darunter in drei Zeilen: *Istanbul, Thessaloniki, Beograd, Venezia, Milan, Lausanne, Paris.*

James Bond blickte zum zehntenmal auf seine Uhr. Acht Uhr einundfünfzig. Seine Augen richteten sich auf das Schild. Alle Städte waren in der Landessprache geschrieben, außer Mailand. Warum stand da Milan und nicht Milano? Bond zog sein Taschentuch heraus und wischte sich das Gesicht. Wo, zum Teufel, blieb das Mädchen? Hatte man sie gefasst? Hatte sie es sich anders überlegt? War er gestern Abend, oder, besser gesagt, heute Morgen zu grob zu ihr gewesen?

Acht Uhr fünfundfünfzig. Das Keuchen der Lokomotive hatte aufgehört. Ein durchdringendes scharfes Zischen ertönte, als der Dampf durch das Sicherheitsventil entwich. Hundert Meter weiter, jenseits der hastenden und wartenden Menschen, sah Bond den Stationsbeamten die Hand zum Lokomotivführer aufheben und dann langsam den Zug entlang schreiten, um die Türen der Dritter-Klasse-Abteile zu schließen. Die Passagiere, zum größten Teil Bauern, die nach einem Wochenende bei ihren türkischen Verwandten nach Griechenland zurückkehrten, hingen aus den Fenstern und redeten auf die lachenden Menschen ein, die auf dem Bahnsteig standen.

Drüben, wo der Schein der Bogenlampe aufhörte und das Dunkel der blauen Nacht und die Sterne durch die halbmondförmige Öffnung des Bahnhofs schimmerten, sah Bond, wie ein roter Punkt plötzlich grün wurde. Der Stationsbeamte näherte sich. Der Schaffner des Schlafwagens, in brauner Uniform, tippte Bond am Arm an. »*En voiture, s'il-vous-plaît.*« Die beiden reich aussehenden Türken küssten ihre Geliebten – sie waren zu hübsch, um Ehefrauen zu sein – und stiegen unter lachenden Zurufen die beiden Stufen in den Waggon hinauf. Sonst standen keine Fahrgäste des Schlafwagens auf dem Bahnsteig. Der Schaffner warf dem hochgewachsenen Engländer einen ärgerlichen Blick zu und stieg ebenfalls in den Zug.

Gewichtig schritt der Stationsbeamte vorbei. Noch zwei Abteile, die Erster-Klasse- und die Zweiter-Klasse-Waggons, dann würde er das schmutzige grüne Fähnchen heben.

Eine eilig laufende Gestalt näherte sich vom Schalter her. Hoch über der Sperre, fast an der Decke des Bahnhofs, sprang der Zeiger der großen erleuchteten Uhr ein Stück vorwärts und blieb auf der Zwölf stehen. Neun Uhr.

Über Bonds Kopf wurde ein Fenster heruntergeschoben. Er blickte hinauf. Sein erster Gedanke war, dass der schwarze Schleier zu weitmaschig war. Er konnte den vollen Mund und die aufgeregten blauen Augen nicht verbergen.

»Schnell!«

Der Zug hatte sich in Bewegung gesetzt. Bond streckte die Hand nach dem Geländer aus und schwang sich auf die unterste Stufe. Der Schaffner hielt die Tür noch immer auf. Ohne Eile betrat Bond den Wagen.

»Madame hatte sich verspätet«, erklärte der Schaffner. »Sie kam durch den Gang. Sie ist wohl im letzten Wagen eingestiegen.«

Bond schritt den mit Teppich ausgelegten Korridor entlang zum Mittelabteil. Eine schwarze 7 stand über einer schwarzen 8 auf der weißen Metallplatte in Form eines Karos. Die Tür war angelehnt. Bond trat ein und schloss sie hinter sich. Das Mädchen hatte den Schleier abgelegt und auch den schwarzen Strohhut.

Sie saß in der Ecke beim Fenster. Der lange Zobelmantel war geöffnet; darunter trug sie ein Kleid aus naturfarbener Shantung-Seide mit Faltenrock – dazu honigfarbene Nylons, einen schwarzen Gürtel und Schuhe aus Krokodilleder. Sie wirkte gelassen.

»Du hast kein Vertrauen, James.«

Bond setzte sich neben sie. »Tanja«, sagte er, »wenn wir hier mehr Platz hätten, würde ich dich jetzt übers Knie legen. Deinetwegen hätte ich beinahe einen Herzanfall gehabt. Was ist passiert?«

»Nichts«, erwiderte Tatjana unschuldig. »Was hätte schon passieren sollen? Ich sagte doch, ich würde hier sein, und hier bin ich. Du hast kein Vertrauen. Da ich weiß, dass du dich mehr für meine Mitgift als für meine Person interessierst – sie liegt dort oben.«

Bond blickte hinauf. Zwei kleine Koffer lagen auf der Ablage neben dem seinen. Er nahm ihre Hand.

»Gott sei Dank, dass dir nichts geschehen ist.«

Ein Ausdruck in seinen Augen, vielleicht ein Schimmer von Schuldbewusstsein, als er sich selbst eingestand, dass ihn die Maschine mehr interessiert hatte als das Mädchen, beruhigten sie. Sie behielt seine Hand in der ihren und ließ sich erleichtert in die Ecke sinken.

Der Zug kroch langsam am Serail vorbei. Der Schein des Leuchtturms beleuchtete die Dächer der verwahrlosten Häuser an der Bahnlinie. Mit der freien Hand zog Bond eine Zigarette heraus und steckte sie an. Bald würden sie an der großen Bretterwand vorbeifahren, wo Krilencu gewohnt hatte. Bond sah das Bild wieder in allen Einzelheiten vor sich. Die mondbeschienene Kreuzung, die beiden Männer im Schatten, der zum Tode Verurteilte, der zwischen den grellroten Lippen hindurchschlüpfte.

Das Mädchen beobachtete zärtlich sein Gesicht. Woran dachte dieser Mann? Was ging hinter diesen kalten, ruhigen graublauen Augen vor, die manchmal so weich blickten und manchmal, wie gestern Abend, ehe seine Leidenschaft in ihren Armen erloschen war, wie harte Diamanten funkelten? Jetzt waren sie verschleiert, während er nachdachte. Machte er sich Sorgen um sie beide? Bangte er um ihre Sicherheit? Wenn sie ihm nur sagen könnte, dass kein Grund zu Befürchtungen bestand, dass er nur ihr Begleiter nach England war – er und der schwere Koffer, den ihr der örtliche Leiter an diesem Abend im Büro gegeben hatte. Der Leiter hatte das gleiche gesagt.

»Hier ist Ihr Pass nach England, Korporal.« Er hatte den Reißverschluss der Ledertasche geöffnet. »Schauen Sie. Eine nagelneue Spektor. Öffnen Sie die Tasche keinesfalls und passen Sie auf, dass sie in ihrem Abteil bleibt, bis Sie an Ihrem Bestimmungsort eingetroffen sind. Sonst wird dieser Engländer Ihnen die Maschine abnehmen und Sie aufs Abstellgleis schieben. Die wollen nur die Maschine. Lassen Sie sie nicht aus den Augen, sonst haben Sie versagt.«

Draußen in der Dunkelheit tauchte ein Signalhäuschen auf. Tatjana blickte Bond an, als er aufstand, das Fenster herunterzog und in die Nach hinausstarrte. Sein Körper war dem ihren nahe.

Tatjana streckte die Hand aus und zupfte an Bonds Jackett. Er schob das Fenster hoch und drehte sich um. Er lächelte sie an, las in ihren Augen, beugte sich hinunter und legte seine Hand auf den Pelz über ihrem Busen. Dann küsste er sie hart auf den Mund. Tatjana lehnte sich zurück und zog ihn mit sich.

Ein leises, zweimaliges Klopfen ertönte an der Tür. Bond stand auf. Er zog sein Taschentuch heraus und wischte sich das Rot von den Lippen. »Das ist sicher mein Freund Kerim«, erklärte er. »Ich muss ihn sprechen. Ich sage dem Schaffner, er soll die Betten machen. Bleib du inzwischen hier. Es dauert nicht lange. Ich bin draußen vor der Tür.« Er beugte sich vor streichelte ihre Hand und sah in ihre großen Augen und hinunter auf ihre halb geöffneten Lippen. »Wir haben die ganze Nacht für uns. Erst muss ich dafür sorgen, dass wir in Sicherheit sind.« Er schloss die Tür auf und glitt hinaus.

Darko Kerims massiger Körper versperrte den Gang. Er lehnte an dem Messinggeländer, rauchte und starrte gedankenverloren hinaus auf das Marmara-Meer, das langsam verschwand, während der Zug die Küste hinter sich ließ und nordwärts brauste. Bond lehnte sich neben ihn. Kerim blickte auf das Spiegelbild von Bonds dunklem Gesicht. »Ich bringe keine gute Nachricht«, sagte er leise. »Drei von ihnen sitzen im Zug.«

»Ach!« Bond spürte Kälte sein Rückgrat hinaufkriechen.

»Es sind die drei fremden Besucher, die wir im Büro gesehen haben. Offensichtlich sind sie hinter Ihnen und dem Mädchen her.« Kerim blickte scharf zur Seite. »Das bedeutet, dass sie eine Doppelagentin ist. Oder nicht?«

Bond blieb kühl. Das Mädchen war also ein Köder gewesen. Wirklich? Nein, ausgeschlossen, dass sie schauspielerte. Es war unmöglich. Die Chiffriermaschine? Vielleicht befand sie sich gar nicht in der Tasche. »Warten Sie«, meinte er. Er drehte sich um, klopfte leise an die Tür und hörte, wie sie aufsperrte und die Sicherheitskette löste. Dann trat er ein und schloss die Tür. Überrascht sah sie ihn an. Sie hatte geglaubt, es sei der Schaffner, der die Betten herrichten wollte.

Ein strahlendes Lächeln lag auf ihren Zügen. »Bis du schon fertig?«

»Setz dich, Tatjana. Ich muss mit dir sprechen.«

Jetzt bemerkte sie die Kälte seines Ausdrucks, und ihr Lächeln erlosch. Gehorsam setzte sie sich und faltete die Hände im Schoß.

Bond blieb vor ihr stehen. Lag Schuldbewusstsein auf ihrem Gesicht, oder war es Angst? Nein, nur Überraschung und eine Kühle, die seinem eigenen Ausdruck entsprach.

»Jetzt hör mir mal zu, Tatjana.« Bonds Stimme war tödlich ruhig. »Es ist etwas vorgefallen. Ich muss in diese Tasche schauen und feststellen, ob die Maschine drin ist.«

»Nimm sie herunter und sieh hinein«, erwiderte sie gleichgültig.

Sie starrte auf ihre Hände. Jetzt war es also soweit. Was der Leiter gesagt hatte, geschah. Er würde die Maschine herunterholen und sie abschieben, vielleicht ließ er sie aus dem Zug werfen. Oh Gott! Dieser Mann wollte ihr das antun.

Bond hob die Arme und holte die schwere Tasche herunter. Er stellte sie auf den Sitz, riss den Verschluss auf und blickte hinein. Ja, ein grauer Metallkasten mit drei Reihen viereckiger Tasten. Sah aus wie eine Schreibmaschine. Er hielt ihr die offene Tasche vor die Augen.

»Ist das eine Spektor?«

Sie warf einen flüchtigen Blick in die Tasche. »Ja.«

Bond zog den Reißverschluss zu und stellte die Tasche wieder aufs Gepäcknetz. Dann setzte er sich neben das Mädchen.

»Im Zug befinden sich drei Männer vom MGB. Wir wissen, dass es diejenigen sind, die am Montag in eurer Zentrale eintrafen. Was wollen die hier, Tatjana?« Bonds Stimme war samtweich. Er beobachtete sie, alle seine Sinne gespannt, bemüht zu erraten, was in ihr vorging.

Sie blickte auf. In ihren Augen standen Tränen. Waren es die Tränen eines Kindes, das bei einer Schandtat ertappt worden war? Doch in ihrem Gesicht stand keine Schuld. Sie schien nur über irgendetwas entsetzt und verschreckt zu sein. Sie streckte eine Hand aus und zog sie wieder zurück.

»Du lässt mich doch jetzt nicht aus dem Zug werfen, wo du die Maschine hast?«

»Natürlich nicht«, erwiderte Bond ungeduldig. »Sei nicht albern. Aber wir müssen wissen, was die drei Männer hier wollen. Was geht hier vor? Wusstest du, dass sie mitfahren würden?« Er versuchte, ihren Ausdruck zu deuten, konnte aber nur ungeheure Erleichterung erkennen. Und was noch? Berechnung? Zurückhaltung? Ja, sie verschwieg etwas. Aber was?

Tatjana schien einen Entschluss zu fassen. Mit einer brüsken Bewegung wischte sie sich die Augen, streckte den Arm aus und legte eine Hand auf sein Knie. Die feuchten Streifen der Tränen glitzerten auf ihrem Handrücken. Sie blickte Bond an.

»James«, sagte sie, »Ich wusste nicht, dass die Männer mitfahren. Mir hat man nur gesagt, dass sie heute abreisen. Ich nahm an, sie würden fliegen. Das ist alles, was ich dir sagen kann. Ehe wir in England sind, außer Reichweite meiner Landsleute, darfst du mich nichts mehr fragen. Ich habe getan, was ich versprochen hatte. Ich habe die Maschine mitgebracht. Hab Vertrauen zu mir. Hab keine Angst um uns beide. Ich bin sicher, diese Männer wollen uns nichts Böses tun. Ganz sicher. Hab Vertrauen.«

War sie denn selbst so sicher?, fragte sich Tatjana. Hatte Rosa Klebb ihr die ganze Wahrheit gesagt? Doch auch sie musste Vertrauen haben – Vertrauen in die Befehle, die man ihr erteilt hatte. Diese Männer mussten wohl darüber wachen, dass sie nicht vorzeitig aus dem Zug stieg. Böses konnten sie nicht vorhaben. Später, wenn sie in London eingetroffen waren, würde Bond sie vor dem Zugriff von SMERSH bewahren, und sie würde ihm alles sagen, was er wissen wollte. Das hatte sie bereits im Stillen beschlossen. Aber Gott allein wusste, was geschehen würde, wenn sie sich Bond schon jetzt anvertraute. Irgendwie würde man sich an ihr und an ihm rächen. Sie wusste es. Vor diesen Leuten ließ sich nichts geheim halten. Und sie würden kein Erbarmen kennen. Solange aber sie, Tatjana, ihre Rolle spielte, würde alles gut gehen.

Tatjana forschte in Bonds Zügen nach einem Zeichen, dass er ihr glaubte. Er zuckte mit den Schultern.

»Ich weiß nicht, was ich denken soll, Tatjana«, bemerkte er und stand auf. »Du verschweigst mir etwas, aber ich glaube, es ist etwas, von dem du selbst nicht weißt, dass es wichtig ist. Und ich glaube dir, dass du überzeugt bist, wir befänden uns in Sicherheit. Vielleicht trifft das zu. Vielleicht ist es purer Zufall, dass sich diese Männer im Zug befinden. Ich muss mit Kerim sprechen und einen Entschluss fassen, was zu tun ist. Mach dir keine Sorgen. Wir kümmern uns um dich. Doch jetzt müssen wir sehr vorsichtig sein.«

Bond ließ seinen Blick durch das Abteil schweifen. Er drückte auf die Klinke der Verbindungstür zum nächsten Abteil. Sie war verschlossen. Er beschloss, einen Keil darunter zu schieben, sobald der Schaffner gegangen war. Das gleiche würde er mit der Tür tun, die in den Gang hinausführte. Und er würde die Nacht über wach bleiben müssen. Das also war die Hochzeitsreise auf Rädern. Bond lächelte grimmig vor sich hin und läutete nach dem Schaffner. Tatjana sah ängstlich zu ihm auf.

»Keine Sorge, Tanja«, sagte er wieder. »Geh ins Bett, wenn der Mann weg ist. Ich werde heute Nacht aufbleiben und Wache halten. Vielleicht wird es morgen leichter. Ich werde mit Kerim einen Plan austüfteln. Er ist ein zuverlässiger Mann.«

Der Schaffner klopfte. Bond ließ ihn ein und trat hinaus

auf den Gang. Kerim starrte noch immer durch das Fenster. Der Zug brauste jetzt mit hoher Geschwindigkeit durch die Nacht. Von Zeit zu Zeit vernahmen sie das gellende Pfeifen der Lokomotive, das sich an den Wänden der Böschung brach. Kerim rührte sich nicht, doch seine Augen blickten wachsam.

Bond berichtete ihm von dem Gespräch. Es war nicht einfach, Kerim zu erklären, weshalb er dem Mädchen vertraute. Er sah, wie der Mund sich ironisch verzog, als er zu beschreiben versuchte, was es in den Augen gelesen hatte und was sein eigener Instinkt ihm sagte. Kerim seufzte resigniert.

»James«, meinte er, »jetzt tragen sie die Verantwortung. Dieser Teil des Unternehmens läuft unter Ihrer Leitung ab. Wir haben das meiste dieser Angelegenheit heute schon besprochen – die Gefahren, die sich in einem Zug bieten, die Möglichkeit, die Maschine in einer Diplomatentasche nach England zu bringen, die Integrität oder die Lüge dieses Mädchens. Es hat tatsächlich den Anschein, als hätte sie sich Ihnen bedingungslos anvertraut. Gleichzeitig aber geben sie zu, dass Sie ihr ebenfalls vertrauen. Vielleicht nur zum Teil. Als ich heute Morgen mit M. telefonierte, erklärte er, dass er Ihre Entscheidung akzeptieren würde. Er wollte sie Ihnen überlassen. Und so soll es sein. Doch er wusste nicht, dass wir drei Leute des MGB im Zug haben würden. Und wir hatten ebenfalls keine Ahnung davon. Ich denke, dass sie zu ganz anderen Ansichten gelangt wären, wenn Sie es gewusst hätten. Ober nicht? Also gibt es nur eines: die drei Männer auszuschalten, sie aus dem Zug zu werfen. Weiß der Himmel, was sie hier wollen. Ich glaube ebenso wenig an Zufälle wie Sie. Doch eines steht fest: Wir werden nicht gemeinsam mit diesen Männern weiterfahren. Richtig?«

»Natürlich.«

»Dann überlassen Sie mir alles weitere. Zumindest für heute Abend. Wir befinden uns noch immer in meinem Vaterland, und hier verfüge ich über eine gewisse Macht. Außerdem über hinreichend Geld. Ich kann es mir nicht leisten, die Männer zu töten, Sie und das Mädchen könnten in die Sache verwickelt werden. Doch irgendetwas wird sich schon finden lassen. Zwei von ihnen haben Schlafabteile. Der Dritte, der ältere mit dem Schnurrbart und der kleinen Pfeife, sitzt im Nebenabteil, in Nummer 6.« Er deutete mit dem Kopf. »Er reist mit einem deutschen Pass unter dem Namen Melchior Benz, Handelsvertreter. Der Dunkle, der Armenier, ist in Nummer 12. Er hat ebenfalls einen deutschen Pass – Kurt Goldfarb, Hochbauingenieur. Sie haben Karten bis Paris. Ich habe ihre Papiere gesehen. Ich besitze einen Polizeiausweis. Der Schaffner machte keine Schwierigkeiten. Alle Karten und Pässe liegen in seinem Abteil. Der dritte Mann, der mit dem roten Nacken, hat auch rote Flecken im Gesicht. Ein hässlicher, dumm aussehender Bursche. Seinen Pass habe ich nicht gesehen. Er fährt Erster Klasse, nicht Schlafwagen. Sitzt im Abteil neben mir. Er braucht seinen Pass erst an der Grenze abzugeben. Aber seine Fahrkarte hat er schon ausgehändigt.« Mit Verschwörermine zog Kerim eine gelbe Fahrkarte Erster Klasse aus seiner Jackettasche. Stolz lächelte er Bond an.

»Wie, zum Teufel, haben Sie die ergattert?«

Kerim lachte leise. »Ehe er es sich für die Nacht bequem machte, ging der blöde Kerl in die Toilette. Ich stand auf dem Gang, und da fiel mir plötzlich ein, wie wir uns als Kinder immer Fahrkarten besorgt hatten. Ich ließ ihm eine Minute Zeit. Dann klopfte ich an die Toilettentür. ›Die Fahrkarten bitte‹, sagte ich mit lauter Stimme. Dann wiederholte ich es auf Französisch und auf Deutsch. Von drinnen ertönte ein Murmeln. Ich merkte, wie er versuchte, die Tür zu öffnen. Ich drückte die Klinke nach oben, damit er glauben sollte, sie hätte sich verklemmt. ›Lassen Sie sich nicht stören, Monsieur‹, sagte ich höflich. ›Schieben Sie die Fahrkarte unter der Tür durch.‹ Er rüttelte nochmals an der Türklinke, und ich hörte ihn keuchen. Dann hörte es auf, und gleich darauf erschien die gelbe Fahrkarte unter der Tür. ›Merci, Monsieur‹, sagte ich, hob das Billett auf und verzog mich in den nächsten Wagen.« Kerim wedelte leicht mit der Hand. »Der Dummkopf schläft bestimmt inzwischen schon den Schlaf des Gerechten. Er wird denken, dass man ihm seine Karte an der Grenze zurückgibt. Aber da irrt er sich. Die Fahrkarte wird zu Asche geworden und die Asche in alle vier Winde verstreut sein.« Kerim wies in die Dunkelheit hinaus. »Ich werde dafür sorgen, dass der Mann aus dem Zug geworfen wird, gleichgültig, wie viel Geld er besitzt. Man wird ihm sagen, dass die Umstände näherer Ermittlung bedürfen und dass seine Aussagen erst vom Reisebüro bestätigt werden müssen. Man wird ihm gestatten, mit einem späteren Zug weiterzufahren.«

Bond lächelte, als er sich vorstellte, wie Kerim dem Russen einen Streich gespielt hatte. »Sie sind ein feiner Kerl, Darko. Wie steht's mit den zwei anderen?«

Darko Kerim zuckte mit den Schultern. »Irgendetwas wird mir schon einfallen«, erwiderte er selbstbewusst.

Während sie sprachen, war der Schaffner aus dem Abteil Nummer 7 getreten. Kerim wandte sich Bond zu und legte eine Hand auf seine Schulter.

»Keine Angst, James«, erklärte er zuversichtlich. »Wir werden die Leute schlagen. Gehen Sie zu Ihrem Mädchen. Wir sehen uns morgen früh wieder. Heute Nacht werden wir nicht viel Schlaf finden, aber das lässt sich nicht ändern. Jeder Tag ist anders. Vielleicht können wir morgen schlafen.«

Bond blickte dem massigen Mann nach, der leichtfüßig den Korridor entlangschritt. Ihm fiel auf, dass Kerims Schultern trotz des Schlingerns des Zuges kein einziges Mal die Wände berührten. Bond spürte eine Welle der Zuneigung für diesen hartgesottenen, zuversichtlichen Berufsspion in sich aufsteigen. Kerim verschwand im Abteil des Schaffners. Bond drehte sich um und klopfte sanft an die Tür von Nummer 7.

22

Der Zug raste weiter durch die Nacht. Bond saß am Fenster, blickte auf die vorbeifliegende Landschaft hinaus und bemühte sich, wach zu bleiben.

Alles hatte sich dazu verschworen, ihn einzuschläfern – das eintönige Rattern der Räder, die endlos neben dem Zug hereilenden Telegrafendrähte, das gelegentliche Pfeifen der Lokomotive, das einschläfernde, metallische Rütteln der Kupplungen an beiden Enden des Korridors. Selbst der blauviolette Strahl der Nachtlampe über der Tür schien zu sagen: »Ich werde für dich wachen. Nichts kann geschehen, während ich brenne. Schließ deine Augen und schlaf.«

Bond kniff die Augen zusammen und öffnete sie wieder. Vorsichtig hob er seinen Arm. Vier Uhr. Nur noch eine Stunde bis zur türkischen Grenze. Vielleicht würde er während des Tages schlafen können. Er würde ihr die Pistole geben, Keile unter die Türen stecken, und dann konnte sie Wache halten.

Er blickte hinunter auf das schöne, schlafende Gesicht. Wie unschuldig sie aussah, dieses Mädchen vom russischen Geheimdienst – die Wimpern, die den sanften Schwung ihrer Wangen streiften, die Lippen leicht geöffnet, die lange

Haarsträhne, die sich unordentlich über ihre Stirn gelegt hatte und die er zurückstreichen wollte, das stetige, langsame Klopfen ihres Pulses am Hals. Er spürte Zärtlichkeit in sich aufwallen und den Impuls, sie in die Arme zu nehmen und fest an sich zu drücken. Er wünschte, sie möge erwachen, vielleicht aus einem Traum, so dass er sie küssen und ihr sagen konnte, dass alles gut war.

Das Mädchen hatte darauf bestanden, so zu schlafen. »Ich kann nicht einschlafen, wenn du nicht meine Hand hältst«, hatte sie gesagt. »Ich muss wissen, dass du da bist. Es wäre entsetzlich, wenn ich aufwachte und du wärst verschwunden, nicht in meiner Nähe. Bitte, James. Bitte, *duschka.*«

Bond hatte sein Jackett und seinen Schlips abgelegt und sich in der Ecke bequem niedergelassen, die Füße auf seinem Koffer, die Beretta unter dem Kissen griffbereit. Sie hatte nichts über die Waffe gesagt, sondern die Arme nach ihm ausgestreckt. Bond hatte ihren Kopf an den Haaren zurückgezogen und sie einmal geküsst. Dann hatte er ihr gesagt, sie solle schlafen. Mit einem schläfrigen Aufseufzen hatte sie sich niedergelegt, einen Arm auf seinem Schenkel ruhend. Zuerst hatte sie ihn fest umfasst, doch allmählich hatte sich ihr Arm entspannt, und dann schlief sie.

Bond vertrieb die Gedanken an sie und konzentrierte sich auf die Reise, die noch vor ihnen lag.

Bald würden sie die Türkei verlassen haben. Aber würde es in Griechenland einfacher sein? Und Jugoslawien? Gleichgültig, wie die Befehle der drei Leute vom MGB lauteten, entweder wussten sie bereits, dass sich Bond und Tatjana im Zug befanden, oder sie würden es bald genug feststellen. Er und das Mädchen konnten nicht vier Tage lang hinter heruntergelassenen Jalousien in diesem Abteil sitzen. Man würde ihre Anwesenheit nach Istanbul melden, und am Morgen wäre auch der Verlust der Spektor entdeckt. Was dann? Eine eilige Direktive über die russische Botschaft in Athen oder Belgrad? Würde man das Mädchen als Diebin aus dem Zug holen lassen? Oder war das zu einfach? Und wenn es verzwickter war – wenn alles Teil einer geheimnisvollen Verschwörung war, sollte er auszuweichen versuchen? Sollte er gemeinsam mit dem Mädchen den Zug verlassen, an einem kleinen Bahnhof zum Beispiel, auf der falschen Seite aussteigen und einen Wagen mieten und so schnell wie möglich ein Flugzeug nach London nehmen? Draußen hatte der erste Schimmer der Morgendämmerung die vorüberfliegenden Bäume und Felsen in lichtes Blau getaucht. Bond blickte auf seine Uhr. Fünf Uhr. Bald würden sie in Uzunkopru sein. Was ging im anderen Teil des Zuges vor? Was hatte Kerim erreicht?

Bond lehnte sich zurück und entspannte sich. Es gab eine einfache, vom gesunden Menschenverstand diktierte Lösung für dieses Problem. Wenn sie die drei MGB-Leute rasch loswerden konnten, würden sie im Zug bleiben und ihren ursprünglichen Plan ausführen. Wenn nicht, würde Bond mit dem Mädchen und der Maschine irgendwo in Griechenland den Zug verlassen, um auf andere Art nach London zu gelangen. Doch er und Kerim waren erfinderische Männer. Kerim hatte einen Agenten in Belgrad sitzen, der an den Zug kommen würde. Außerdem gab es immer noch die Botschaft.

Bonds Gedanken rasten weiter. Er zählte sich die Tatsachen vor, die dafür sprachen und schob diejenigen, die dagegen sprachen, beiseite. Gelassen gestand er sich ein, dass ihn der wahnwitzige Wunsch beseelte, das Spiel zu Ende zu spielen und festzustellen, um was es gegangen war. Er wollte das Geheimnis lösen und, wenn es sich um eine Verschwörung handelte, sie zerschlagen. M. hatte ihm die Verantwortung übertragen. Das Mädchen und die Maschine befanden sich in seiner Hand. Warum in Panik ausbrechen? Gab es dafür überhaupt einen Grund? Es wäre Wahnsinn, davonzulaufen, vielleicht der einen Falle zu entrinnen, nur um in die nächste hineinzustolpern.

Von der Lokomotive ertönte ein langgezogener Pfiff, und die Geschwindigkeit verringerte sich.

Auf zur ersten Runde. Wenn Kerims Plan versagte, wenn die drei Männer im Zug blieben ...?

Ein Güterzug rumpelte vorbei. Die Umrisse schäbiger Häuser tauchten auf. Mit einem Ruck und einem schrillen Quietschen der Kupplungen holperte der Orient-Express über die Weichen und wich vom Hauptgleis ab. Draußen vor dem Fenster zogen sich vier Schienenstränge hin und am leeren Bahnsteig entlang. Ein Hahn krähte. Der Express verlangsamte das Tempo noch mehr und gelangte schließlich mit kreischenden Bremsen und einem Zischen zum Stehen. Das Mädchen bewegte sich im Schlaf. Bond legte ihren Kopf sanft auf das Kissen, stand auf und trat durch die Tür hinaus.

Es war ein typischer kleiner Balkan-Bahnhof – ein staubiger Bahnsteig, der nicht erhöht lag, sondern mit dem Gleis auf gleicher Ebene, sodass man von der untersten Stufe springen musste, ein paar Hühner, die gackernd Futter suchten, und einige Beamte in tristen Uniformen, die tatenlos und unrasiert herumstanden. Vorn, wo sich die Dritter-Klasse-Abteile befanden, bevölkerte eine Horde Bauern mit Bündeln und Strohkörben den Bahnsteig, wartete auf die Zollbeamten und die Passkontrolle, um dann wieder in den Zug zu klettern.

Jenseits des Bahnsteigs befand sich eine geschlossene Tür mit der Aufschrift *polis*. Durch das schmutzige Fenster neben der Tür glaubte Bond den Kopf und die Schultern Kerims zu sehen.

»Passeports! Douane!«

Ein Beamter in Zivil und zwei Polizisten in dunkelgrünen Uniformen, mit Pistolentaschen an den schwarzen Ledergürteln, betraten den Korridor. Der Schlafwagenschaffner ging ihnen voraus und klopfte an die Türen.

An der Tür zu Nummer 12 ließ der Schaffner einen empörten türkischen Redeschwall vom Stapel, streckte die Hand mit den Fahrkarten und Pässen aus und sah sie durch. Als er fertig war, klopfte der Beamte in Zivil, nachdem er die beiden Polizisten herbeigewinkt hatte, an die Tür und trat ein, als sie geöffnet wurde. Die beiden Polizisten standen hinter ihm Wache.

Bond schlich sich den Gang entlang. Er hörte ein Gestammel in schlechtem Deutsch. Die eine Stimme war kühl, die andere ängstlich und hitzig. Der Pass und das Billett von Herrn Goldfarb fehlten. Hatte Herr Goldfarb sie aus dem Abteil des Schaffners geholt? Gewiss nicht. Hatte Herr Goldfarb denn seine Papiere überhaupt dem Schaffner ausgehändigt? Natürlich. Dann handelte es sich um eine bedauerliche Angelegenheit. Man würde Ermittlungen anstellen müssen. Die deutsche Botschaft in Istanbul würde die Sache sicherlich in Ordnung bringen. Bond lächelte, als er das hörte. Doch leider könnte Herr Goldfarb seine Reise vorläufig nicht fortsetzen. Bis morgen würde sich zweifellos alles geregelt haben. Man würde sein Gepäck in den Wartesaal bringen.

Der Mann vom MGB, der in den Gang hinausstürzte, war der jüngste Besucher, die Bond im Büro beobachtet hatte. Sein Gesicht war grau vor Angst, sein Haar war zerzaust, und er trug nur seine Pyjamahose. Dennoch hatte seine verzweifelte Flucht den Korridor entlang nichts Komisches. Er hetzte an Bond vorbei. Vor der Tür Nummer 6 blieb er stehen und riss sich zusammen. Mit mühsamer Beherrschung klopfte er.

Die Tür öffnete sich einen Spalt, und Bond erhaschte einen Blick auf eine dicke Nase und ein Stück Schnurrbart. Die Kette an der Tür wurde weggenommen, und Goldfarb trat ein. Eine Weile herrschte Ruhe, während der Beamte in Zivil die Papiere zweier älterer französischer Frauen in den Abteilen 9 und 10 durchsah und dann Bonds Ausweise überprüfte.

Der Beamte verschwendete kaum einen Blick auf Bonds Pass. Er klappte ihn zu und reichte ihn dem Schaffner. »Sie reisen mit Kerim Bey?«, fragte er auf französisch.

»Ja.«

»Merci, Monsieur. Bon voyage.« Der Mann grüßte. Er drehte sich um und klopfte scharf an die Tür von Nummer 6. Sie öffnete sich, und er trat ein.

Fünf Minuten später wurde die Tür aufgerissen. Der Beamte in Zivil, hoch aufgerichtet, mit unerbittlichem Gesicht, winkte die Polizisten heran. Er redete mit schneidender Stimme in Türkisch auf sie ein. Dann wandte er sich um Abteil zurück. »Sie sind verhaftet, mein Herr. Der Versuch der Bestechung ist in der Türkei ein schweres Vergehen.« Ärgerlich protestierte Goldfarb in gebrochenem Deutsch. Ein kurzer harter russisch gesprochener Satz schnitt ihm das Wort ab. Ein anderer Goldfarb mit den Augen eines Wahnsinnigen tauchte auf und schritt blicklos den Korridor entlang. Er verschwand in Abteil 12. Ein Polizist pflanzte sich vor der Tür auf.

»Und Ihre Papiere, mein Herr. Bitte, treten sie vor. Ich muss das Foto prüfen.« Der Beamte in Zivil hielt den grünen deutschen Pass ans Licht. »Weiter vor, bitte.«

Widerwillig, das grobe Gesicht bleich vor Wut, trat der MGB-Mann, der sich Benz nannte, in einem himmelblauen seidenen Morgenmantel auf den Gang hinaus. Die harten braunen Augen blickten direkt in die Bonds, ohne jedoch von ihm Notiz zu nehmen.

Bond bemerkte die Ausbuchtung unter dem linken Arm des Morgenmantels und den Abdruck eines Gürtels um die Mitte. Er überlegte, ob er dem Beamten in Zivil etwas davon sagen sollte. Dann beschloss er, lieber den Mund zu halten. Sonst würde man ihn womöglich noch als Zeugen mitnehmen.

Die Kontrolle war beendet. Der Beamte in Zivil salutierte kühl und schritt weiter den Gang entlang. Der Mann vom MGB verschwand wieder in Nummer 6 und schlug krachend die Tür zu.

Schade, dachte Bond. Einer ist davongekommen.

Er wandte sich wieder dem Fenster zu. Ein kraftvoller Mann mit grauem Homburger und rotfleckigem Nacken wurde durch die Tür mit dem Schild *polis* geführt. Weiter unten im Gang wurde eine Tür zugeschlagen. Goldfarb, von einem Polizisten begleitet, verließ den Zug. Mit gesenktem Kopf schritt er über den staubigen Bahnsteig und verschwand hinter derselben Tür wie sein Kollege.

Die Lokomotive stieß einen schrillen Pfiff aus. Die Tür des Schlafwagens wurde zugeschlagen. Der Beamte in Zivil und der zweite Polizist marschierten über den Bahnsteig. Der Stationsvorsteher am Ende des Zugs blickte auf seine Uhr und hob sein Fähnchen. Ein Ruck folgte, metallisches Knirschen, mühsames Schnaufen und Prusten der Lokomotive, das allmählich schneller wurde, und der vordere Teil des Orient-Express setzte sich in Bewegung. Jene Kurswagen, die die nördliche Route hinter den Eisernen Vorhang – über Dragoman an der bulgarischen Grenze, das nur zweiundzwanzig Kilometer entfernt lag – einschlagen würden, blieben am staubigen Bahnsteig zurück.

Bond zog das Fenster herunter und warf einen letzten Blick zur türkischen Grenze, wo jetzt zwei Männer in einem kahlen Raum saßen, so gut wie zum Tode verurteilt. Zwei Vögel abgeschossen, dachte er. Zwei von dreien. Jetzt standen die Aktien schon besser.

Er blickte auf die einsame, rußige Station zurück, mit den Hühnern und der kleinen dunklen Gestalt des Stationsvorstehers, bis der lange Zug über die Weichen ratterte und auf den Hauptschienenstrang einbog. Er blickte über das hässliche, ausgedörrte Land hinweg zu dem goldenen Ball der Sonne, der sich von der türkischen Ebene erhob. Es würde ein herrlicher Tag werden.

Bond zog den Kopf zurück aus der kühlen, süßen Morgenluft und schob das Fenster hoch.

Er hatte einen Entschluss gefasst. Er würde im Zug bleiben und aushalten.

23

Heißer Kaffee von dem kleinen Bahnhofsbüfett in Pithion – vor Mittag sollte kein Speisewagen angehängt werden –, ein schmerzloser Besuch der griechischen Zoll- und Passkontrolle, dann wurden die Betten zusammengeklappt, und der Zug jagte südwärts in Richtung auf den Golf von Enes am Ägäischen Meer zu. Draußen wurde es heller und bunter. Die Luft war trockener. Die Menschen an den kleinen Bahnhöfen und auf den Feldern waren hübsch anzusehen. Sonnenblumen, Mais, Wein und Tabak reiften in der Sonne. Es war, wie Darko gesagt hatte, ein neuer Tag.

Bond wusch und rasierte sich unter den belustigten Blicken von Tatjana. Sie vermerkte mit Billigung, dass er kein Öl in sein Haar rieb. »Das ist eine schmutzige Angewohnheit«, meinte sie. »Man hat mir erzählt, dass viele Europäer es tun. Uns in Russland würde das nicht einfallen. Davon werden die Kissen schmierig. Aber es ist komisch, dass ihr im Westen kein Parfüm benutzt. Unsere Männer tun es alle.«

»Wir waschen uns«, versetzte Bond trocken.

Ihre hitzigen Proteste wurden von einem Klopfen an der Tür unterbrochen. Es war Kerim. Bond ließ ihn ein. Kerim verneigte sich vor dem Mädchen.

»Was für ein bezaubernd häusliches Bild«, bemerkte er vergnügt. »Ich habe selten ein so hübsches Paar Spione gesehen.«

Tatjana funkelte ihn zornig an. »Ich bin an westliche Scherze nicht gewöhnt«, sagte sie kalt.

Kerim lachte entwaffnend. »Sie werden es lernen, mein Kind. Die Engländer haben eine Schwäche für Scherze. Dort sieht man es als ganz normal an, über alles und jedes einen Witz zu machen. Auch ich habe gelernt zu scherzen. Das erhält einen jung. Heute morgen habe ich schon von Herzen gelacht. Die armen Kerle in Uzunkopru. Ich wünsche, ich könnte dabei sein, wenn die Polizei das deutsche Konsulat in Istanbul anruft. Das ist das schlimmste an gefälschten Pässen. Sie sind nicht schwer anzufertigen, aber es ist praktisch unmöglich, auch die dazu gehörigen Geburtsscheine zu fälschen. Ich fürchte, die Laufbahn unserer beiden Genossen hat ein trauriges Ende gefunden, Mrs. Somerset.«

»Wie haben Sie es geschafft?«Bond knotete seinen Schlips.

»Geld und Einfluss. Fünfhundert Dollar für den Schaffner. Dann ein bisschen Prahlerei vor den Polizisten. Wie gut, dass unser Freund sein Glück mit Bestechung versucht hat. Schade, dass der gute Benz von nebenan sich nicht auch noch in die Sache verwickeln ließ. Aber den Trick mit dem Pass konnte ich nicht zweimal anwenden. Der Mann mit den roten Flecken war ein leichtes Opfer. Er sprach nicht deutsch und fuhr ohne Billett. Nun, der Tag hat gut begonnen. Die erste Runde ging an uns, doch unser Freund nebenan wird von jetzt an sehr wachsam sein. Er weiß, womit er zu rechnen hat. Vielleicht ist es so am besten. Es wäre lästig gewesen, wenn Sie beide sich den ganzen Tag hätten verstecken müssen. Jetzt können wir uns ungehindert bewegen – vielleicht zusammen Mittag essen –, wenn Sie nur Ihren Familienschmuck mitnehmen. Wir müssen aufpassen, ob er an einem

Bahnhof unterwegs telefoniert, obwohl ich bezweifle, dass er mit der griechischen Zentrale zurechtkommt. Wahrscheinlich wird er warten, bis wir in Jugoslawien sind. Aber da können wir ebenfalls Verstärkung erhalten, wenn wir sie brauchen. Es sollte eine höchst interessante Reise werden. Im Orient-Express gibt es immer etwas Aufregendes.« Kerim stand auf und öffnete die Tür. »Und Romantik«, fügte er lächelnd hinzu. »Ich komme vor dem Mittagessen bei Ihnen vorbei. Griechisches Essen ist schlechter als türkisches, doch selbst mein Magen steht im Dienst der Königin.«

Bond sperrte die Tür hinter ihm ab.

»Dein Freund ist nicht *kulturny*«, bemerkte Tatjana ärgerlich. Es ist ungehörig, in dieser Art und Weise von eurer Königin zu sprechen.«

Bond setzte sich neben sie. »Tanja«, begann er geduldig, »das ist ein prachtvoller Mensch. Er ist ein guter Freund. Was mich angeht, so kann er sagen, was er will. Er ist eifersüchtig auf mich. Er möchte ein Mädchen wie dich. Deshalb neckt er dich. Du solltest es als Kompliment nehmen.«

»Meinst du?« Ihre großen blauen Augen richteten sich auf ihn. »Aber was er über seinen Magen gesagt hat, war doch unhöflich gegen eure Königin. In Russland würde man so etwas als höchst ungezogen betrachten.«

Sie unterhielten sich noch immer darüber, als der Zug auf dem sonnenglühenden Bahnhof von Alexandropolis mit knirschenden Bremsen hielt. Bond öffnete die Tür zum Gang, und die Sonne flutete über blasses, glänzendes Wasser herein, das am Horizont beinahe unmerklich in einen blauen Himmel von der Farbe der griechischen Flagge überging.

Sie aßen gemeinsam zu Mittag. Die schwere Tasche mit der Maschine stand zwischen Bonds Füßen unter dem Tisch. Kerim schloss schnell Freundschaft mit dem Mädchen. Der

Mann vom MGB mied den Speisewagen. Sie sahen ihn auf dem Bahnsteig, als er Brötchen und Bier kaufte. Kerim schlug vor, man sollte ihn auffordern, als vierter Mann eine Partie Bridge mitzuspielen.

Bond fühlte sich plötzlich sehr müde, und diese Müdigkeit bewirkte, dass er sich klar machte, dass sie diese gefährliche Reise allzu sehr auf die leichte Schulter nahmen. Tatjana bemerkte seine Schweigsamkeit. Sie stand auf und sagte, sie wolle sich ausruhen. Als sie den Speisesaal verließen, hörten sie, wie Kerim Cognac und Zigarren bestellte.

Im Abteil erklärte Diana bestimmt: »Jetzt wirst du zur Abwechslung mal schlafen.« Sie ließ die Jalousie herunter, um das grelle Licht der Nachmittagssonne abzuschirmen. Das Abteil verwandelte sich in eine schattige, dunkelgrüne Höhle. Bond schob die Keile unter die Türen, drückte ihr seine Pistole in die Hand und streckte sich aus, den Kopf in ihrem Schoß. Er schlief auf der Stelle ein.

Der lange Zug kroch am Fuß der Rhodope-Berge durch den Norden Griechenlands. Xanti kam und Drama und Serrai, und dann durchfuhren sie das mazedonische Hochland; die Bahnlinie schwenkte nach Süden, nach Saloniki.

Es war dämmrig, als Bond erwachte. Sofort, als habe sie auf diesen Moment gewartet, nahm Tatjana sein Gesicht in ihre Hände und blickte tief in seine Augen. »*Duschka*«, fragte sie eindringlich, »wie lange wird es so bleiben?«

»Lange.« Bonds Gedanken waren vom Schlaf noch verwirrt.

»Aber wie lange?«

Bond sah in die schönen, unruhigen Augen. Er schüttelte den Schlaf von sich ab. Es war unmöglich, weiter vorauszuplanen, als bis zur Ankunft in London. Man durfte nicht vergessen, dass dieses Mädchen eine feindliche Agentin war. Seine

Gefühle würden die Beamten vom Geheimdienst und von den Ministerien, die sie ins Verhör nehmen würden, nicht interessieren. Auch andere Abteilungen der Spionage und Spionage-Abwehr würden von dem Mädchen Einzelheiten über den Apparat erfahren wollen, für den sie gearbeitet hatte.

In Dover würde man sie wahrscheinlich von ihm trennen und in den ›Käfig‹ stecken, das wohlbewachte Haus in der Nähe von Guildford, wo man sie in einem bequemen, aber gut vergitterten Raum unterbringen würde. Und die tüchtigen Beamten in Zivil würden einer nach dem anderen aufkreuzen und sich zu ihr setzen und mit ihr sprechen, und die Tonbandspule im Zimmer darunter würde sich drehen. Dann würde man ihre Worte vom Band auf Papier übertragen und jeden einzelnen Punkt nach neuen Tatsachen – und natürlich auch nach Widersprüchen, zu denen man sie verleitet hatte – durchsieben. Vielleicht würden sie einen Spitzel benutzen, ein nettes russisches Mädchen, das in schöner Gemeinsamkeit mit Tatjana über die schlechte Behandlung jammern würde, vorschlagen würde zu fliehen oder Doppelagentin zu werden oder ihr anbieten würde, ›harmlose‹ Informationen an ihre Eltern weiterzuleiten. Das konnte wochen- und monatelang so gehen. Inzwischen würde man Bond taktvoll von ihr fernhalten, wenn nicht einer der Vernehmungsbeamten glaubte, er könnte weitere Informationen aus ihr herausholen, indem er ihre Liebe zu ihm ausnutzte. Was dann? Der geänderte Name, das Angebot einer neuen Existenz in Kanada, die tausend Pfund im Jahr, die ihr der Geheimdienst überweisen würde?

Und wo würde er sein, wenn sie alles hinter sich hatte? Vielleicht am anderen Ende der Welt? Oder, wenn er noch in London sein sollte, würden ihre Gefühle unberührt bleiben vom erbarmungslosen Mahlen der Vernehmungsmaschinerie? Würde sie England nicht verachten und hassen, nach allem, was sie durchgestanden hatte? Ja, und wie war es denn mit seinen Gefühlen für sie? Würden sie all das überdauern?

»*Duschka*«, wiederholte Tatjana ungeduldig. »Wie lange?«

»So lange wie möglich. Es wird auf uns selbst ankommen. Viele Menschen werden sich zwischen uns drängen. Man wird uns trennen wollen. Es wird nicht immer so sein wie jetzt, in einem kleinen Raum zusammen. In ein paar Tagen müssen wir wieder unter Menschen. Es wird nicht leicht werden. Es wäre falsch, dir etwas anderes einreden zu wollen.«

Tatjanas Gesicht hellte sich auf. Sie lächelte zu ihm hinunter.

»Du hast Recht. Ich werde keine albernen Fragen mehr stellen. Aber wir dürfen diese Tage nicht vergeuden.« Sie ließ sein Gesicht los, stand auf und legte sich neben ihn.

Eine Stunde später, als Bond im Korridor stand, erschien plötzlich Kerim neben ihm. Er forsche in Bonds Gesicht.

»Sie sollten nicht so lange schlafen«, meinte er verschmitzt. »Sie haben die historische Landschaft Nordgriechenlands versäumt. Und es ist Zeit zum ersten Abendessen.«

»Sie denken nur ans Essen«, versetzte Bond. Er deutete mit dem Kopf. »Wie geht's unserem Freund?«

»Er hat sich nicht gerührt. Der Schaffner hat für mich aufgepasst. Der Mann wird noch der reichste Schlafwagenschaffner der ganzen Gesellschaft werden. Fünfhundert Dollar für Goldfarbs Papiere, und jetzt eine Pauschale von hundert Dollar pro Tag bis zum Ende der Reise.« Kerim lachte leise. »Ich habe ihm gesagt, dass er sich vielleicht sogar einen Orden wegen außerordentlicher Verdienste um die Türkei verdienen kann. Er glaubt, wir sind hinter einer Schmuggelbande her. Die benutzen nämlich den Zug immer, um das Opium aus der

Türkei nach Paris zu schaffen. Er ist nicht überrascht, nur erfreut, dass er so gut bezahlt wird. Und Sie, haben Sie von Ihrer russischen Prinzessin noch irgendetwas erfahren? Ich fühle mich immer noch nicht ganz wohl in meiner Haut. Es ist alles zu friedlich. Die beiden Männer, die wir uns vom Hals geschafft haben, waren vielleicht wirklich ganz harmlose Reisende. Dieser Benz verkriecht sich vielleicht in seinem Abteil, weil er Angst vor uns hat. Alles geht so reibungslos. Und doch …« Kerim schüttelte den Kopf. »Die Russen sind große Schachspieler. Wenn sie eine Verschwörung durchführen wollen, dann tun sie das auf brillante, scharfsinnige Art und Weise. Das Spiel ist bis ins Kleinste geplant, jeder Zug des Gegners wurde berücksichtigt, und es wurden Gegenmaßnahmen ergriffen. Tief im Innersten«, Kerims Gesicht war düster, »habe ich das Gefühl, dass Sie und ich und dieses Mädchen Figuren auf einem Schachbrett sind – dass man uns unsere Züge ausführen lässt, weil sie das russische Spiel nicht stören.«

»Aber was soll denn das Ziel der Verschwörung sein?« Bond blickte hinaus in die Dunkelheit. Er sprach zu seinem Spiegelbild im Fenster. »Was wollen sie erreichen? Immer wieder stoßen wir auf diesen Punkt. Natürlich wittern wir alle eine Verschwörung, und das Mädchen weiß vielleicht gar nicht, dass es darin verwickelt ist. Ich weiß, dass sie mir etwas vorenthält, aber ich glaube, es handelt sich nur um ein kleines Geheimnis, das ihr unwichtig erscheint. Sie sagte, sie würde mir alles erzählen, wenn wir in London sind. Alles? Was meint sie damit? Sie wiederholt, dass ich Vertrauen haben muss – dass keine Gefahr besteht. Sie müssen zugeben, Darko, dass sie sich an ihre Geschichte gehalten hat.« Bond blickte zur Bestätigung in die listigen Augen.

Es lag keine Begeisterung in ihnen. Kerim erwiderte nichts. Bond zuckte mit den Schultern.

»Ich gebe zu, dass ich mich Hals über Kopf in sie verliebt habe. Aber ich bin kein Narr, Darko. Ich habe aufgepasst, ob sich nicht irgendwo eine Spur oder ein Hinweis zeigt, der uns weiterhelfen könnte. Sie wissen selbst, dass man spürt, wenn gewisse Schranken gefallen sind. Nun, sie sind gefallen, und ich weiß, dass sie die Wahrheit sagt. Auf jeden Fall zu neunzig Prozent. Ich weiß außerdem, dass sie glaubt, der Rest spiele keine Rolle. Wenn sie uns hintergeht, dann hintergeht sie auch sich selbst, oder wird von den anderen hintergangen. Bei Ihrem Vergleich mit dem Schachspiel ist das möglich. Aber immer wieder wird sich die Frage stellen, um was es überhaupt geht.« Bonds Stimme wurde hart. »Und falls Sie es wissen wollen, ich habe beschlossen, das Spiel mitzuspielen, bis ich die Wahrheit weiß.«

Kerim lächelte über den trotzigen Ausdruck in Bonds Zügen.

Er lachte kurz. »Wenn ich sie wäre, mein Freund, würde ich in Saloniki aussteigen – mit der Maschine und, wenn Sie wollen, mit dem Mädchen, obwohl das nicht so wichtig ist. Ich würde einen Wagen mieten, der mich nach Athen bringt, und mich ins nächste Flugzeug nach London setzen. Aber ich wurde ja nicht erzogen, niemals ein Spielverderber zu sein.« Kerim lächelte ironisch. »Ich betrachte das hier nicht als Spiel. Es ist ein Geschäft. Für Sie liegt die Sache anders. Sie sind eine Spielernatur. M. ist ebenfalls eine Spielernatur. Jedenfalls hat es den Anschein, sonst würde er Ihnen nicht freie Hand lassen. Auch er möchte die Lösung des Rätsels wissen. Also bleibt es dabei. Aber ich gehe gern auf Nummer Sicher und überlasse so wenig wie möglich dem Zufall. Finden Sie, dass die Chancen ausgeglichen sind oder vielleicht zu Ihren Gunsten liegen?« Darko Kerim drehte sich um und blickte Bond ins Gesicht. Seine Stimme wurde nachdrücklich. »Hören Sie, mein Freund, wir sitzen an einem Billard-Tisch.« Er legte seine große Hand auf Bonds Schulter. »An einem glatten, grünen Billard-Tisch, und Sie haben Ihre weiße Kugel getroffen, die jetzt leicht und ruhig auf die rote zurollt. Daneben ist das Loch. Es ist unvermeidlich, dass sie die rote Kugel treffen und ins Loch stoßen wird. Es ist das Gesetz des Billard-Tisches. Doch außerhalb der Gesetzmäßigkeit dieser Dinge ist der Pilot einer Düsenmaschine ohnmächtig geworden, und sein Flugzeug stürzt in steilem Fall in dieses Billard-Zimmer, oder eine Gasleitung explodiert, oder der Blitz schlägt ein. Das Dach fällt Ihnen über dem Kopf zusammen und begräbt den Billard-Tisch unter sich. Was ist dann mit Ihrer weißen Kugel geschehen, die die rote gar nicht verfehlen konnte? Und was ist mit der roten Kugel geschehen, die unweigerlich ins Loch fallen musste? Die weiße Kugel konnte nur im Rahmen der Gesetze, die für den Billard-Tisch gelten, ihr Ziel nicht verfehlen. Doch die Gesetze des Billards sind nicht die einzigen Gesetze, und die Gesetze, die die Fahrt dieses Zuges beherrschen und damit Ihre Reise bis zu Ihrem Bestimmungsort, sind auch nicht die einzigen Gesetze, die in diesem besonderen Spiel Geltung haben.«

Kerim legte eine Pause ein. Mit einem Schulterzucken ließ er das Thema fallen. »Sie wissen diese Dinge selbst, mein Freund«, meinte er entschuldigend. »Und ich bin durstig von den vielen Plattheiten, die ich von mir gegeben habe. Holen Sie die junge Dame, dann gehen wir essen. Aber seien Sie auf der Hut vor Überraschungen.« Er machte das Zeichen des Kreuzes über seiner Brust. »Beiden von uns stehen auf dieser Reise Überraschungen bevor. Der Zigeuner hat uns gewarnt. Jetzt sage ich das gleiche. Wir können das Spiel am Billard-Tisch fortsetzen, doch wir müssen uns beide vor der Welt außerhalb des Billard-Tisches hüten. Meine Nase sagt mir das.« Er klopfte mit dem Finger dagegen.

Kerims Magen gab ein ärgerliches Brummen von sich, wie ein vergessener Telefonhörer mit einem wütenden Anrufer am anderen Ende.

»Da haben wir's«, bemerkte er. »Was habe ich gesagt? Wir müssen essen.«

Als der Zug in den hässlichen modernen Bahnhof von Thessaloniki einfuhr, beendeten sie gerade ihr Abendessen. Bond trug die schwere Tasche zurück zum Abteil, und dort verabschiedeten sie sich für die Nacht. »Wir werden bald wieder gestört werden«, erklärte Kerim. »Um ein Uhr sind wir an der Grenze. Die Griechen werden keine Schwierigkeiten machen, aber die Jugoslawen haben eine Vorliebe dafür, die Leute aus dem Schlaf zu reißen, die bequem reisen wollen. Wenn sie Sie belästigen, dann rufen Sie mich. Sogar in ihrem Land habe ich ein paar Beziehungen. Ich bin im zweiten Abteil im nächsten Wagen. Allein. Morgen werde ich in das Schlafwagenabteil unseres Freundes Goldfarb umziehen.«

Bond döste vor sich hin, während der Zug keuchend durch das mondhelle Tal der Vardar zur jugoslawischen Grenze kroch. Tatjana schlief wieder, den Kopf auf seinem Schoß. Er dachte über das nach, was Darko gesagt hatte, und überlegte, ob er den Mann nicht nach Istanbul zurückschicken sollte, sobald sie heil durch Belgrad hindurch waren. Es war eine Zumutung, ihn eines Abenteuers wegen, das außerhalb seines Gebietes spielte und für das er wenig übrig hatte, durch ganz Europa zu schleppen. Darko argwöhnte offensichtlich, dass Bond sich von dem Mädchen hatte einwickeln lassen und nicht mehr klar sah.

Nun, ein Körnchen Wahrheit lag darin enthalten. Es wäre

bestimmt ungefährlicher, den Zug zu verlassen und die Heimreise auf einer anderen Route fortzusetzen. Doch, das gestand Bond sich ehrlich ein, der Gedanke, vor der Verschwörung, wenn es eine war, davonzulaufen, schien ihm untragbar. Und wenn es keine war, so war ihm dennoch der Gedanke, drei weitere Tage mit Tatjana opfern zu müssen, unerträglich. M. hatte die Entscheidung ihm überlassen. Und wie Darko gesagt hatte, auch M. wollte das Spiel nicht abbrechen. Auch M. wollte wissen, um was es letzten Endes ging. Bond hatte nicht vor, sich weiter mit dem Problem zu beschäftigen. Die Reise verlief glatt, warum also hysterisch werden?

Zehn Minuten nachdem sie in die griechische Grenzstation Idomeni eingefahren waren, klopfte es hastig an die Tür. Das Mädchen wachte auf. Bond trat zur Tür und presste sein Ohr daran. »Ja?«

»*Le conducteur, Monsieur.* Es hat einen Unfall gegeben. Ihr Freund, Kerim Bey.«

»Moment«, sagte Bond grimmig. Er steckte die Beretta in ihr Halfter und zog sein Jackett an. Dann riss er die Tür auf.

»Was ist los?«

Das Gesicht des Schaffners wirkte gelb im Licht des Korridors. »Kommen Sie.« Er lief den Gang entlang zu den Erster-Klasse-Abteilen.

Beamte umstanden dicht gedrängt die offene Tür des zweiten Abteils. Der Schaffner bahnte Bond einen Weg. Bond trat zur Tür und blickte ins Innere. Ein Prickeln überlief seine Kopfhaut.

Neben der rechten Sitzbank lagen zwei menschliche Körper. Sie waren in einer grässlichen Umarmung tödlichen Kampfes erstarrt, die wie für eine Filmaufnahme gestellt schien.

Zuunterst lag Kerim, die Knie bei einem letzten Versuch, aufzustehen, hochgezogen. Der Griff eines Dolches ragte aus seinem Hals in unmittelbarer Nähe der Halsschlagader. Sein Kopf war zurückgeworfen, und die leeren, blutunterlaufenen Augen starrten hinauf ins Dunkel. Der Mund war verzerrt. Ein dünnes Blutgerinnsel zog sich über das Kinn.

Halb über ihm lag der schwere Körper des Mannes vom MGB, der sich Benz genannt hatte. Um seinen Hals lag in eiserner Umklammerung Kerims Arm. Bond konnte ein Stück Schnurrbart sehen und die eine Seite des dunkel angelaufenen Gesichts, Kerims rechter Arm ruhte auf dem Rücken des Mannes, beinahe nachlässig. Die Hand war zur Faust geballt, die einen Messergriff hielt, und auf dem Jackett breitete sich ein großer Fleck aus.

Bond sah mit unheimlicher Deutlichkeit vor sich, was sich abgespielt hatte. Es war, als rollte ein Film vor seinen Augen ab.

Der schlafende Darko, der Mann, der leise zur Tür hereinschlich, und der schnelle Messerstich in die Halsschlagader. Das letzte zuckende Aufbäumen des sterbenden Mannes, der einen Arm hochwarf und seinen Mörder an sich drückte und das Messer in Höhe der fünften Rippe in seinen Rücken stieß.

Dieser wunderbare Mensch, der die Sonne in sich getragen hatte ... Nun war sein Leben erloschen, er war tot.

Bond drehte sich abrupt um und verließ den Mann, der für ihn gestorben war.

Vorsichtig, ohne sich festzulegen, begann er sich selbst Fragen zu beantworten.

24

Um drei Uhr nachmittags, mit einer halben Stunde Verspätung, dampfte der Orient-Express langsam in den Bahnhof von Belgrad. Hier würde er acht Stunden Aufenthalt haben, um die Kurswagen zu erwarten, die, aus Bulgarien kommend, wieder zu ihm stießen.

Bond blickte hinaus auf die Menschenmenge und wartete auf das Klopfen an der Tür, mit dem sich Kerims Mann ankündigen würde. Tatjana saß in ihren Zobelmantel gehüllt neben der Tür und ließ Bond nicht aus den Augen.

Sie hatte alles vom Fenster aus mitangesehen – die langen Strohkörbe, die man zum Zug gebracht hatte, das Aufblitzen der Blitzlichtgeräte der Fotografen, den wild gestikulierenden Zugführer, der auf eine Beschleunigung der Formalitäten drängte, und die hochgewachsene Gestalt James Bonds, aufrecht und gerade und kühl.

Bond war ins Abteil zurückgekehrt, hatte sich ihr gegenüber gesetzt und sie angestarrt. Er hatte scharfe, brutale Fragen gestellt. Sie hatte sich verzweifelt gewehrt, eisern an ihrer Geschichte festgehalten, in dem Bewusstsein, dass sie ihn, wenn sie ihm jetzt alles verriet, ihm sagte, dass SMERSH die Hände im Spiel hatte, für immer verlieren würde.

Nun kauerte sie in der Ecke und hatte Angst, angst vor dem Spinnennetz, in dem sie gefangen war, Angst vor dem, was sich hinter den Lügen verbergen mochte, die man ihr in Moskau aufgetischt hatte, Angst vor allem, dass sie diesen Mann verlieren könnte, der plötzlich Inhalt ihres Lebens geworden war.

Es klopfte. Bond stand auf und öffnete. Ein vergnügter, drahtiger Mann mit Kerims blauen Augen und dichtem, zerzaustem blondem Haar über dem braunen Gesicht stürzte ins Abteil.

»Stefan Trempo, zu Ihren Diensten.« Das breite Lächeln galt ihnen beiden. »Man nennt mich ›Tempo‹. Wo ist der Chef?«

»Setzen Sie sich«, forderte Bond ihn auf. Noch einer von Darkos Söhnen, dachte er im Stillen. Ich weiß es.

Der Mann musterte sie beide durchdringend. Vorsichtig ließ er sich zwischen ihnen nieder. Das Lächeln und die Fröhlichkeit waren erloschen. Jetzt starrten die hellen Augen Bond eindringlich an, in einem Ausdruck gemischt aus Furcht und Argwohn. Seine rechte Hand verschwand in der Tasche seines Jacketts.

Als Bond seinen Bericht beendet hatte, stand der Mann auf. Er stellte keine Fragen.

»Ich danke Ihnen, Sir«, sagte er. »Kommen Sie, bitte. Wir gehen in meine Wohnung. Es gibt viel zu tun.«

Er trat auf den Gang, wandte ihnen den Rücken zu und blickte auf die Schienenstränge hinaus. Als das Mädchen herauskam, schritt er den Korridor entlang, ohne sich umzuwenden. Bond folgte dem Mädchen, in der Hand die schwere Ledertasche und sein kleines Köfferchen.

Sie gingen den Bahnsteig hinunter zur Halle. Es hatte angefangen zu regnen. Der Anblick langweiliger moderner Gebäude und wackliger alter Taxis war deprimierend. Der

Mann öffnete die Tür eines alten Morris Oxford. Er setzte sich hinter das Steuer. Sie holperten über das Kopfsteinpflaster auf einen regennassen Asphaltboulevard und fuhren eine Viertelstunde durch breite, verlassene Straßen. Nur wenige Fußgänger waren unterwegs, und sie sahen höchstens eine Hand voll anderer Autos.

Auf halbem Weg in einer Seitenstraße hielten sie an. Tempo führte sie durch eine breite Eingangstür in ein Mietshaus und zwei Stockwerke hinauf durch das Treppenhaus, in dem es nach Schweiß, schalem Zigarettenrauch und Kohl roch. Er sperrte eine Tür auf und ging ihnen in eine Zweizimmerwohnung mit Allerweltsmöbeln und zurückgezogenen roten Samtvorhängen voraus. Auf einem Büfett stand ein Tablett mit mehreren ungeöffneten Flaschen, Gläsern und einer Schale mit Obst – das Willkommensgeschenk für Darko und seine Freunde.

Tempo wies auf die Flaschen. »Bitte, machen Sie es sich und Madame gemütlich, Sir. Drüben ist das Badezimmer. Sie möchten sich sicher erfrischen. Wollen Sie mich einen Moment entschuldigen? Ich muss telefonieren.«

Die harte Maske des Gesichts drohte zu zerbröckeln. Der Mann verschwand hastig im Schlafzimmer und schloss die Tür hinter sich.

Dann folgten zwei öde Stunden, während Bond am Fenster saß und hinausstarrte auf die Häuserwand gegenüber. Von Zeit zu Zeit stand er auf, wanderte im Zimmer auf und ab und setzte sich wieder. Während der ersten Stunde saß Tatjana ruhig da und tat, als blätterte sie einen Stapel Illustrierte durch. Dann ging sie plötzlich ins Badezimmer. Bond hörte das Wasser in die Badewanne rauschen.

Gegen sechs Uhr trat Tempo aus dem Schlafzimmer. Er berichtete Bond, dass er ausgehen wollte.

»In der Küche ist etwas zu essen. Ich kehre um neun zurück und bringe Sie zum Zug. Bitte, fühlen Sie sich hier ganz wie zu Hause.«

Ohne auf Bonds Antwort zu warten, schritt er hinaus und schloss sachte die Tür. Bond hörte seine Schritte auf der Treppe, das Zuschlagen der Haustür und das Brummen des Anlassers des Morris.

Er ging ins Schlafzimmer, setzte sich aufs Bett und hob den Hörer des Telefons ab. Auf deutsch gab er dem Fernamt seine Anmeldung.

Eine halbe Stunde später erklang die ruhige Stimme M.s.

Bond sprach so, wie ein Handlungsreisender mit seinem Vorgesetzten sprechen würde. Er berichtete, sein Begleiter sei sehr krank geworden. Ob man neue Instruktionen für ihn habe?

»Sehr krank?«

»Ja, Sir, sehr.«

»Wie sieht's bei der anderen Firma aus?«

»Drei waren bei uns, Sir. Der eine wurde ebenfalls krank. Die beiden anderen fühlten sich nicht wohl, als wir die Türkei verließen. Sie kehrten in Uzunkopru, an der Grenze, um.«

»Da kann die andere Firma also ihren Laden schließen.«

Bond sah M.s Gesicht vor sich, als er sich die Meldung durch den Kopf gehen ließ. Er überlegte, ob sich wohl der Ventilator an der Decke drehte, ob M. seine Pfeife in der Hand hielt, ob der Chef des Stabes mithörte.

»Was schlagen sie vor? Möchten Sie mit Ihrer Frau eine andere Reiseroute wählen?«

»Mir wäre es lieber, wenn Sie die Entscheidung fällten, Sir. Meiner Frau geht es gut. Das Muster ist in Ordnung. Ich glaube nicht, dass es auf der Reise verdirbt. Ich würde die Reise gern wie geplant fortsetzen. Sonst können wir das Gebiet nicht erschließen. Wir werden dann nicht wissen, welche Möglichkeiten bestehen.«

»Wäre es Ihnen angenehm, wenn einer unserer Vertreter Sie unterstützen würde?«

»Ich glaube nicht, dass das nötig ist, Sir. Aber wie Sie meinen.«

»Ich werde es mir überlegen. Sie wollen also die Reise auf jeden Fall zu Ende führen?«

Bond konnte sich vorstellen, wie in M.s Augen jetzt wieder jene Neugier glitzerte, jene Begierde, alles zu wissen, die ihn selbst erfüllte. »Ja, Sir. Jetzt habe ich den halben Weg schon hinter mir. Es wäre schade, wenn man mittendrin abbrechen müsste.«

»Also schön. Ich werde mir überlegen, ob ich Ihnen einen anderen Vertreter zur Unterstützung schicke.« Einen Augenblick herrschte Schweigen. »Sonst noch etwas?«, fragte M. dann.

»Nein, Sir.«

»Dann, auf Wiederhören.«

»Auf Wiederhören, Sir.«

Bond legte auf. Er blieb sitzen und starrte den Apparat an.

Plötzlich wünschte er, er hätte M.s Vorschlag, ihm Verstärkung zu schicken, zugestimmt. Dann stand er auf. Wenigstens lag der verdammte Balkan bald hinter ihnen. Es dauerte nicht mehr lange, dann waren sie in Italien. Danach Schweiz und Frankreich – unter Menschen, die ihnen freundlich gesinnt waren.

Und das Mädchen? Konnte er ihr den Tod Kerims zum Vorwurf machen?

Bond trat ins Nebenzimmer und stellte sich wieder vor das Fenster, starrte hinaus und ließ sich noch einmal jeden Ausdruck, jede Geste von ihr, seit er damals im Kristal-Palas zum ersten Mal ihre Stimme gehört hatte, durch den Kopf gehen. Nein, er wusste, dass es nicht ihre Schuld war. Wenn sie eine Agentin war, dann ohne es selbst zu wissen. Kein Mädchen ihres Alters hätte diese Rolle spielen können, ohne sich zu verraten. Und er hatte sie gern. Er vertraute seinem Instinkt. Und war vielleicht Kerims Tod nicht Zweck und Ziel der Verschwörung gewesen? Eines Tages würde er erfahren, was die Verschwörung bezweckt hatte. Im Augenblick war er sicher, dass Tatjana nicht bewusst daran beteiligt war.

Als Bond zu diesem Schluss gelangt war, trat er zur Badezimmertür und klopfte. Sie erschien und er nahm sie in die Arme, drückte sie an sich und küsste sie. Sie klammerte sich an ihn. Eng umschlungen standen sie da und spürten wieder die Wärme zwischen sich aufsteigen, fühlten, wie sie die kalte Erinnerung an Kerims Tod verdrängte.

Tatjana löste sich von ihm. Sie blickte in Bonds Gesicht, hob die Hand und strich die Locke schwarzen Haares aus seiner Stirn. Ihr Gesicht war voller Zärtlichkeit.

»Ich bin froh, dass du hier bist, James«, sagte sie. Und dann, ganz sachlich: »Jetzt müssen wir essen und trinken und wieder zu leben anfangen.«

Später, nach Slibowitz, geräuchertem Schinken und Pfirsichen kehrte Tempo zurück und brachte sie zum Bahnhof, wo der Express im Schein der Bogenlampen wartete. Er verabschiedete sich rasch und kühl und verschwand in der Dunkelheit am Ende des Bahnsteigs.

Pünktlich um neun begann die neue Lokomotive zu stampfen und zog den langen Zug hinaus auf die nachtlange Reise durch die Save-Ebene. Bond schlenderte zum Abteil des Schaffners, um ihm Geld in die Hand zu drücken und die Pässe der neu zugestiegenen Passagiere durchzusehen.

Bond wusste im Großen und Ganzen, woran man einen

gefälschten Pass erkennen konnte, die verwischte Schrift, die allzu genauen Abdrücke der Stempel, die Spuren alten Leims an den Rändern des Fotos, die durchsichtigen Stellen in den Seiten, wo man das Papier bearbeitet hatte, um einen Buchstaben oder eine Zahl zu ändern. Doch die fünf neuen Pässe – drei amerikanische und zwei schweizerische – schienen harmlos. Die schweizerischen Papiere, die von den russischen Fälschern bevorzugt wurden, gehörten einem Ehepaar über siebzig, und nach genauer Überprüfung gab sich Bond zufrieden und kehrte zurück ins sein Abteil, um eine weitere schlaflose Nacht mit Tatjanas Kopf auf seinem Schoß zu verbringen.

Sie passierten Vincovci und Brod und erreichten im flammendroten Schein des dämmernden Morgens Zagreb. Der Zug hielt zwischen rostigen Lokomotiven, die man von den Deutschen erbeutet hatte und die noch immer zwischen Gras und Unkraut auf den Abstellgleisen standen. Als sich der Zug wieder in Bewegung setzte, las Bond das Schild auf einer von ihnen – *Berliner Maschinenbau GmbH.* Die lange schwarze Lok war von den Kugeln der Maschinengewehre zerfetzt. Bond hörte das Kreischen des Tieffliegers und sah den Lokführer, wie er die Arme in die Luft warf.

Sie ratterten durch die Berge Sloweniens, das mit seinen Apfelbäumen und Berghütten beinahe an Österreich erinnerte. Dann fuhr der Zug durch Laibach. Das Mädchen erwachte. Sie frühstückten im Speisewagen, Spiegeleier, Schwarzbrot und Kaffee. Der Wagen war voller vergnügter englischer und amerikanischer Touristen, die von der adriatischen Küste kamen, und Bond dachte mit Erleichterung daran, dass sie am Nachmittag die Grenze nach Westeuropa überqueren würden, dass eine dritte gefährliche Nacht überstanden war.

Bis Sezana schlief er. Jugoslawische Zollbeamte stiegen in den Zug. Dann lag Jugoslawien hinter ihnen, und sie fuhren in Poggioreale ein, genossen den ersten Hauch sorglosen, freien Lebens mit den munter schwatzenden italienischen Beamten und den unbelasteten Gesichtern der Menschen im Bahnhof. Die neue große Diesellokomotive ließ einen schrillen Pfiff hören, braune Hände winkten, und sie waren auf dem Weg nach Triest, zum heiteren Blau der Adria.

Wir haben es geschafft, dachte Bond. Ich glaube wirklich, wir haben es geschafft. Er strich die Erinnerung an die letzten drei Tage aus seinem Gedächtnis. Tatjana sah, wie sich die gespannten Züge seines Gesichts lösten. Sie ergriff seine Hand.

Er rutschte nahe an sie heran. Sie blickten hinaus auf die hellen Häuser, auf die Segelboote und die Wasserskiläufer.

Der Zug holperte über eine Weiche und glitt ruhig in den Bahnhof von Triest. Bond stand auf und zog das Fenster herunter. Seite an Seite blickten sie hinaus. Plötzlich fühlte sich Bond glücklich. Er legte den Arm um die Taille des Mädchens und spürte ihren Körper, der sich an den seinen schmiegte.

Unter ihnen wimmelte es von Urlaubern und Touristen. Die Sonne schien durch die hohen, sauberen Fenster der Bahnhofshalle. Das farbenfrohe, helle Bild unterstrich die Düsterkeit und den Schmutz der Länder, aus denen der Zug angekommen war. Bond betrachtete mit beinahe sinnlichem Vergnügen, wie sich die hell und freundlich gekleideten Menschen zur Sperre schoben und wie die sonnengebräunten Urlauber, die ihre Ferien hinter sich hatten, den Bahnsteig entlang hasteten, um sich Plätze im Zug zu sichern.

Ein Sonnenstrahl fiel auf das Haar eines Mannes, der typisch schien für diese glückliche, sorglose Welt. Das Licht glitt über blondes Haar, das zum Teil von einer Mütze verdeckt war, und einen kurzen rotgoldenen Schnurrbart. Es war noch hinreichend Zeit bis zur Abfahrt des Zuges. Der

Mann schritt ohne Eile dahin. Bond erkannte plötzlich, dass er Engländer sein musste. Vielleicht war es die vertraute Form der dunkelgrünen Mütze oder der beige, ziemlich abgetragene Trenchcoat oder vielleicht die graue Flanellhose, die darunter hervorsah, oder die stumpfen braunen Schuhe. Bonds Augen fühlten sich magisch angezogen von diesem Mann, als handle es sich um jemanden, den er kannte.

Der Mann trug einen abgeschabten Koffer und unter dem Arm ein dickes Buch und einige Zeitungen. Sieht wie ein guter Sportler aus, dachte Bond. Er hat breite Schultern und das gesunde, gutaussehende Gesicht eines Tennisspielers.

Der Mann kam näher. Jetzt blickte er Bond direkt an. Mit einem Zeichen des Erkennens? Bond dachte nach. Kannte er diesen Mann? Nein. An diese Augen, die so kalt unter den farblosen Wimpern hervorblickten, hätte er sich erinnern können. Sie waren undurchschaubar, beinahe leblos. Die Augen eines Ertrunkenen. Doch sie enthielten eine Botschaft für ihn. Was war es? Eine Warnung? Oder nur die Reaktion auf Bonds eigenen durchdringenden Blick?

Der Mann erreichte den Schlafwagen. Die Augen blickten jetzt ruhig den Zug entlang. Er schlenderte vorbei. Die Schuhe mit den Kreppsohlen verursachten kein Geräusch. Bond sah, wie er nach dem Geländer griff und sich die Stufen zur Ersten Klasse emporschwang.

Und plötzlich wusste Bond, was der Blick bedeutet hatte, wer der Mann war. Natürlich! Dieser Mann gehörte dem englischen Geheimdienst an. M. hatte also doch beschlossen, ihm Verstärkung zu schicken. Das war die Botschaft, die die eigentümlichen Augen vermittelt hatten. Bond war bereit, eine Wette darauf einzugehen, dass sich der Mann ihm bald nähern würde. Das war typisch für M. Er wollte völlig sichergehen.

25

Um dem Mann die Kontaktaufnahme zu erleichtern, trat Bond in den Gang hinaus. Er vergegenwärtigte sich die Codeworte für diesen Tag, ein paar harmlose Sätze, die am ersten jedes Monats geändert wurden und als Erkennungszeichen zwischen englischen Agenten dienten.

Der Zug setzte sich ruckartig in Bewegung und schob sich hinaus ins Sonnenlicht. Am Ende des Ganges wurde die Tür zum nächsten Wagen zugeschlagen. Bond hörte keine Schritte, doch plötzlich sah er das Spiegelbild des rotbraunen Gesichts im Fenster.

»Entschuldigen Sie, könnten Sie mir ein Streichholz geben?«

»Ich nehme ein Feuerzeug.« Bond holte sein Ronson heraus und reichte es dem Mann.

»Das ist noch besser.«

»Wenn es funktioniert.«

Bond blickte in das Gesicht des Mannes, in der Erwartung auf seinen Lippen ein Lächeln über dieses kindische ›Wer da? – Freund oder Feind?‹, zu sehen.

Die dicken Lippen zuckten flüchtig. In den blassen blauen Augen war nichts zu lesen.

Der Mann hatte seinen Trenchcoat abgelegt. Er trug ein altes rötlichbraunes Jackett zu der Flanellhose, ein gelbes Sommerhemd und die dunkelblaue, von roten Zickzackstreifen durchzogene Krawatte der Royal Artillery. Sie war in einem Windsorknoten geschlungen. Bond misstraute jedem, der seinen Schlips mit einem Windsorknoten band. Er bewies übertriebene Eitelkeit. Meistens war es das Merkmal eines Halbgebildeten. Doch Bond beschloss, dieses Vorurteil zu vergessen. Ein goldener Siegelring glitzerte am kleinen Finger der rechten Hand, die das Geländer umspannte. Die Ecke eines roten Ziertuchs lugte aus der Brusttasche des Jacketts hervor. Um sein linkes Handgelenk lag eine goldene Armbanduhr mit altem Lederarmband.

»Freut mich, Sie zu sehen«, sagte er jetzt. »Wie kam es dazu?«

»Erhielt eine Meldung. Spät gestern Abend. Von M. persönlich. Hat mir einen ganz schönen Schrecken eingejagt, das kann ich Ihnen sagen, alter Knabe.«

Eigenartiger Akzent. Was war es? Die Spur eines irischen Akzents? Und noch etwas, was Bond nicht bestimmen konnte. Es kam wahrscheinlich daher, dass der Mann schon lange im Ausland lebte und ständig eine fremde Sprache sprach. Und dieses furchtbare ›alter Knabe‹. Unbeholfenheit.

»Das glaube ich«, meinte Bond teilnehmend. »Was stand drin?«

»Nur dass ich heute Morgen zum Orient-Express gehen und mich mit einem Mann und einer jungen Frau im Pariser Kurswagen in Verbindung setzen sollte. Eine ziemlich genaue Personalbeschreibung von Ihnen. Ich sollte bei Ihnen bleiben und Sie beide nach Paris begleiten. Das ist alles, alter Knabe.«

Lag da nicht ein aggressiver Unterton in der Stimme?

Bond streifte den Mann mit einem Seitenblick. Die blassen Augen richteten sich auf ihn. Ein roter Schimmer blitzte flüchtig in ihnen auf. Es war, als hätte sich die Tür eines Hochofens sekundenlang geöffnet. Der Funke erlosch. Die Tür zum Inneren dieses Mannes war zugefallen. Jetzt waren die Augen wieder undurchsichtig – die Augen eines Introvertierten, eines Mannes, der nur selten hinausblickte in die Welt.

Ja, es liegt Wahnsinn in ihnen, dachte Bond, bestürzt von dem Anblick. Bombenschock, vielleicht, oder Schizophrenie. Der arme Kerl, mit diesem kraftstrotzenden Körper. Eines Tages würde der Wahnsinn von ihm Besitz ergreifen. Bond beschloss, mit der Personalabteilung zu sprechen. Man sollte ihn lieber einmal gründlich untersuchen lassen. Ja, wie hieß er eigentlich?

»Nun, es freut mich jedenfalls, dass Sie mitkommen. Wahrscheinlich wird es für Sie nicht viel zu tun geben. Zu Anfang hatten wir drei rote Freunde auf den Fersen. Die sind wir losgeworden, aber es ist möglich, dass sich noch andere im Zug aufhalten. Vielleicht steigen sie auch erst später zu. Ich muss das Mädchen ohne Schwierigkeiten nach London bringen. Heute Abend bleiben wir am besten zusammen und schieben abwechselnd Wache. Es ist die letzte Nacht, und ich möchte jedes Risiko vermeiden. Mein Name ist übrigens James Bond. Ich reise als David Somerset. Und dort drinnen sitzt Caroline Somerset.«

Der Mann kramte in seiner inneren Brusttasche und zog eine abgewetzte Brieftasche heraus, die eine Menge Geld zu enthalten schien. Er entnahm ihr eine Visitenkarte und reichte sie Bond. ›Captain Norman Nash‹ stand darauf, und in der linken unteren Ecke ›Royal Automobile Club‹.

»Danke«, sagte Bond. »Kommen Sie, Nash, ich möchte

Sie Mrs. Somerset vorstellen. Wir können ja zusammen reisen.« Er lächelte aufmunternd.

Wieder erschien blitzartig der rötliche Funke. Die Lippen unter dem rotgoldenen Schnurrbart verzogen sich. »Freut mich, alter Knabe.«

Bond klopfte sacht an die Tür und sagte seinen Namen. Die Tür öffnete sich. Bond winkte Nash herein und schloss die Tür.

Das Mädchen sah überrascht auf.

»Das ist Captain Nash, Norman Nash. Er soll uns bewachen.«

»Guten Tag.« Zögernd streckte sie die Hand aus. Der Mann berührte sie kurz. Seine Augen blickten starr. Er sagte nichts.

Tatjana lachte verlegen. »Möchten Sie sich nicht setzen?«

»Äh – danke schön.« Nash ließ sich linkisch auf dem Rand der Bank nieder. Er wühlte in der Tasche seines Jacketts und zog eine Schachtel *Players* heraus. »Möchten Sie eine – äh – Zigarette?«

Er schlitzte die Schachtel mit einem verhältnismäßig sauberen Daumennagel auf, schob das Silberpapier herunter und die Zigaretten heraus. Das Mädchen nahm eine. Nashs andere Hand hielt mit rascher Bewegung ein Feuerzeug bereit. Dann blickte er auf.

Bond lehnte an der Tür und überlegte, wie man diesem unbeholfenen, verlegenen Mann helfen könnte. Nash streckte Zigaretten und Feuerzeug aus, als böte er einem Stammeshäuptling Glasperlen an.

»Und Sie, alter Knabe?«

»Danke«, sagte Bond. Er hasste Virginiatabak, doch er war bereit, alles Erdenkliche zu tun, um diesen Mann seine Verlegenheit vergessen zu lassen. Er nahm eine Zigarette und steckte sie an. Heutzutage musste man sich beim Geheimdienst offenbar mit seltsamen Käuzen zufrieden geben. Wie, zum Teufel, bewegte sich dieser Mann in den halb-diplomatischen Kreisen, mit denen er es in Triest zu tun hatte?

»Sie sind in glänzender körperlicher Verfassung, Nash«, bemerkte Bond lahm. »Tennis?«

»Schwimmen.«

»Schon lange in Triest?«

Der flüchtige rote Funke glomm auf. »Ungefähr drei Jahre.«

»Interessante Arbeit?«

»Manchmal, Sie wissen ja, wie das ist, alter Knabe.«

Bond überlegte, wie er Nash beibringen könnte, ihn nicht mehr ›alter Knabe‹ zu nennen. Schweigen trat ein.

Nash hatte offenbar das Gefühl, er müsste wieder etwas zur Unterhaltung beitragen. Er zog einen Zeitungsausschnitt aus der Tasche. Es war die Titelseite des *Corriere della Sera*. Er reichte ihn Bond. »Haben sie das gesehen, alter Knabe?«

Bond las die Schlagzeilen, die noch feucht waren.

Terribile explosione in Istanbul – ufficio sovietica distrutto – tutti i presenti uccisi. Den Rest verstand Bond nicht. Er faltete den Ausschnitt zusammen und gab ihn zurück. Wie viel wusste dieser Mann? Es war auf jeden Fall besser, ihn nur als Verstärkung zu betrachten und als sonst nichts.

»Schlimm«, sagte er. »Wahrscheinlich eine Gasleitung.«

Bond sah wieder den Bauch der Bombe, der von der Decke über dem Alkoven im Tunnel hing, die Drähte, die an der feuchten Wand entlangliefen und in der Schreibtischschublade von Kerim endeten. Wer hatte gestern Nachmittag auf den Auslöser gedrückt, nachdem Tempo telefoniert hatte? Der ›Oberschreiber‹? Oder hatten sie gelost und dann zugesehen, wie die Hand sich senkte, zugehört, wie sich die Explosion krachend oben in der Straße der Bücher entladen hatte? Sie alle waren wohl in dem kühlen Büro versammelt gewesen, die Augen funkelnd vor Hass. Die Tränen hatten sie für die Nacht gespart. Zuerst kam die Rache. Und die Ratten? Wie viele tausend waren mit dem Tunnel in die Luft gesprengt worden? Wie viel Uhr mochte es gewesen sein? Etwa vier Uhr? Hatte gerade die tägliche Sitzung stattgefunden? Drei Tote in dem Büro. Wie viele andere in den übrigen Räumen des Gebäudes? Freunde von Tatjana vielleicht. Er durfte ihr nichts davon erzählen.

Nash blickte ihn an. »Ja, ich glaube, es war eine Gasleitung«, erklärte er ohne tieferes Interesse.

Eine Glocke läutete auf dem Korridor und rückte näher.

»*Deuxième service. Deuxième service. Prenez vos places, s'il-vous plaît.*«

Bond sah Tatjana an. Ihr Gesicht war blass. In ihren Augen stand die stumme Bitte, von der Gegenwart dieses linkischen ungehobelten Mannes befreit zu werden. Bond sagte: »Wie steht es mit dem Mittagessen?« Sie erhob sich. »Und Sie, Nash?«

Captain Nash stand bereits. »Ich habe schon gegessen. Danke, alter Knabe. Ich will mich mal im Zug umsehen. Ist der Schaffner – Sie wissen schon …?« Er rieb vielsagend Daumen und Zeigefinger aneinander.

»Oh ja, der hilft uns schon«, erwiderte Bond. Er griff ins Gepäcknetz, zog die schwere Ledertasche herunter und öffnete Nash die Tür. »Bis später.«

Captain Nash trat auf den Gang. »Ja, bis später, alter Knabe«, versetzte er. Er wandte sich nach links und schlenderte den Korridor entlang. Leicht und geschmeidig glich sein Körper das Schlingern des Zuges aus. Die Hände steckten in den Hosentaschen, und das Sonnenlicht schimmerte auf den eng geringelten Locken seines Haares.

Bond folgte Tatjana zum Speisewagen. Der Zug war vollbesetzt mit Urlaubern, die sich auf der Heimreise befanden. In den Korridoren der dritten Klasse saßen laute Menschen auf ihren Koffern und aßen Orangen und mit Salami belegte Brötchen. Die Männer musterten Tatjana eingehend, als sie sich vorbeidrängte. Die Frauen blickten Bond abschätzend an.

Im Speisewagen bestellte Bond Americanos und eine Flasche Chianti Broglio. Die Hors d'oeuvres wurden serviert. Tatjanas Gesicht hellte sich auf.

»Ein komischer Mensch«, meinte Bond, während sie sich verschiedene Leckerbissen heraussuchte. »Aber ich bin froh, dass er mitfährt. Da komme ich wenigstens zum Schlafen. Wenn ich zu Hause bin, werde ich eine ganze Woche schlafen.«

»Mir ist er unsympathisch«, erwiderte das Mädchen gleichgültig. »Er ist nicht *kulturny*. Seine Augen gefallen mir nicht.«

Bond lachte. »Für dich ist nichts *kulturny* genug.«

»Kennst du ihn von früher?«

»Nein, aber er gehört zu meiner Firma.«

»Wie heißt er?«

»Nash, Norman Nash.«

Sie buchstabierte es: »N-A-S-H? So?«

»Ja.«

Die Augen des Mädchens waren nachdenklich. »Du weißt wohl, was das auf russisch heißt. *Nasch* heißt ›unser‹. In unserem Geheimdienst ist ein Mann *nasch*, wenn er einer unserer Leute ist. Und er ist *swoi*, wenn er einer der ihren ist – der Feinde nämlich. Und so heißt dieser Mann: Nash. Das ist ein schlechtes Omen.«

Bond lachte. »Aber Tatjana! Du begründest deine Antipathie gegen andere auf höchst ungewöhnliche Weise. Nash ist ein ganz gewöhnlicher englischer Name. Ausgesprochen harmlos. Auf jeden Fall ist der Mann kräftig genug, um einzuspringen, wenn es nötig werden sollte.« Tatjana schnitt ein Gesicht. Sie aß weiter. Tagliatelle verdi wurden serviert, dann kam der Wein und danach ein ausgezeichnetes Schnitzel.

»Oh, das schmeckt herrlich«, meinte sie. »Seit ich Russland verlassen habe, habe ich mich zu einem Vielfrass entwickelt.« Ihre Augen wurden groß. »Du wirst doch aufpassen, dass ich nicht zu dick werde, James? Du wirst mich doch nicht so dick werden lassen, dass ich für die Liebe nicht mehr tauge? Du musst aufpassen, sonst esse und schlafe ich den ganzen lieben langen Tag. Du musst mich schlagen, wenn ich zuviel esse.«

»Ja, ich werde dich übers Knie legen.«

Tatjana zog die Nase kraus. Er fühlte den sanften Druck ihrer Knöchel. Die großen Augen blickten ihn eindringlich an. Die Wimpern senkten sich verschämt.

»Bezahl bitte«, sagte sie. »Ich bin müde.«

Der Zug lief in Mestre ein.

»Aber jetzt sind wir doch gleich in Venedig«, protestierte Bond. »Möchtest du es nicht sehen?«

»Das ist auch nur ein Bahnhof. Venedig kann ich mir ein andermal ansehen.«

Der Zug hielt in Padua, dann in Vicenza, und als sie Verona erreichten, fiel strahlend rotgoldenes Abendlicht durch die Ritzen der Jalousie. Wieder läutete das Glöckchen auf dem Korridor. Sie erwachten. Bond zog sich an und trat auf den Gang. Er lehnte sich an das Geländer und sah hinaus auf das verblassende rosa Licht über der Ebene der Lombardei. Er dachte an Tatjana und die Zukunft.

Nashs Gesicht schob sich in dem dunklen Glas neben das

seine. Der Mann stand so nahe, dass sein Ellbogen Bond berührte.

»Ich glaube, ich habe einen von der Opposition entdeckt, alter Knabe«, bemerkte er leise.

Bond war nicht überrascht. Er hatte angenommen, dass wenn etwas geschehen sollte, es in dieser Nacht geschehen würde. Beinahe gleichgültig sagte er: »Wer ist es?«

»Seinen richtigen Namen weiß ich nicht, aber er war einoder zweimal in Triest. Hat was mit Albanien zu tun. Vielleicht der Leiter der dortigen Zentrale. Jetzt reist er unter einem amerikanischen Pass, Wilbur Frank. Beruf, Bankier. Sitzt in Abteil 9, direkt neben Ihnen. Ich glaube nicht, dass ich mich geirrt habe, alter Knabe.«

Bond starrte in die Augen in dem großen braunen Gesicht. Wieder öffnete sich die Tür des Hochofens einen Spalt. Der rote Funke glomm auf und erlosch.

»Gut, dass Sie ihn entdeckt haben. Heute Nacht geht es vielleicht hart auf hart. Bleiben Sie jetzt besser in unserer Nähe. Wir dürfen das Mädchen nicht allein lassen.«

»Das dachte ich mir auch.«

Sie aßen zu Abend. Die Mahlzeit verlief schweigsam. Nash saß neben dem Mädchen und hielt die Augen auf den Teller gesenkt. Er hielt das Messer wie einen Federhalter und wischte die Klinge häufig mit der Gabel ab. Seine Bewegungen waren unbeholfen. Als er nach dem Salz griff, stieß er Tatjanas Weinglas um. Er entschuldigte sich überschwänglich, bestellte sofort ein frisches Glas und füllte es.

Der Kaffee wurde serviert. Jetzt war Tatjana ungeschickt. Sie stieß ihre Tasse um. Sie war sehr blass geworden, und ihr Atem ging stoßweise.

»Tatjana!« Bond erhob sich halb, doch Captain Nash war bereits aufgesprungen.

»Die Dame fühlt sich nicht wohl«, bemerkte er kurz. »Gestatten Sie!«

Er legte seinen Arm um das Mädchen und zog es hoch. »Ich bringe sie zurück ins Abteil. Passen Sie auf die Tasche auf. Und hier ist die Rechnung. Ich kann auf sie achten, bis Sie kommen.«

»Es ist schon gut«, protestierte Tatjana mit schlaffen Lippen. »Mach dir keine Sorgen, James. Ich leg mich hin.« Ihr Kopf sank kraftlos gegen Nashs Schulter. Nash legte den Arm um ihre Taille und führte sie rasch und geschickt zwischen den Tischen hindurch aus dem Speisewagen hinaus.

Bond schnalzte ungeduldig die Finger nach dem Kellner. Die arme Kleine. Sie musste völlig am Ende ihrer Kräfte sein. Weshalb hatte er niemals daran gedacht, was sie durchzumachen hatte? Er verfluchte seinen Egoismus. Dem Himmel sei Dank, dass Nash da war. Ein geschickter Bursche, auch wenn er ungehobelt wirkte.

Bond beglich die Rechnung. Er nahm die schwere Tasche und schritt so rasch wie möglich durch den überfüllten Zug. Sachte klopfte er an die Tür von Nummer 7. Nash öffnete. Er hatte den Finger an die Lippen gelegt und trat auf den Gang. Behutsam schloss er die Tür.

»Sie ist ohnmächtig gewesen«, berichtete er. »Aber jetzt geht's ihr wieder besser. Die Betten waren schon gemacht. Sie schläft im oberen. War alles ein bisschen viel für das Mädchen, nehme ich an.«

Bond nickte kurz. Er betrat das Abteil. Eine bleiche Hand hing unter dem Zobelmantel hervor. Bond stellte sich auf das untere Bett und schob die Hand sanft unter den Mantel. Sie war sehr kalt. Das Mädchen gab keinen Laut von sich.

Vorsichtig stieg Bond vom Bett. Es war besser, sie schlafen zu lassen. Dann trat er wieder auf den Gang.

Nash blickte ihn aus leeren Augen an. »Hm, ich glaube, wir machen es uns jetzt für die Nacht bequem. Ich habe mein Buch geholt.« Er hob es hoch. »*Krieg und Frieden.* Seit Jahren versuche ich schon, mich durchzuackern. Legen Sie sich zuerst aufs Ohr, alter Knabe. Sie sehen selbst ganz schön mitgenommen aus. Ich wecke Sie auf, wenn ich die Augen nicht mehr offen halten kann.« Er wies mit dem Kopf auf Tür Nummer 9. »Hat sich noch nicht gezeigt. Wird er wahrscheinlich auch nicht tun, wenn er irgendetwas im Schilde führt.« Er hielt inne. »Übrigens – haben Sie eine Waffe, alter Knabe?«

»Ja, sie nicht?«

Nash machte ein verzeihungheischendes Gesicht. »Nein, leider. Zu Hause habe ich eine Null-Acht, aber die ist für so eine Sache zu groß und auffällig.«

»Na ja«, meinte Bond widerstrebend. »Dann nehmen Sie meine. Kommen Sie mit herein.«

Bond schloss die Tür, als sie im Abteil waren. Er holte die Beretta heraus und reichte sie Nash. »Acht Schuss«, erklärte er leise. »Gesichert.« Nash nahm die Waffe, wog sie in der Hand und ließ den Sicherungsflügel auf- und zuschnappen.

Bond hasste es, wenn ein anderer seine Pistole berührte.

»Ein bisschen leicht«, bemerkte er unfreundlich, »aber wenn man die Kugeln richtig placiert, töten sie auch.«

Nash nickte. Er setzte sich neben dem Fenster auf das untere Bett. »Hier bleibe ich«, flüsterte er. »Guter Platz.« Er legte sein Buch auf den Schoß und machte es sich bequem.

Bond zog sein Jackett aus, nahm den Schlips ab und legte beides neben sich auf das Bett. Er lehnte sich in die Polster und legte seine Füße auf die Tasche mit der Spektor, die neben seinem Köfferchen auf dem Boden stand. Dann nahm er sein Buch und versuchte zu lesen. Nach wenigen Seiten spürte er, dass er sich nicht konzentrieren konnte. Er war zu müde. Er legte das Buch auf seine Knie und schloss die Augen. Konnte er es sich erlauben, zu schlafen? Hatte er alle erdenklichen Sicherheitsvorkehrungen getroffen?

Die Keile. Bond holte sie aus der Tasche seines Jacketts. Er kniete nieder und drückte sie fest unter beiden Türen. Dann setzte er sich wieder hin und knipste die Leselampe hinter seinem Kopf aus.

Das lila Auge der Nachtlampe leuchtete.

»Danke, alter Knabe«, sagte Captain Nash leise.

Der Zug stieß einen Pfiff aus und brauste in einen Tunnel.

26

Ein leichter Stoß an seinem Knöchel weckte Bond. Er bewegte sich nicht. Seine Sinne erwachten wie die eines Tieres.

Nichts hatte sich verändert. Er vernahm die Geräusche des Zuges – das gedämpfte metallische Rattern der Räder, die Kilometer um Kilometer hinter sich brachten, das leise Ächzen des Holzes, ein Klirren aus dem Schränkchen über dem Waschbecken, wo das Zahnputzglas stand.

Was hatte ihn aufgeweckt? Das Nachtlicht tauchte den kleinen Raum in einen tiefvioletten Schimmer. Vom oberen Bett war kein Laut zu hören. Neben dem Fenster saß Captain Nash auf seinem Platz, das Buch aufgeschlagen auf den Knien.

Er starrte unverwandt Bond an. Bond bemerkte die Intensität der blassblauen Augen. Die Lippen öffneten sich. Zähne schimmerten.

»Tut mir Leid, Sie zu stören, alter Knabe. Ich möchte mich ein bisschen unterhalten.«

Was schwang in diesem Ton mit? Bond stellte die Füße sachte auf den Boden und setzte sich aufrecht hin. Gefahr, ein ungebetener Gast, hatte sich eingeschlichen.

»Schön«, erwiderte Bond leichthin.

Was an diesen wenigen Worten hatte ihn gestört? War es der befehlende Ton in Nashs Stimme? Bond hatte den Gedanken, Nash könnte verrückt geworden sein. Vielleicht war es Wahnsinn, nicht Gefahr, was Bond in diesem Raum spürte. Seine Ahnungen hinsichtlich dieses Mannes hatten ihn nicht betrogen. Irgendwie musste er ihn am nächsten Bahnhof loswerden. Wo waren sie jetzt? Wann erreichten sie die Grenze?

Bond hob seinen Arm, um auf die Uhr zu blicken. Das violette Licht brachte die phosphoreszierenden Ziffern nicht zum Aufleuchten. Bond drehte den Arm, sodass der Streifen Mondlicht, der durch die Ritze der Jalousie strömte, aufs Zifferblatt fiel.

Aus Nashs Ecke erklang ein metallisches Schnappen. Bond spürte einen heftigen Schlag auf seinem Handgelenk. Glassplitter spritzten ihm ins Gesicht. Sein Arm wurde gegen die Tür geschleudert. Er fragte sich, ob sein Handgelenk gebrochen war. Er ließ seinen Arm hängen und bewegte die Finger. Sie ließen sich beugen und strecken.

Das Buch lag noch immer aufgeschlagen auf Nashs Knien, doch jetzt erhob sich ein dünner Rauchfaden aus dem Loch zwischen Einbanddecke und Buchrücken, und ein schwacher Geruch wie von Feuerwerkskörpern schwebte im Raum.

Bonds Mund trocknete aus. Also war er in eine Falle gelaufen. Und sie hatte sich geschlossen. Captain Nash war von Moskau geschickt worden. Nicht von M. Und der MGB-Agent im Abteil 9 mit dem amerikanischen Pass war eine Erfindung. Und er hatte Nash seine Waffe gegeben. Er hatte auch noch Keile unter die Türen geschoben, damit Nash keine Angst zu haben brauchte, gestört zu werden.

Bond schauderte. Nicht aus Angst. Aus Wut.

Nash sprach. Seine Stimme war jetzt kein Flüstern mehr. Sie klang nicht mehr unbeholfen. Sie war laut und selbstbewusst.

»Das wird uns eine Menge Gerede ersparen, alter Knabe. Eine kleine Demonstration. Diese kleine technische Raffinesse gehört zu meinen Spezialitäten. Sie enthält zehn .25er-Dumdumgeschosse, die mit einer elektrischen Batterie abgefeuert werden. Sie müssen zugeben, dass die Russen ein erfindungsreiches Volk sind. Zu schade, dass Ihr Buch nur zum Lesen taugt, alter Knabe.«

»Um Himmels willen, hören Sie endlich auf, mich alter Knabe zu nennen.« Wenn es so viel zu erfahren gab, so viel nachzudenken, dann war das Bonds erste Reaktion auf eine Katastrophe. Es war die Reaktion eines Menschen, der sich in einem brennenden Haus befindet und den nächstliegenden, völlig bedeutungslosen Gegenstand ergreift, um ihn vor den Flammen zu retten.

»Tut mir Leid, alter Knabe. Ist Gewohnheit. Kommt davon, wenn man versucht, einen Gentleman zu spielen. Genau wie die Klamotten hier. Sie meinten, so würde man mir meine Rolle schon glauben. Und so war's auch, nicht wahr, alter Knabe? Aber kommen wir zur Sache. Ich nehme an, Sie wollen wissen, um was es hier geht. Ich will Sie gerne aufklären. Wir haben noch eine halbe Stunde Zeit, bis Sie fällig sind. Es wird mir ein ganz besonderes Vergnügen sein, dem berühmten Mr. Bond vom englischen Geheimdienst zu erzählen, was für ein aufgeblasener Narr er ist. Sehen Sie, alter Knabe, Sie haben sich bei weitem überschätzt. Sie sind nichts als eine ausgestopfte Strohpuppe, und mir hat man die Aufgabe übertragen, das Sägemehl aus Ihnen herauszupusten.« Die Stimme klang eintönig und schwingungslos. Die Sätze verklangen ohne Betonung. Es war, als langweile es Nash, zu sprechen.

»Ja«, erwiderte Bond. »Es würde mich interessieren, was das alles bedeutet. Ich kann Ihnen eine halbe Stunde widmen.«

Verzweifelt überlegte er, ob es ein Mittel gab, diesen Mann aus dem Gleichgewicht zu bringen, ihn abzulenken.

»Machen Sie sich nichts vor, alter Knabe.« Die Stimme verriet, dass der Mann weder für Bond noch für Bonds Drohung Interesse aufbrachte. Bond war nichts als ein Schussziel. »Sie werden in einer halben Stunde sterben. Daran gibt es nichts zu rütteln. Mir ist nie ein Fehler unterlaufen, sonst hätte ich meine Stellung nicht.«

»Und was ist Ihre Stellung?«

»Ich bin oberster Exekutionsbeauftragter von SMERSH«. Eine Spur Leben klang in der Stimme auf, eine Spur Stolz. Dann wurde der Ton wieder klanglos. »Ich nehme an, Sie kennen den Namen, alter Knabe.«

SMERSH. Das also war die Antwort. Die schlimmste Antwort, die man sich denken konnte. Und dieser Mann war der Henker von SMERSH. Bond fiel der rote Funken ein, der in den undurchsichtigen Augen aufgeblitzt war. Ein Mörder. Ein Psychopath – wahrscheinlich manisch depressiv. Ein Mann, dem das Töten Freude bereitete. Was für einen nützlichen Henker SMERSH da gefunden hatte! Bond entsann sich plötzlich, was Vavra gesagt hatte. Er versuchte es mit einem Bluff.

»Hat der Mond Einfluss auf Sie, Nash?«

Die Lippen verzerrten sich. »Sie halten sich wohl für erzgescheit, Mr. Secret Service, was? Sie glauben, bei mir ist eine Schraube locker. Keine Sorge. Wenn das der Fall wäre, säße ich jetzt nicht hier.«

Der zornige Hohn in der Stimme des Mannes verriet Bond, dass er einen wunden Punkt berührt hatte. Doch was konnte er damit erreichen, wenn er den Mann dazu brachte, die Beherrschung zu verlieren? Es war klüger, auf ihn einzugehen und Zeit zu gewinnen. Vielleicht würde Tatjana …

»Und was hat das Mädchen mit alldem zu tun?«

»Köder.« Der Klang der Stimme war wieder gelangweilt. »Nur keine Angst, sie wird sich nicht in unser Gespräch einmischen. Ich habe ihr eine kleine Dosis Chlorhydrat verpasst, als ich ihr das Glas Wein einschenkte. Diese Nacht wacht sie nicht mehr auf, und später auch nicht, weil sie denselben Weg geht wie Sie.«

»Oh, wirklich?« Bond legte langsam seine schmerzende Hand auf die Knie und bewegte die Finger, um die Blutzirkulation anzuregen. »Also dann, schießen Sie los!«

»Vorsicht, alter Knabe. Keine faulen Tricks. Wenn mir eine Bewegung von Ihnen nicht passt, dann kriegen Sie eine Kugel in den Leib und fertig. Darauf läuft es im Endeffekt sowieso hinaus. Eine Kugel mitten durchs Herz. Wenn Sie sich bewegen, trifft sie nur ein bisschen früher. Und vergessen Sie nicht, wer ich bin. Denken Sie an Ihre Armbanduhr! Ich verfehle mein Ziel nicht. Nie!«

»Toll«, meinte Bond nachlässig. »Aber Sie brauchen nichts zu fürchten. Sie haben ja meine Pistole. Los, erzählen sie die Geschichte.«

»Schön, alter Knabe. Nur kratzen Sie sich nicht am Ohr, während ich spreche, sonst muss ich es abschießen. Verstanden? Nun, SMERSH hat beschlossen, Sie zu töten. Anscheinend will man dem englischen Geheimdienst mal einen Denkzettel verpassen. Ihn von seinem hohen Ross herunterholen. Können Sie mir folgen?«

»Warum hat man gerade mich ausgesucht?«

»Keine Ahnung, alter Knabe. Aber angeblich sollen sie in Ihrer Abteilung ziemlich hoch eingeschätzt werden. Die Art und Weise, wie Sie ums Leben kommen werden, soll die ganze Organisation zum Platzen bringen. Drei Monate hat man über dem Plan gebrütet, und er ist erstklassig. Muss schon so sein. SMERSH sind in letzter Zeit ein oder zwei Fehler unterlaufen. Einmal der Fall Koklow. Sie hatten dem falschen Mann den Auftrag erteilt. Mich hätten sie nehmen sollen. Ich wäre nicht zu den Yankees übergelaufen. Aber kommen wir wieder zum Thema. Sehen Sie, alter Knabe, beim SMERSH haben wir einen großen Planer. Heißt Kronsteen. Ein ausgezeichneter Schachspieler. Er meinte, Sie wären zu fassen, wenn man Ihrer Eitelkeit schmeichelt, die Gier in Ihnen weckt und wenn man den Plan ein bisschen ausgefallen gestaltet. Er behauptete, ihr in London würdet auf etwas Ausgefallenes sofort ansprechen. Und das habt ihr auch getan, oder, alter Knabe?«

Stimmte das? Bond entsann sich, wie das Außergewöhnliche an dieser Sache ihre Neugier erregt hatte. Und Eitelkeit? Ja, er musste gestehen, dass ihm die Vorstellung, dieses russische Mädchen hätte sich in ihn verliebt, geschmeichelt hatte. Und dann war da noch die Spektor gewesen. Sie hatte den Ausschlag gegeben – Gier. »Wir interessierten uns für den Fall«, erwiderte er unverbindlich.

»Dann folgte die Durchführung. Der Leiter unserer Durchführungsabteilung ist eine Frau namens Klebb – Rosa Klebb. Ein tolles Weib, mit allen Wassern gewaschen.«

Rosa Klebb. Eine Frau hielt also die Zügel in der Hand.

Die tonlose Stimme in der Ecke fuhr fort: »Sie hat die kleine Romanowa aufgespürt und sie für den Auftrag geschult.«

Nein! Bond konnte es nicht glauben. Jene erste Nacht hatte man genau geplant. Aber danach? Nein. Danach war alles echt gewesen. Er benutzte die Gelegenheit, um mit den Schultern zu zucken. Es war ein übertriebenes Schulterzucken, um den Mann an Bewegung zu gewöhnen.

»Nun ja. Ich persönlich interessiere mich ja nicht für solches Zeug, aber ich habe einen recht hübschen Film von Ihnen beiden.« Nash klopfte an seine Jackentasche. »Eine ganze Rolle Sechzehnmillimeterfilm. Der wandert in ihre Handtasche. Wird sich in den Zeitungen blendend machen.« Nash lachte – ein hartes, metallisches Lachen. »Die pikantesten Stellen wird man natürlich herausschneiden müssen.«

Der Zimmerwechsel im Hotel, die Suite für Hochzeitspaare. Der große Spiegel hinter dem Bett. Wie gut alles zusammenpasste! Bond spürte, dass seine Hände nass waren von Schweiß. Er wischte sie an der Hose ab.

»Nur Ruhe, alter Knabe. Beinahe hätte Sie's jetzt erwischt. Ich sagte Ihnen doch, Sie sollten sich nicht bewegen!«

Bond legte seine Hände wieder auf das Buch auf seinen Knien. Wie weit konnte er seine kleinen Bewegungen ausdehnen? Wie weit konnte er gehen? »Erzählen Sie weiter«, verlangte er. »Wusste das Mädchen, dass der Film aufgenommen wurde? Wusste sie, dass SMERSH die Hände im Spiel hatte?«

Nash grunzte. »Natürlich wusste sie nichts von dem Film. Rosa traute ihr nicht über den Weg. Viel zu gefühlsbetont. Doch darüber weiß ich nicht viel. Wir arbeiteten alle in verschiedenen Abteilungen. Ich hab sie heute zum ersten Mal gesehen. Ich weiß nur das, was ich gehört habe. Natürlich wusste das Mädchen, dass sie für SMERSH eingesetzt wurde. Man erzählte ihr, sie müsste nach London eingeschmuggelt werden und da ein bisschen rumspionieren.«

Die dumme Gans, dachte Bond. Warum, zum Teufel, hatte sie ihm nicht erzählt, dass SMERSH in die Sache verwickelt war? Sie musste zu verängstigt gewesen sein, hatte wahrscheinlich nicht mal gewagt, den Namen auszusprechen. Sie hatte wohl gefürchtet, er würde sie dann einsperren.

Stets hatte sie gesagt, sie würde ihm alles anvertrauen, sobald sie in England seien. Er solle Vertrauen haben und nichts befürchten.

Vertrauen! Und sie selbst hatte nicht die geringste Ahnung, was gespielt wurde! Das arme Kind. Sie war ebenso zum Narren gehalten worden wie er selbst. Doch eine Andeutung von ihr hätte genügt – hätte Kerims Leben gerettet, hätte sie und ihn nicht in diese gefährliche Situation gebracht.

»Dann mussten wir Ihren türkischen Freund loswerden. Ich glaube, das hat allerlei Anstrengung gekostet. War ein abgebrühter Bursche. Ich nehme an, es war seine Bande, die gestern Nachmittag unser Büro in Istanbul in die Luft gesprengt hat. Wird ganz schön Staub aufwirbeln.«

»So ein Pech.«

»Ist mir schnuppe, alter Knabe. Meine Aufgabe ist leicht.« Nash warf einen raschen Blick auf seine Uhr. »In ungefähr zwanzig Minuten fahren wir durch den Simplon-Tunnel. Dort soll's erledigt werden. Noch ein bisschen Dramatik für die Presse. Eine Kugel für Sie. Wenn wir in den Tunnel einfahren. Nur eine, genau ins Herz. Der Lärm im Tunnel ist günstig, falls Sie beim Sterben laut werden sollten. Dann eine Kugel ins Genick für das Mädchen – mit Ihrer Pistole. Danach fliegt sie aus dem Fenster. Daraufhin noch eine Kugel für Sie, ebenfalls aus Ihrer eigenen Pistole. Natürlich werden Sie die Waffe in der Hand halten. Selbstmord. So wird es auf den ersten Blick wirken. Aber in Ihrem Herzen werden zwei Kugeln stecken. Das wird sich später herausstellen. Ein neues Geheimnis? Der Simplon-Tunnel wird nochmals durchsucht. Wer war der Mann mit dem blonden Haar? Sie werden den Film in der Handtasche entdecken, und in Ihrer Tasche wird man einen langen Liebesbrief finden, der von ihr an Sie gerichtet ist – ein bisschen drohend gehalten. Ein glänzender Brief. SMERSH hat ihn verfasst. Darin steht, sie wolle den Film der Presse aushändigen, wenn Sie sie nicht heiraten; dass Sie ihr die Ehe versprochen hätten, wenn sie die Spektor für Sie stehlen würde …« Nash hielt einen Moment inne und fügte dann hinzu: »Übrigens, alter Knabe, die Spektor wird sich als Höllenmaschine entpuppen. Wenn Ihre Experten anfangen, an dem Ding herumzumurksen, werden sie allesamt in die Luft fliegen.« Nash lachte leise. »Weiter wird in dem Brief stehen, dass sie Ihnen nichts weiter zu bieten hat als die Maschine und ihren Körper. Was, glauben Sie wohl, wird in den Zeitungen stehen, in den linksgerichteten, deren Reporter einen Tipp erhalten und am Zug sein werden? Alter Knabe, die Story wird ein Knüller. Orient-Express. Schöne russische Agentin im Simplon-Tunnel ermordet. Unanständige Fotos. Geheime Chiffriermaschine. Gutaussehender britischer Spion, dessen Karriere ruiniert ist, ermordet sie und begeht Selbstmord; Sex, Spionage, Luxuszug, Mr. und Mrs. Somerset …! Monatelang wird man darüber berichten. Da soll noch einer vom Fall Koklow reden! War ja eine Bagatelle im Vergleich zu dieser Sache. Ha, und was für eine Schlappe für den berühmten englischen Geheimdienst. Sein bester Mann, der berühmte James Bond! Schande über Schande! Und dann explodiert auch noch die Chiffriermaschine. Was wird Ihr Vorgesetzter von Ihnen denken? Was wird die Öffentlichkeit denken? Und die Regierung? Und die Amerikaner? Sicherheit – dass ich nicht lache. Schluss ist es mit dem Vertrauen der Yankees.« Nash legte eine Pause ein, um seine Worte wirken zu lassen. Mit einem Anflug von Stolz setzte er hinzu: »Alter Knabe, das wird die Sensation des Jahrhunderts!«

Ja, dachte Bond. Ja. Damit hatte er sicherlich recht. Die

französischen Zeitungen würden die Geschichte so ausschlachten, dass nichts vertuscht werden konnte. Sie würden weder bei der Veröffentlichung der Fotos noch sonst in irgendeiner Beziehung Rücksicht nehmen. Nicht eine Zeitung in der Welt würde sich diese Story entgehen lassen. Und die Spektor! Würden M.s Leute oder die Leute von Deuxiéme Bureau argwöhnen, dass sie eine Bombe enthielt? Wie viele Experten des Westens würden mit ihr in die Luft fliegen? Oh Gott, er musste aus dieser Patsche herauskommen. Aber wie?

Das Buch auf Nashs Schoß starrte ihn an. Das Donnern des Zuges würde ankündigen, wann sie in den Tunnel einfuhren. Dann würde das gedämpfte Knacken folgen – und die Kugel. Bonds Augen wanderten durch den in lila Schatten getauchten Raum, prägten sich genau ein, wo das kleine Köfferchen stand, während er zu erraten suchte, was Nash tun würde, nachdem er geschossen hatte.

»Sie haben aber ein bisschen riskant gespielt, als Sie sich in Triest mit mir in Verbindung setzten«, meinte Bond. »Woher wollten Sie wissen, dass ich darauf eingehen würde? Und woher wussten Sie den Erkennungscode?«

»Sie scheinen nicht ganz im Bilde zu sein, alter Knabe«, erklärte Nash geduldig. »SMERSH ist auf Draht – wirklich auf Draht. Wir kennen Ihren Erkennungscode für jeden Monat in jedem Jahr.«

Bond grub die Fingernägel in seine Handflächen.

»Übrigens bin ich nicht erst in Triest zugestiegen, alter Knabe. Ich bin schon vorher im Zug gewesen, in einem der vorderen Wagen. Als wir hielten, stieg ich aus und ging auf den Bahnsteig zurück. Wir haben Sie nämlich schon in Belgrad erwartet, alter Knabe. Wir wussten, dass sie Ihren Chef anrufen würden oder die Botschaft. Seit Wochen haben wir die Leitung dieses Jugoslawen angezapft. Schade, dass wir das Codewort nicht verstanden haben, das er nach Istanbul durchgab, sonst hätten wir vielleicht das Feuerwerk verhindern können. Aber sie waren schließlich unser Hauptziel, alter Knabe, und Sie konnten uns nicht mehr entkommen. Von dem Moment an, als Sie Ihr Flugzeug in der Türkei verließen, waren Sie in der Falle. Fragte sich nur, wann wir sie zuschnappen lassen wollten.« Wieder warf Nash einen Blick auf seine Uhr. Dann sah er auf. Seine Zähne, zu einem Grinsen entblößt, schimmerten violett. »Bald ist es soweit, alter Knabe.«

Wir wussten immer, dass SMERSH gut ist, dachte Bond. Aber dass sie so gut sind, haben wir nicht geahnt. Diese Erkenntnis war von lebenswichtiger Bedeutung. Irgendwie musste er davonkommen. Er musste. Bonds Gedanken kreisten wie wild um seinen erbärmlich verzweifelten, erbärmlich fadenscheinigen Plan.

»Bei SMERSH scheint man ja an alles gedacht zu haben«, bemerkte er. »Muss allerhand Arbeit gekostet haben. Nur eines …« Bond ließ den Satz in der Luft hängen.

»Was?« Nash, der an seinen Bericht dachte, war aufmerksam geworden.

Der Zug fuhr langsamer. Domod'ossola. Die italienische Grenze. Wie war es mit dem Zoll? Doch dann erinnerte sich Bond. Um die Kurswagen nach Paris kümmerte man sich erst an der französischen Grenze in Vallorbe, und selbst dann ließ man die Schlafwagenabteile unbehelligt.

»Nun, alter Knabe?« Nash schien auf den Köder angebissen zu haben.

»Nicht ohne Zigarette.«

»Okay. Nehmen Sie sich eine. Aber wenn Sie eine Bewegung tun, die mir nicht gefällt, dann sind Sie ein toter Mann.«

Bond fuhr mit der rechten Hand in die Hüfttasche. Er holte sein großes, aus schwerem Metall gefertigtes Zigarettenetui heraus, öffnete es und nahm eine Zigarette. Dann zog er sein Feuerzeug aus der Hosentasche. Er zündete die Zigarette an und steckte das Feuerzeug wieder ein. Das Zigarettenetui ließ er auf seinen Knien neben dem Buch liegen. Nachlässig deckte er die linke Hand über Buch und Zigarettenetui, als wollte er verhindern, dass sie zu Boden rutschten. Genießerisch rauchte er seine Zigarette. Wenn sie nur irgendwie präpariert gewesen wäre – wenn eine Magnesiumflamme herausgeschossen wäre, irgendetwas, das er dem Mann ins Gesicht hätte schleudern können. Wenn nur der Geheimdienst sich für solche technischen Spielzeuge hätte begeistern können! Doch wenigstens hatte er sein Ziel erreicht, ohne erschossen worden zu sein. Das war immerhin ein Anfang.

»Passen Sie auf!« Bond zog einen Kreis mit seiner Zigarette, um Nashs Aufmerksamkeit abzulenken. Seine linke Hand schob das flache Zigarettenetui zwischen die Seiten seines Buches. »Sehen sie, es sieht ja alles ganz vielversprechend aus, aber wie steht es mit Ihnen? Was wollen Sie tun, wenn wir den Simplon-Tunnel durchfahren haben? Der Schaffner weiß, dass Sie zu uns gehören. Innerhalb von Sekunden wird man Ihnen auf den Fersen sein.«

»Ach so!« Nashs Stimme hatte wieder den gelangweilten Ton. »Sie scheinen noch nicht begriffen zu haben, dass die Russen alles bis zum Ende durchdenken. Ich steige in Dijon aus und nehme einen Wagen bis Paris. Dort tauche ich unter. Ein bisschen Drittermannzauber wird der Sache nicht schaden. Man wird ja sowieso erst später darauf stoßen, dass ich in diese Sache verwickelt bin, wenn man nämlich feststellt, dass in Ihrem Herzen zwei Kugeln stecken, und wenn man die zweite Waffe nicht finden kann. Mich werden sie nicht erwischen. Bis morgen Mittag muss ich in Paris sein, da habe ich nämlich eine Verabredung – im Ritz-Hotel, Zimmer 204. Dort muss ich Rosa Vollzug melden. Sie will die Lorbeeren einheimsen. Dann verwandle ich mich in ihren Chauffeur, und wir fahren nach Berlin. Ich glaube fast«, die tonlose Stimme wurde lebhafter, klang gierig, »sie hält den Lenin-Orden für mich bereit. Keine üble Belohnung.«

Der Zug setzte sich in Bewegung. Bond erstarrte. In wenigen Minuten war es soweit. Welch eine Art zu sterben, wenn er sterben musste! Wegen seiner eigenen Dummheit – blinder, tödlicher Dummheit. Auch tödlich für Tatjana. Oh Gott! So lange hatte er Zeit gehabt, dieser Katastrophe auszuweichen. An Gelegenheiten hatte es nicht gefehlt. Doch Selbstherrlichkeit und Neugier und vier Tage der Liebe hatten ihn verleitet, sich dahin treiben zu lassen, wo man ihn haben wollte.

Das Rattern des Zuges vertiefte sich zu einem Dröhnen.

Noch wenige Sekunden. Noch wenige Meter.

Das ovale Loch zwischen den weißen Seiten des Buches schien gähnend weit. In einer Sekunde würden die Mauern des Tunnels den Schimmer des Mondlichts auf den Seiten verdrängen, und die blaue Flamme würde nach ihm züngeln.

»Süße Träume, du englischer Hund!«

Das Dröhnen wurde zu einem ohrenbetäubenden Donnern.

Der Rücken des Buches flammte auf.

Die Kugel, auf dem Weg zu Bonds Herzen, pfiff durch die Luft.

Bond stürzte noch vorn auf den Boden und lag ausgestreckt im violetten Licht.

27

Allein die Treffsicherheit des Mannes war wichtig gewesen. Nash hatte erklärt, Bond würde eine Kugel ins Herz erhalten, und Bond hatte sich darauf verlassen, dass Nash so zielsicher war, wie er behauptete. Und es hatte gestimmt.

Bond lag auf dem Boden wie ein Toter. Bevor die Kugel in getroffen hatte, hatte er sich die Leichen ins Gedächtnis gerufen, die schon vor ihm gelegen waren – wie die Körper im Tode ausgesehen hatten. Jetzt lag er da wie eine zerbrochene Puppe, Arme und Beine von sich gestreckt.

Wo sich die Kugel in das Buch gebohrt hatte, brannten seine Rippen wie Feuer. Die Kugel musste das Zigarettenetui durchschlagen und durch die andere Hälfte des Buches hindurchgedrungen sein. Er konnte das heiße Blei über seinem Herzen spüren. Es war ein Gefühl, als brenne es unter seinen Rippen. Nur der stechende Schmerz in seinem Kopf, wo er ihn an der Holztäfelung angeschlagen hatte, und der violette Schimmer auf den Schuhspitzen vor seiner Nase sagten ihm, dass er nicht tot war.

Mit wissenschaftlicher Genauigkeit untersuchte Bond die sorgfältig vorausgeplante Lage seines Körpers. Die Stellung der Beine. Der Winkel des gebeugten Knies, das ihm Druckkraft geben sollte, wenn er sie brauchte. Die rechte Hand, die sich in seine durchbohrte Brust gekrallt zu haben schien, war nur zentimeterweit von seinem Köfferchen entfernt – von den Seitennähten, unter denen die Wurfmesser mit den flachen, beiderseitig geschärften Klingen verborgen waren, über die er so amüsiert gewesen war, als die Abteilung Q ihm gezeigt hatte, wie man an sie gelangen konnte.

Und die linke Hand, im Tod zur Seite geworfen, ruhte auf dem Boden. Auf sie würde er sich stützen, wenn der Moment da war.

Über ihm ertönte ein langgezogenes Gähnen. Die braunen Schuhspitzen bewegten sich. Bond sah, wie sich das Leder spannte, als Nash aufstand. Gleich würde Nash, mit Bonds Beretta in der Hand, auf das untere Bett steigen, den Arm heben und unter dem dichten Haar nach dem Genick des Mädchens tasten. Dann würde sich die Mündung der Beretta an Stelle der suchenden Finger in das Fleisch drücken. Nash würde schießen. Das Donnern des Zuges würde den gedämpften Knall verschlucken.

Es kam auf Sekundenbruchteile an. Bond versuchte verzweifelt, sich an die Anatomie des menschlichen Körpers zu erinnern. Wo waren die todbringenden Stellen im Unterkörper eines Menschen? Wo verlief die Hauptschlagader? Die Schenkelschlagader? An der Innenseite des Oberschenkels. Und die Hüftschlagader, die dann zur Schenkelschlagader wurde, durch die Lenden. Wenn er beide verfehlte, war es schlimm. Bond gab sich keinen Illusionen über den Kampf hin, den er mit diesem Mann zu bestehen hatte. Der erste Messerstich musste entscheidend sein.

Die braunen Schuhspitzen bewegten sich. Sie zeigten auf das Bett. Was tat der Mann? Kein Laut war zu hören außer dem Donnern des Zuges, der durch den Tunnel raste. Das

Zahnputzglas klirrte leise, das Holz ächzte. Zu beiden Seiten dieser kleinen Todeszelle befanden sich Menschen, die schliefen oder wach lagen, an ihr Leben dachten, kleine Pläne schmiedeten, überlegten, wer sie am Gare de Lyon abholen würde. Und die ganze Zeit fuhr der Tod mit ihnen durch denselben dunklen Tunnel, hinter derselben mächtigen Diesellokomotive, auf denselben heißen Schienen.

Ein brauner Schuh hob sich vom Boden. Er würde halb über Bond hinweggestiegen sein. Der verwundbare Schenkelbogen lag offen über Bonds Kopf.

Bonds Muskeln zogen sich zusammen. Seine rechte Hand schob sich zu der harten Naht am Rand des Köfferchens, drückte seitwärts. Spürte den schmalen Griff des Messers. Zog ihn behutsam halb heraus, ohne eine Bewegung des Arms. Jetzt war auch der zweite Schuh verschwunden.

Mit einer einzigen heftig zuckenden Bewegung schnellte Bonds Körper hoch. Das Messer blitzte auf. Die Faust mit der langen Stahlklinge, von der ganzen Wucht getrieben, die in Bonds Arm und Schulter lag, stieß nach oben. Bonds Knöchel trafen auf Flanell. Er presste das Messer hinein, drückte es tiefer und tiefer.

Ein grässlicher Schrei drang an seine Ohren. Die Beretta fiel klappernd zu Boden. Dann entglitt das Messer Bonds Hand, als der Kerl sich aufbäumte und zu Boden stürzte.

Bond hatte den Sturz einberechnet, doch als er seitlich zum Fenster auswich, erfasste ihn eine um sich schlagende Hand und zerrte ihn auf das untere Bett. Ehe er sich hochrappeln konnte, erhob sich vom Boden das entsetzliche Gesicht mit violett leuchtenden Augen, entblößten violetten Zähnen. Langsam, unerbittlich streckten sich zwei riesige Hände nach ihm aus.

Bond, halb auf dem Rücken liegend, trat blindlings mit

den Füßen aus. Sein Schuh traf auf Widerstand, doch dann wurde sein Fuß festgehalten und gedreht, und er spürte, wie er zu Boden zu rutschen drohte.

Bonds Finger suchten nach einem Halt an der Matratze des Bettes. Jetzt hatte die andere Hand seinen Schenkel umspannt. Nägel bohrten sich in seine Haut.

Bonds Körper wurde weiter nach unten gezogen. Mit seinem freien Bein begann er zu stoßen und zu treten. Es half nichts. Er glitt unaufhaltsam nach unten.

Plötzlich spürten Bonds Finger etwas Hartes. Das Buch! Wie wurde es betätigt? Nach welcher Richtung zeigte die Mündung der Waffe? Würde es ihn oder Nash treffen? Verzweifelt richtete Bond das Buch auf das große, schweißüberströmte Gesicht. Er drückte auf die Unterseite des Rückens.

Klick! Bond spürte den Rückschlag. Klick-klick-klick. Jetzt fühlte er die Hitze auf seinen Fingern. Die Hände an seinem Bein erschlafften. Das schweißnasse Gesicht sank zurück. Ein Laut drang aus der Kehle, ein entsetzliches, gurgelndes Geräusch. Dann glitt der Körper vorwärts und schlug krachend auf den Boden.

Bond lag da und keuchte durch zusammengebissene Zähne. Er starrte auf das violette Licht über der Tür. Es flackerte, wurde bald heller, bald dunkler. Er riss die Augen auf, um sie auf die Glühbirne zu konzentrieren. Schweiß floss hinein und brannte. Er blieb reglos liegen.

Das Donnern des Zuges veränderte sich. Es klang hohler. Mit einem letzten Dröhnen brauste der Orient-Express hinaus ins Mondlicht und verlangsamte das Tempo.

Bond streckte die Hand aus und zog am Rand der Jalousie. Er sah Lagerhäuser und Abstellgleise. Lichter schienen hell auf die Schienen. Gute, freundliche Lichter. Die Lichter der Schweiz.

Der Zug gelangte langsam zum Stehen.

In die eintönige, summende Stille drang ein leichtes Geräusch vom Boden her. Bond verfluchte sich dafür, dass er sich nicht vergewissert hatte. Er beugte sich hastig hinunter und lauschte, hielt das Buch schussbereit vor sich. Keine Bewegung. Bond legte die Hand auf die Pulsschlagader. Nichts. Der Mann war tot. Die Leiche war in sich zusammengesunken.

Bond lehnte sich zurück und wartete ungeduldig auf die Weiterfahrt. Es gab noch viel zu tun. Noch ehe er sich um Tatjana kümmern konnte, musste er hier Ordnung schaffen.

Mit einem Ruck begannen die Räder wieder zu rollen. Bald würde sich der Zug die letzten Ausläufer der Alpen hinunterschlängeln in den Kanton Wallis.

Bond stand auf und stieg über die gespreizten Beine des Toten hinweg, um das Licht einzuschalten.

Welch Durcheinander! Bond riss die Leintücher vom unteren Bett und ging an die Arbeit.

Schließlich hatte er sein Werk beendet – die Wände rund um den bedeckten Körper abgewischt, die Koffer bereit für die Flucht in Dijon.

Bond trank eine ganze Karaffe Wasser. Dann stieg er auf das untere Bett und schüttelte leicht die pelzbedeckte Schulter.

Keine Reaktion. Hatte der Mann gelogen? Hatte er sie mit Gift getötet?

Bond legte seine Hand an ihren Hals. Er war warm. Er tastete nach dem Ohrläppchen und kniff es kräftig. Das Mädchen bewegte sich träge und seufzte. Wieder kniff Bond ihr Ohr, und dann wieder.

Schließlich sagte eine schlaftrunkene Stimme: »Nicht …«

Bond lächelte. Er schüttelte sie. Er schüttelte sie so lange, bis sie sich langsam zur Seite drehte. Zwei verwirrte blaue

Augen blickten in die seinen und schlossen sich wieder. »Was ist los?«

Die Stimme war verschlafen und ärgerlich.

Bond redete auf sie ein, schimpfte und fluchte. Er schüttelte sie etwas weniger sanft. Schließlich setzte sie sich auf. Mit leerem Blick starrte sie ihn an. Bond zog ihre Beine hervor, so zerrte er sie aufs untere Bett hinunter.

Tatjana sah entsetzlich aus – der schlaffe Mund, die aufgeschlagenen, vom Schlaf benommenen Augen, das Gewirr feuchten Haares. Bond ging mit einem feuchten Tuch und ihrem Kamm an die Arbeit.

Dann erreichte der Zug Lausanne und eine Stunde später die französische Grenze bei Vallorbe. Bond verließ Tatjana und stellt sich in den Korridor, um zu wachen. Doch die Beamten vom Zoll und von der Passkontrolle schritten an ihm vorbei zum Abteil des Schaffners und wanderten fünf Minuten später in den nächsten Wagen. Bond betrat das Abteil. Tatjana war wieder eingeschlafen. Bond blickte auf Nashs Uhr, die er jetzt am eigenen Gelenk trug. Vier Uhr dreißig. Noch eine Stunde bis Dijon. Wieder ging Bond an die Arbeit.

Schließlich riss Tatjana die Augen auf. Ihre Pupillen waren normal. »Hör auf, James«, sagte sie. Dann schloss sie die Augen wieder.

Bond wischte sich den Schweiß vom Gesicht. Er trug die Koffer nacheinander zum Ende des Korridors und stellte sie neben die Tür. Dann ging er zum Schaffner, erklärte ihm, Madame fühle sich nicht wohl und er sei deshalb gezwungen, den Zug schon in Dijon zu verlassen. Er drückte dem Mann noch ein letztes Trinkgeld in die Hand.

»Bemühen Sie sich nicht«, sagte er. »Ich habe das Gepäck schon hinausgetragen, um meine Frau nicht zu stören. Mein Freund, der Mann mit dem blonden Haar, ist Arzt. Er hat die ganze Nacht bei uns gesessen. Jetzt schläft er in meinem Bett. Er ist ganz erschöpft. Es wäre nett, wenn Sie ihn erst kurz vor Paris wecken würden.«

»*Certainement, Monsieur.*« Seit der guten alten Zeit, als die Millionäre noch per Zug reisten, war der Schaffner nicht mehr so reichlich mit Geld überschüttet worden. Er reichte Bond seinen Pass und die Fahrkarten. Der Zug wurde langsamer.

Bond ging zurück ins Abteil. Er zog Tatjana hoch und hinaus auf den Gang. Dann schloss er die Tür, ohne noch einen Blick auf den weißverhüllten Toten neben dem Bett zu werfen.

Endlich standen sie auf dem Bahnsteig. Ein Träger in blauer Uniform bemächtigte sich ihres Gepäcks.

Die Sonne ging gerade erst auf. Um diese Tageszeit waren nur wenige Fahrgäste wach. Lediglich einige Menschen in der Dritten Klasse sahen einen Mann, der ein junges Mädchen vom Zug zu der schmutzigen Tür führte, auf der *Sortie* stand.

28

Das Taxi hielt vor dem Eingang des Hotel Ritz in der Rue Cambon. Bond blickte auf Nashs Uhr. Elf Uhr fünfundvierzig. Er musste auf die Minute pünktlich sein. Er wusste, dass eine Verabredung automatisch gestrichen wurde, wenn ein russischer Spion auch nur ein paar Minuten zu früh oder zu spät erschien. Schnell bezahlte er das Taxi und trat durch die Tür auf der linken Seite, die in die Bar des Ritz führt.

Bond bestellte sich einen doppelten Wodka-Martini. Er trank die Hälfte mit einem Zug. Und er fühlte sich glänzend. Plötzlich waren die letzten vier Tage und besonders die vergangene Nacht vom Kalender gelöscht. Er hatte all seine Pflichten erfüllt. Das Mädchen schlief in einem Zimmer in der Botschaft. Die Spektor, noch immer mit Sprengstoff geladen, war von Spezialisten des Deuxième Bureau mitgenommen worden. Er hatte seinen alten Freund René Mathis gesprochen, der jetzt Leiter des Deuxième war, und der Portier am Hoteleingang in der Rue Cambon war angewiesen worden, ihm einen Hauptschlüssel zu geben und keine Fragen zu stellen.

René war hocherfreut gewesen, wieder einmal mit Bond gemeinsam in eine *affaire noire* verwickelt zu sein.

»Haben Sie Vertrauen, *cher* James«, hatte er gesagt. »Ich werde Ihre geheimnisvollen Befehle ausführen. Sie können mich später aufklären. Zwei Wäschereiangestellte mit einem großen Wäschekorb werden auf Zimmer 204 erscheinen, und zwar Punkt zwölf Uhr fünfzehn. Ich werde sie begleiten, als Fahrer des Lieferwagens verkleidet. Wir werden den Wäschekorb füllen und nach Orly bringen, um dort eine RAF Canberra zu erwarten, die um zwei Uhr eintrifft. Wir händigen den Leuten den Korb aus. Schmutzige Wäsche wird aus Frankreich nach England verfrachtet, was?«

Der Leiter der Station F. hatte mit M. gesprochen und hatte ihm einen kurzen Bericht von Bond durchgegeben. Er hatte die Canberra angefordert. Nein, er habe keine Ahnung, wozu sie gebraucht werde. Bond wäre nur erschienen, um das Mädchen und die Spektor vorbeizubringen. Er habe gefrühstückt und die Botschaft mit den Worten verlassen, er werde nach dem Mittagessen wieder zurück sein.

Bond sah wieder auf die Uhr. Er leerte sein Glas. Dann bezahlte er, verließ die Bar und stieg die Treppe zur Portiersloge hinauf.

Der Portier sah ihn durchdringend an und reichte ihm einen Schlüssel. Bond trat zum Aufzug und fuhr in den dritten Stock. Die Tür des Aufzugs schlug hinter ihm zu. Er schritt den Korridor entlang und musterte die Zimmernummern.

204. Bond legte seine rechte Hand unter sein Jackett auf den Griff der Beretta. Sie steckte im Bund seiner Hose. Er fühlte das Metall des Schalldämpfers.

Er klopfte mit der linken Hand.

»Herein!«

Es war eine quakende Stimme. Die Stimme einer alten Frau.

Bond drückte die Klinke nieder. Die Tür war unverschlossen. Er ließ den Schlüssel in seiner Jackentasche verschwinden. Dann stieß er die Tür mit einer raschen Bewegung auf und trat ein.

Ein Salon, wie er für das Ritz typisch war. Elegant, mit guten Empiremöbeln ausgestattet. Die Wände waren weiß, und die Vorhänge und Bezüge waren aus weißem Chintz mit roten Rosen. Der Teppich war weinrot und reichte von Wand zu Wand.

Im Sonnenlicht, in einem niedrigen Lehnsessel neben einem Directoire-Schreibtisch, saß eine kleine alte Frau und strickte. Das Klappern der Nadeln hielt an. Die Augen hinter den bläulich getönten Brillengläsern musterten Bond mit höflicher Neugier.

»*Oui, Monsieur?*« Die Stimme klang tief und heiser. Das dick gepuderte, aufgequollene Gesicht unter dem weißen Haar verriet nur guterzogenes Interesse.

Bonds Hand, die unter dem Jackett auf dem Griff der Waffe lag, war gespannt wie eine Feder. Der Blick seiner halbgeschlossenen Augen schweifte durch den Raum und zurück zu der kleinen alten Frau im Sessel.

Hatte er sich geirrt? War das das falsche Zimmer? Sollte er sich entschuldigen und verschwinden? Konnte diese Frau ein Mitglied von SMERSH sein? Sie verkörperte genau den Typ der achtbaren reichen Witwe, die man allein in ihrem Salon im Ritz vorzufinden erwartete, wo sie sich die Zeit mit Stricken vertrieb. Das altmodische schwarze Kleid mit der Spitzenverzierung an Hals und Manschetten, das dünne Goldkettchen, das über dem flachen Busen hing und dann in einer Lorgnette endete, die kleinen Füße in den vernünftigen schwarzen Knopfschuhen, die kaum den Boden berührten. Das konnte doch nicht die Klebb sein! Er musste sich bestimmt in der Zimmernummer geirrt haben. Bond fühlte, wie ihm der Schweiß ausbrach. Doch jetzt musste er weiterspielen.

»Mein Name ist Bond. James Bond.«

»Und ich, Monsieur, bin die Comtesse Metterstein. Was kann ich für Sie tun?« Das Französisch klang hart. Vielleicht war sie Deutschschweizerin. Die Nadeln klapperten emsig.

»Ich fürchte, Captain Nash hat einen Unfall erlitten. Er kann heute nicht kommen. Deshalb kam ich an seiner Stelle.«

»Ich kenne den Captain leider nicht, Monsieur, und auch Sie nicht. Bitte, nehmen Sie Platz und erklären Sie sich näher.«

Die Frau neigte den Kopf ein klein wenig in Richtung auf den hochlehnigen Stuhl neben dem Sekretär.

Bond durchquerte das Zimmer und setzte sich. Jetzt war er etwa zwei Meter von ihr entfernt. Auf dem Sekretär stand ein altmodisches Telefon mit einem Hörer, der an einer Gabel hing.

In Ihrer Reichweite befand sich ein elfenbeinfarbener Klingelknopf. Die schwarze Öffnung des Telefons gähnte Bond an.

Bond starrte unhöflich in das Gesicht der Frau. Es war ein hässliches Gesicht, krötenähnlich unter der Puderschicht und dem weißen Haar. Die Augen waren so hellbraun, dass sie fast gelb wirkten. Die farblosen Lippen waren feucht und aufgedunsen unter den nikotingefärbten Damenbarthärchen. Nikotin? Wo waren ihre Zigaretten? Nirgends stand ein Aschenbecher, kein Rauch hing in der Luft.

Bonds Hand umspannte die Pistole fester. Er blickte auf den Strickbeutel hinunter, den beigen Faden feiner Wolle, der durch die Finger der Frau lief. Die Stahlnadeln. Was war so seltsam an ihnen? Die Spitzen waren verfärbt, als hätte man sie ins Feuer gehalten. Sahen Stricknadeln so aus?

»*Eh bien, Monsieur?*« Lag Nervosität in der Stimme? Hatte sie in seinem Gesicht etwas gelesen?

Bond lächelte. Seine Muskeln waren gespannt, warteten auf eine Bewegung, einen Trick.

»Es hat keinen Sinn«, bemerkte er, alles auf eine Karte setzend. »Sie sind Rosa Klebb. Sie sind die Leiterin von Otdiel II bei SMERSH. Sie foltern und morden. Sie wollten mich und Tatjana Romanowa töten. Ich freue mich, sie endlich kennen zu lernen.«

Der Ausdruck der Augen hatte sich nicht verändert. Die raue Stimme war geduldig und höflich. Die Frau streckte ihre rechte Hand nach dem Klingelknopf aus.

»Monsieur, ich fürchte, Sie sind nicht bei Sinnen. Ich muss dem *valet de chambre* läuten und ihn bitten, Sie hinauszuführen.«

Bond konnte später nicht sagen, was ihm das Leben rettete. Vielleicht war es die blitzartige Erkenntnis, dass von dem Klingelknopf keine Drähte zur Wand oder unter den Teppich liefen. Doch als ihr Finger sich nach dem Knopf ausstreckte, schwang er sich seitwärts vom Stuhl.

Als Bond den Boden berührte, vernahm er ein scharfes Geräusch splitternden Holzes. Der Stuhl, auf dem er gesessen hatte, fiel krachend um.

Bond zerrte an seiner Pistole. Aus dem Augenwinkel sah er eine blaue Rauchwolke vom ›Telefon‹ aufsteigen. Dann war die Frau über ihm, die glitzernden Stricknadeln in den Fäusten.

Sie stach zu, versuchte seine Beine zu treffen. Bond trat nach ihr und schleuderte sie zur Seite. Sie hatte auf seine Beine gezielt! Während er sich aufrichtete, wurde ihm klar, was die verfärbten Spitzen bedeuteten. Es war Gift. Wahrscheinlich handelte es sich um Nervengift. Sie brauchte ihm nur einen Kratzer beizubringen. Bond sprang auf. Sie stürzte wieder auf ihn zu. Er riss verzweifelt an seiner Pistole. Der Schalldämpfer hing irgendwo fest. Ein Lichtstrahl blitzte auf. Bond zuckte zusammen. Eine der Nadeln klirrte gegen die Wand hinter ihm, und die grässliche Frau, die weiße Perücke schief auf dem Kopf, den Mund geöffnet, war dicht vor ihm.

Bond hechtete seitwärts über den Schreibtisch.

Keuchend und vor sich hin murmelnd watschelte die Frau eilig um den Schreibtisch herum, die eine Nadel, die sie noch in der Hand hielt, ausgestreckt wie einen Degen. Bond wich aus. Seine Hände zogen noch immer an der Pistole. Mit den Beinen stieß er an einen kleinen Stuhl, der hinter ihm stand. Er ließ den Pistolengriff los, griff hinter sich und packte den Stuhl. An der Lehne hielt er ihn hoch, sodass die vier Beine wie Hörner herausragten, und ging um den Schreibtisch herum ihr entgegen. Doch sie stand neben dem ›Telefon‹. Sie hob es hoch und zielte. Ihre Hand fuhr zum Knopf. Bond sprang vorwärts. Er ließ den Stuhl niedersausen. Kugeln bohrten sich in die Zimmerdecke, Kalk und Mörtel rieselten herab.

Bond ging wieder zum Angriff über. Die Beine des Stuhls schlossen den Körper der Frau ein, an der Taille und über den Schultern. Gott, wie stark sie war! Sie wich zurück, doch nur bis zur Wand. Dort hielt sie ihm stand, spie ihn über den Stuhl hinweg an, während die Stricknadel auf ihn gerichtet war wie der lange Stachel eines Skorpions.

Bond trat ein wenig zurück, hielt den Stuhl auf Armeslänge von sich ab. Er nahm Maß und stieß den Stuhl mit Wucht nach oben an das ausgestreckte Handgelenk der Frau. Die Nadel flog durchs Zimmer und fiel klirrend hinter ihm zu Boden.

»Das reicht, Rosa«, erklärte er. »Das Deuxième wird in wenigen Augenblicken hier sein. In einer Stunde etwa werden sie in London landen. Man wird nicht sehen, wenn Sie das Hotel verlassen. Man wird nicht beobachten, dass sie nach England fliegen. Tatsache ist, dass nur wenige Menschen Sie jemals wiedersehen werden. Von jetzt an sind Sie nichts als eine Nummer auf der Geheimakte.«

Das Gesicht, dreißig Zentimeter entfernt, verwandelte sich. Alles Blut war aus ihm gewichen. Es war gelb. Aber nicht vor Angst, dachte Bond. Die blassen Augen starrten ungerührt in die seinen. Die Frau gab sich nicht geschlagen. Der feuchte, formlose Mund verzog sich zu einem Grinsen.

»Und wo werden Sie sein, Mr. Bond?«

»Oh, ich werde mein Leben fortsetzen.«

»Das glaube ich nicht, *angliski schpion*.«

Bond schenkte den Worten kaum Beachtung. Er hörte das Schnappen des Türschlosses. Gelächter erklang hinter ihm.

»*Eh bien.*« Es war die amüsierte Stimme, die Bond so gut kannte. »Die siebzigste Stellung. Jetzt endlich habe ich sie gesehen. Und von einem Engländer erfunden. James, das ist wirklich eine Beleidigung für meine Landsleute.«

»Ich empfehle sie nicht«, meinte Bond über die Schultern hinweg. »Zu anstrengend. Aber Sie können die Dame jetzt übernehmen. Ich mache bekannt: Sie heißt Rosa. Sie wird Ihnen gefallen. Ein großes Tier bei SMERSH – sie hat die Mordabteilung unter sich.«

Mathis trat näher. Mit ihm waren zwei Wäschemänner gekommen. Alle drei standen respektvoll da und starrten in das abscheuliche Gesicht.

»Rosa«, sagte Mathis nachdenklich. »Doch diesmal eine Rosa Malheur. Hm ... Aber ich bin sicher, sie steht nicht besonders bequem. Bringt doch den *panier de fleurs* – dann kann sie sich zur Erholung ein wenig hinlegen.«

Die beiden Männer gingen zur Tür. Bond hörte das Knarren des Wäschekorbs.

Die Augen der Frau waren noch immer auf Bond geheftet. Sie bewegte sich, verlagerte ihr Gewicht. Bond konnte es nicht sehen, und Mathis bemerkte es nicht, weil er noch immer ihr Gesicht musterte – die Spitze des einen blankpolierten Stiefels drückte unter den Spann des zweiten. Aus der Stiefelspitze schob sich eine dünne Messerklinge, etwa anderthalb Zentimeter lang. Wie die Stricknadeln war der Stahl bläulich verfärbt.

Die beiden Männer stellten den großen, knarrenden Korb neben Mathis nieder.

»Nehmen Sie sie«, befahl Mathis. Er verbeugte sich leicht vor der Frau. »Es war mir eine Ehre.«

»*Au revoir*, Rosa«, sagte Bond.

Die gelben Augen blitzten kurz auf.

»Leben Sie wohl, Mr. Bond.«

Der Stiefel mit dem kleinen Stahldorn wurde vorwärts geschleudert. Bond spürte einen stechenden Schmerz in seiner rechten Wade. Es war nur jene Art von Schmerz die man empfindet, wenn einen jemand tritt. Er zuckte zusammen und trat zurück. Die beiden Männer ergriffen Rosa Klebb an den Armen.

Mathis lachte. »Mein armer James«, sagte er. »SMERSH muss eben immer das letzte Wort haben.«

Der Stahldorn hatte sich wieder unter das Leder zurückgezogen. Jetzt hob man nur eine harmlose alte Frau in den Korb.

Mathis achtete darauf, dass der Deckel mit einem Bolzen verriegelt wurde. Dann wandte er sich an Bond.

»Sie haben gute Arbeit geleistet, mein Freund«, meinte er. »Aber Sie sehen müde aus. Gehen Sie zurück in die Botschaft und ruhen Sie sich aus. Heute Abend müssen wir zusammen essen. Im besten Restaurant von Paris. Und ich werde Ihnen das hübscheste Mädchen mitbringen, das ich finden kann.«

Ein Gefühl der Taubheit kroch in Bonds Glieder. Ihm war plötzlich eiskalt. Er hob die Hand, um die Haarsträhne über seiner rechten Braue zurückzustreichen. In seinen Fingern war kein Gefühl. Sie schienen groß und unförmig wie Gurken. Die Hand sank herunter.

Das Atmen fiel ihm schwer. Bond holte tief Luft. Er biss die Zähne zusammen und schloss die Augen zur Hälfte wie jemand der vertuschen will, dass er betrunken ist. Durch die Wimpern sah er zu, wie der Korb zur Tür getragen wurde.

Er riss die Augen auf. Verzweifelt konzentrierte er seinen Blick auf Mathis.

»Ich brauche kein Mädchen, René«, sagte er lallend.

Jetzt musste er Atem schöpfen. Wieder hob sich seine Hand zu seinem kalten Gesicht. Er hatte den Eindruck, als käme Mathis auf ihn zu.

Bond spürte, wie seine Knie nachzugeben drohten.

Er sagte – oder glaubte zu sagen: »Ich habe das bezauberndste …«

Langsam drehte sich Bond auf den Fersen und stürzte der Länge nach auf den weinroten Teppich.